DAS VERBOT

THRILLER

CATHERINE SHEPHERD

Copyright der Originalausgabe © 2024
Catherine Shepherd
Veröffentlichung Taschenbuchausgabe durch
Kafel Verlag,
KFL Verlag GmbH, Bonner Straße 12, 51379 Leverkusen

Alle Rechte vorbehalten.
Das Werk darf – auch teilweise – nur mit Genehmigung der Autorin wiedergegeben werden.

Lektorat: Gisa Marehn
Korrektorat: SW Korrekturen e.U. /
Mirjam Samira Volgmann

Covergestaltung: Alex Saskalidis
Covermotiv: © Fer Gregory / shutterstock.com
© Bayurov / freepik.com
© mirror_image_studio / freepik.com
© poprock3d / freepik.com

Druck: GGP Media GmbH,
Karl-Marx-Straße 24, 07381 Pößneck

www.catherine-shepherd.com
kontakt@catherine-shepherd.com

ISBN: 978-3-944676-57-9

TITEL VON CATHERINE SHEPHERD

ZONS-THRILLER:

1. DER PUZZLEMÖRDER VON ZONS (KAFEL VERLAG APRIL 2012)
2. ERNTEZEIT (FRÜHER: DER SICHELMÖRDER VON ZONS; KAFEL VERLAG MÄRZ 2013)
3. KALTER ZWILLING (KAFEL VERLAG DEZEMBER 2013)
4. AUF DEN FLÜGELN DER ANGST (KAFEL VERLAG AUGUST 2014)
5. TIEFSCHWARZE MELODIE (KAFEL VERLAG MAI 2015)
6. SEELENBLIND (KAFEL VERLAG APRIL 2016)
7. TRÄNENTOD (KAFEL VERLAG APRIL 2017)
8. KNOCHENSCHREI (KAFEL VERLAG APRIL 2018)
9. SÜNDENKAMMER (KAFEL VERLAG APRIL 2019)
10. TODGEWEIHT (KAFEL VERLAG APRIL 2020)
11. STUMMES OPFER (KAFEL VERLAG APRIL 2021)
12. DIE REZEPTUR (KAFEL VERLAG APRIL 2022)
13. DAS WIEGENLIED (KAFEL VERLAG APRIL 2023)
14. DAS VERBOT (KAFEL VERLAG APRIL 2024)

LAURA KERN-THRILLER:

1. Krähenmutter (Piper Verlag Oktober 2016)
2. Engelsschlaf (Kafel Verlag Juli 2017)
3. Der Flüstermann (Kafel Verlag Juli 2018)
4. Der Blütenjäger (Kafel Verlag Juli 2019)
5. Der Behüter (Kafel Verlag Juli 2020)
6. Der böse Mann (Kafel Verlag Juli 2021)
7. Der Bewunderer (Kafel Verlag Juli 2022)
8. Der Lehrmeister (Kafel Verlag Juli 2023)

JULIA SCHWARZ-THRILLER:

1. Mooresschwärze (Kafel Verlag Oktober 2016)
2. Nachtspiel (Kafel Verlag November 2017)
3. Winterkalt (Kafel Verlag November 2018)
4. Dunkle Botschaft (Kafel Verlag November 2019)
5. Artiges Mädchen (Kafel Verlag November 2020)
6. Verloschen (Kafel Verlag November 2021)
7. Düsteres Wasser (Kafel Verlag November 2022)
8. Die eiskalte Kammer (Kafel Verlag November 2023)

Adam war ein Mensch: Er wollte den Apfel nicht des Apfels wegen, sondern nur, weil er verboten war.

Mark Twain

PROLOG

Ich verharre regungslos auf dem Boden, denn jede kleinste Bewegung zehrt an meinen Kraftreserven. Der Raum ist eng und erdrückend, die Luft dick und stickig. Es ist so heiß, dass mir unaufhörlich der Schweiß von der Stirn rinnt. Hin und wieder fange ich mit der Zungenspitze einen Tropfen auf. Doch vermutlich macht mich das Salz nur noch durstiger.

Die Wände um mich herum sind mit bizarren Malereien bedeckt, so grotesk und beunruhigend, dass mein Atem stockt. Von überall starren mich Fratzen an. Ihre verzerrten Münder stehen offen wie zu einem stummen Schrei.

»Es gibt keine Regeln«, hatte der Fremde gesagt, nachdem ich in diesem Gefängnis aufgewacht war. »Laufe, schreie, schlafe oder versuche, die Tür aufzubrechen. Iss so viel, wie du willst. Das ist mir alles egal. Da ist allerdings eine Sache, die verboten ist: Du darfst das

Wasser nicht anrühren, wenn du an deinem Leben hängst.«

Sehnsüchtig schaue ich zu der gläsernen Vitrine, in deren gekühltem Inneren eine Karaffe mit klarem Wasser steht. Glitzernde Tropfen perlen an der Außenseite herab. Das Wasser sieht so verlockend aus.

Ich schließe die Augen und frage mich, wo ich bin. Noch vor zwei Tagen hätte ich einer Flasche mit Wasser wohl kaum viel Aufmerksamkeit geschenkt. Doch jetzt, da sich jeder Atemzug anfühlt, als würde ich heiße Luft schlucken, hat sich das geändert. Mein trockener Mund schmerzt und brennt wie die Hölle. Vielleicht bin ich auch schon längst tot und habe es nur nicht bemerkt. Meine letzte Erinnerung endet am Schreibtisch in meiner Praxis. Ein Luftzug fuhr mir durch die Haare. Dann hörte ich Schritte hinter mir und mit einem Mal überkam mich die Dunkelheit. Warum bin ich hier aufgewacht?

Ich habe niemandem etwas getan. Wieso also hält er mich hier fest? Ich bin ein guter Mensch. Auf meinem Gewissen lastet kein dunkles Geheimnis, jedenfalls nichts wirklich Schlimmes. Ich kann mir das alles nicht erklären und weiß nicht, was dieser Mann vorhat. Will er mich töten?

Bisher hat er mich nicht berührt und in seinen dunklen Augen konnte ich kein Begehren erkennen. Aber was ist sein Ziel? Es muss einen Grund geben. Als Psychologin versuche ich selbst in dieser bedrückenden Enge noch einen Sinn in den Handlungen dieses Mannes zu finden. Wenn ich nur zu ihm durchdringen könnte, vielleicht würde er mich dann freilassen. Doch meine Gedanken drehen sich bloß im Kreis und führen zu keiner Lösung. Die Hitze raubt mir den Verstand. Mein Schädel fühlt sich an, als würde er jeden Moment explodieren. Ich öffne die Augen und mein Blick fällt wieder auf die Karaffe mit dem kühlen Wasser.

Die Worte des Fremden hallen durch meinen Kopf, während ich wie ferngesteuert aufstehe und zu der Vitrine taumle. Jeder Schritt ist eine Qual. Ich lege die Hand auf die Scheibe und starre das Wasser an. Ich kann es fast schmecken. Mein Körper schreit nach nur einem Schluck. Was kann schon falsch daran sein, ein kleines bisschen davon zu trinken? Die Warnung des Fremden klingt mir noch im Ohr, doch ich ignoriere sie. Ich kann nicht mehr. Wie in Trance öffne ich die Vitrine, greife die Karaffe und führe sie an die Lippen. Das kühle Nass berührt meine Zunge. Ich trinke und spüre, wie es durch meine ausgedörrte Kehle rinnt. Das Leben kehrt endlich in meine Zellen zurück.

Statt eines kleinen Schluckes leere ich die halbe Karaffe. Aber die Erleichterung währt nicht lange, denn ein stechender Schmerz breitet sich in meinem Hals aus. Er verwandelt sich schnell in ein schreckliches Brennen, das sich durch meinen ganzen Körper zieht. Mein Herz beginnt zu rasen.

Ich sacke kraftlos zu Boden. Die Karaffe entgleitet mir und das kostbare Wasser verteilt sich auf dem Untergrund. Mit zitternden Fingern stelle ich die Karaffe wieder auf, doch sie ist leer. Verzweifelt lecke ich ein paar Tropfen vom Boden auf, aber ein Magenkrampf zwingt mich, innezuhalten.

Etwas knarrt hinter mir. Trotz der Schmerzen drehe ich mich um. Für einen Moment glaube ich, zu halluzinieren. Die Tür hat sich geöffnet. Ich blinzele zweimal, weil ich dem Bild nicht traue. Doch es verändert sich nicht. Ängstlich lausche ich auf ein Geräusch, auf die Schritte des Mannes. Vermutlich will er mich holen, denn ich habe von dem verbotenen Wasser getrunken. Mit klopfendem Herzen warte ich darauf, dass er im Türrahmen erscheint. Es vergehen Minuten, aber nichts geschieht. Bestimmt will er mich nicht gehen lassen. Oder doch?

Mühsam richte ich mich auf und nähere mich langsam der Türöffnung. Der Fremde ist nicht zu sehen. Vor mir liegt ein leerer Gang, der nur von einer Kerze spärlich erhellt wird. Die kleine Flamme flackert im Luftzug. Ich ignoriere meine Krämpfe und laufe los. *Raus hier*, denke ich bloß und erreiche eine Treppe, die nach oben führt. Ich spüre frische Luft und atme sie gierig ein. Drei Stufen nehme ich mühelos, dann schüttelt mich der nächste Krampf. Viel heftiger als zuvor. Ich bleibe stehen und krümme mich.

Jetzt nicht aufgeben, sporne ich mich an und kämpfe mich eine weitere Stufe hinauf. Ich kann eine Tür sehen und weiß, dass ich es gleich geschafft habe. Nur noch ein wenig durchhalten!

Doch unvermittelt bemerke ich die schwarzen Stiefel auf der nächsten Stufe.

»Hast du wirklich geglaubt, ich lasse dich gehen?«, fragt der Fremde mit tiefer Stimme.

Ängstlich schaue ich ihm in die dunklen Augen, die durch die Schlitze seiner Maske zu sehen sind.

»Warum?«, frage ich und wundere mich gleichzeitig über den Ausdruck in seinem Blick. Dort ist kein Vorwurf, keine Wut oder Mordlust. Lediglich Bedauern.

»Verzeih mir«, flüstert er heiser und geht neben mir in die Knie.

»Es dauert nicht lange«, fügt er hinzu, und ich begreife den Sinn seiner Worte nicht, bis mir schwarz vor Augen wird.

Ein Gefühl der Überraschung mischt sich mit meiner Angst. Tut ihm leid, was er getan hat? Die Psychologin in mir will ihm so viele Fragen stellen, doch ich kann nicht mehr sprechen. Es ist zu spät. Die Welt verschwimmt. Der Schmerz und die Dunkelheit zerren mich in einen tiefen Abgrund, bis nichts bleibt als Finsternis.

I

VOR FÜNFHUNDERT JAHREN

Bastian Mühlenberg schlug die Augen auf, weil das Hämmern an der Haustür ihn aus dem Schlaf riss. Er sprang sofort aus dem Bett, froh, dem schrecklichen Albtraum zu entkommen, der ihn verfolgt hatte. Marie schlummerte friedlich weiter, das Baby im Arm und ein sanftes Lächeln auf den Lippen. Offenbar befand sich sein Weib in einem angenehmeren Traum. Bastians Herz pochte wild gegen seine Rippen. Im Schlaf hatte er mit einem Ungeheuer gekämpft, das ihm um ein Haar den Kopf abgehackt hätte. Wäre er nicht aufgewacht, hätte der Tod ihn ereilt – zumindest im Traum.

»Bastian!«, dröhnte eine tiefe Männerstimme zu ihm herauf.

Er hastete die schmale Holztreppe hinunter und riss die Tür auf.

Ein kräftiger dunkelhaariger Stadtsoldat wartete vor dem Haus.

»Wernhart, was ist geschehen?«, fragte er und wunderte sich über das blasse Gesicht seines besten Freundes.

»Bruder Gregor ist tot«, stieß Wernhart atemlos aus. »Man hat ihn vor den Toren des Klosters gefunden. In seiner Brust steckte ein Pfeil mit einer Botschaft.«

»Eine Botschaft?«

Wernharts Antwort ließ das Blut in Bastians Adern gefrieren.

»Er wurde mit einem gewaltigen Pfeil niedergestreckt.« Wernhart zog einen Pfeil aus seinem Gürtel, der fast so lang wie sein Arm war. Er löste einen Faden und wickelte ein Stück helles Pergament vom Schaft.

»Lies selbst«, sagte er und übergab ihm die Nachricht.

Bastian bat Wernhart mit in die Stube und entzündete eine Fackel an der Glut der Feuerstelle. Dann las er den kurzen Text.

Hereditas monachorum taciturnorum altum in corde tuo inest.

Bastian runzelte die Stirn. »Das bedeutet so viel wie: Das Vermächtnis der schweigenden Mönche steckt tief in deinem Herzen. Aber was ist damit gemeint?«

Wernhart zuckte mit den Schultern.

»Ich weiß es nicht, doch Bruder Anselm hat es ganz ähnlich übersetzt. Er hat mich gebeten, dich auf der Stelle zum Kloster zu bringen.«

Bastian zögerte keinen Augenblick. Im Laufschritt

eilte er mit Wernhart zur Schloßstraße. Dort überquerten sie den kleinen Platz am Gefängnisturm, der zum Franziskanerkloster führte.

Obwohl der Frühling bereits in der Luft lag, waren die Nächte noch kalt. Bastian spürte den frischen Wind in den Haaren, als sie vor der Klosterpforte ankamen. Das Kloster erhob sich dunkel hinter der hohen Mauer, umhüllt von einer Stille, aus der kein Laut nach außen drang. Bastian klopfte an die schwere Holzpforte und sogleich erschien das faltige Gesicht von Bruder Anselm in der kleinen Öffnung.

»Bastian Mühlenberg«, sagte der Mönch erleichtert und öffnete ihnen. »Tretet ein. Ich habe Euch bereits sehnlichst erwartet. Etwas Schreckliches ist geschehen. Ihr müsst den Mörder von Bruder Gregor finden.« Er bedeutete ihnen, ihm zu folgen, und blieb vor einem knorrigen Kastanienbaum stehen.

»Hier liegt der Ärmste. Ich habe ihn mit letzter Kraft hierhergezogen, damit er nicht vor dem Tor liegen muss. Könntet Ihr mir helfen, ihn in die Kapelle zu tragen?«

»Natürlich, aber lasst mich vorher einen Blick auf den Toten werfen. Habt Ihr noch eine Fackel? Meine brennt nicht mehr lange.«

Bruder Anselm nickte und verschwand in Richtung Pforte, von wo er mit flackerndem Feuer zurückkehrte. Im Schein der Flamme bemerkte Bastian die tiefen Augenringe des alten Mönches und die grauen Haare, die ihm wirr vom Kopf abstanden.

»Wie habt Ihr ihn gefunden?«, fragte Bastian und nahm Bruder Anselm die Fackel aus der Hand.

»Er lag plötzlich vor dem Klostertor. Ich habe keine Erklärung, wie er dorthin gekommen ist.«

Bastian stutzte. Der Mönch hätte zumindest Schritte hören müssen.

»Wie oft habt Ihr zur Pforte hinausgesehen?« Bastian leuchtete Bruder Anselm an.

Das faltige Gesicht lief dunkelrot an. Der Mönch senkte seinen Blick.

»Ich bin eingeschlafen«, murmelte er schuldbewusst. »Es muss kurz nach Mitternacht gewesen sein, als ich wieder zur Pforte hinausgeschaut habe. Bitte, sagt dem Abt nichts davon. Ich bin nicht mehr der Jüngste und die Wache die ganze Nacht hindurch zehrt an meinen Kräften.«

»Verstehe«, erwiderte Bastian. »Ich kann Euch nicht versprechen, dass ich Euer Geheimnis für mich behalten kann. Aber ich werde das Gespräch mit dem Abt nicht auf dieses Thema lenken.«

»Ich danke Euch. Bruder Gregor muss heimlich das Kloster verlassen haben. Vielleicht hat er sogar gewartet, bis ich eingeschlafen bin.«

»Wann habt Ihr ihn denn zuletzt lebend gesehen?«

»Beim Gebet zur Nacht. Er ist mir anschließend ins Schlafgemach gefolgt, und ich habe beobachtet, wie er sich auf sein Lager legte.«

»Hat er geschlafen?«

Bruder Anselm verzog das Gesicht. »Meine alten Augen sind nicht mehr so gut. Ich kann bei Gott nicht sagen, ob seine Lider geschlossen waren. Ich habe mich an der Tür noch einmal kurz umgedreht, bevor ich die

DAS VERBOT

Nachtwache angetreten habe. Er lag da und rührte sich nicht.«

Bastian nahm sich vor, am Morgen die anderen Mönche des Schlafsaals zu befragen. Er wandte sich von Bruder Anselm ab und beleuchtete mit der Fackel den toten Mönch. Bruder Gregor hatte die Augen weit aufgerissen. Das Blau seiner Pupillen wirkte stumpf. Jegliches Leuchten war verschwunden, so als ob nie zuvor der Schimmer des Lebens in ihnen geschienen hätte. Seine Lippen standen offen und die Zungenspitze lugte dazwischen hervor. Der Mönch lag auf dem Rücken, die Arme ausgebreitet wie zu einem Kreuz.

»Hat er in dieser Position vor der Pforte gelegen?«, wollte Bastian wissen und breitete die Arme aus.

Bruder Anselm nickte, und Wernhart antwortete an seiner Stelle:

»Als ich während meiner Wache hier vorbeilief, fand ich ihn genau so auf. Er lag vielleicht fünf Fuß von der Pforte entfernt, mit dem Kopf in Richtung Kloster und den Füßen zum Juddeturm. Bruder Anselm kniete neben ihm und redete verzweifelt auf ihn ein. Ich habe sofort gesehen, dass Bruder Gregor tot ist.«

Bastian betrachtete das dunkle Mönchsgewand und das Loch darin links auf Höhe der Brust.

»Offenbar hat der Mörder den Pfeil direkt in sein Herz geschossen«, stellte er fest und inspizierte das Schuhwerk des Toten.

»An den Sohlen haftet nicht ein Krümel Erde. Sind diese Schuhe neu?«

Bruder Anselm trat näher und bückte sich. Er zog

Gregors rechten Schuh aus und hielt ihn an das flackernde Licht.

»Das weiß ich nicht. Sie gehören jedenfalls Bruder Gregor. Seht Ihr die Initialen? Wir kennzeichnen die Klosterkleidung, da jeder von uns dasselbe trägt.«

»Zeigt mir die Stelle vor der Pforte«, bat Bastian den Mönch und leuchtete die Schleifspuren auf der Erde entlang, bis sie vor der Klosterpforte angekommen waren.

»Er lag hier«, flüsterte Bruder Anselm und zeigte auf die Stelle. »Glaubt Ihr, der Mörder beobachtet uns?«, fragte er und sah sich ängstlich um.

»Ich kann es nicht ausschließen«, erwiderte Bastian und ließ seinen Blick durch die Dunkelheit schweifen. »Es gibt Mörder, die finden Gefallen an ihrer Tat und kehren zu dem Ort zurück, an dem sie ihr Opfer getötet haben. Allerdings glaube ich nicht, dass Bruder Gregor hier vor der Pforte zu Tode kam. Seht Ihr diese Radspuren?« Er deutete auf zwei parallele Abdrücke in der feuchten Erde, die neben der Stelle begannen, wo Bruder Gregor gelegen hatte. »Jemand hat ihn auf einem Karren hergefahren.«

Bastian und Wernhart folgten den Radspuren konzentriert, doch schon nach ein paar Fuß wurde die Erde fester und die Abdrücke verschwanden.

»Der Radabstand ist ziemlich schmal. Es war vermutlich ein Handkarren«, brummte Wernhart und stemmte die Arme in die Seiten. »Wenn man Bruder Gregors beträchtliche Leibesfülle bedenkt, dann suchen wir einen kräftigen Mann.«

DAS VERBOT

»Oder auch zwei Burschen«, erwiderte Bastian nachdenklich. »Leider sehe ich nirgendwo Abdrücke von Stiefeln, sodass wir nicht feststellen können, wie viele Personen am Werk waren.«

Bastian machte kehrt und ging mit Wernhart zurück zu Bruder Anselm, der inzwischen wieder neben dem Toten hockte und betete.

»Sind alle Mönche Eures Klosters des Lateinischen mächtig?«, erkundigte sich Bastian, der diese Sprache einst von Pfarrer Johannes erlernt hatte.

Bruder Anselm hielt inne und nickte. »Der Abt legt großen Wert auf das Studium der alten Schriften. Selbst die Novizen lernen spätestens im zweiten Jahr die wichtigsten lateinischen Worte.«

»Ich verstehe«, sagte Bastian und fragte sich, was für einen Täter sie suchten. Außerhalb der Klostermauern gab es in Zons kaum jemanden, der die lateinische Sprache beherrschte. Natürlich war es möglich, dass die Botschaft nicht vom Mörder stammte. Vielleicht hatte er die Worte auch ohne jegliche Sprachkenntnis abgeschrieben. Andererseits war die Botschaft vermutlich nicht grundlos am Schaft des Pfeils befestigt gewesen. Der Täter wollte, dass jemand seine Worte las, und wenn Bastian es recht bedachte, hatte er die Mönche im Visier. Warum sonst hätte er den Toten direkt vor der Klosterpforte abgelegt? Oder war es nur ein Zufall?

»Was könnt Ihr mir über die schweigenden Mönche sagen? Die Botschaft des Mörders enthält diese Bezeichnung.«

Bruder Anselm blickte Bastian verwirrt an. »Nichts,

offen gestanden. Es gibt Orden, in denen das Schweigen auf der Tagesordnung steht. Bei uns ist das, wie Ihr wisst, nicht der Fall. Wir beten, sooft wir können, und sprechen Gottes Worte laut aus. Ich habe auch über diesen Satz nachgedacht, doch ich kann nicht das Geringste damit anfangen.«

»Ich danke Euch, Bruder Anselm. Wir tragen jetzt Bruder Gregors Leichnam in die Kapelle. Ihr solltet dringend den Abt über die Geschehnisse informieren. Wir kommen morgen bei Tagesanbruch wieder und dann sehen wir weiter.«

Bastian gab Wernhart ein Zeichen, die Füße des Toten zu ergreifen. Er selbst ging in die Knie, um den Oberkörper des Toten zu fassen, als ihm auffiel, dass Bruder Anselm wie erstarrt dastand. Sein Blick wirkte entrückt und die Hände hatte er wie zum Gebet gefaltet.

»Ist alles in Ordnung mit Euch?«, fragte Bastian und richtete sich wieder auf.

Der Mönch reagierte nicht, bis Bastian ihm leicht auf die Schulter klopfte.

»Ich ... ich kann dem Abt nicht vom Tod unseres armen Bruders berichten«, stotterte der Mönch daraufhin und bekreuzigte sich.

»Nun, jemand muss Theodor von Grünwald einweihen. Spätestens morgen früh werden sämtliche Klosterbewohner von Bruder Gregors grausamem Tod erfahren. Ihr habt ihn vor der Klosterpforte entdeckt. Also solltet auch Ihr derjenige sein, der dem Abt diese traurigen Neuigkeiten überbringt.«

»Ja ... ich meine ... nein. Ich kann nicht, Bastian

Mühlenberg. Bitte versteht mich. Unser Abt ist derzeit nicht gut auf mich zu sprechen. Er wird herausfinden, dass ich eingeschlafen bin, und dann droht mir das Schlimmste.«

»Das Schlimmste?« Bastian hatte keine Vorstellung davon, was das *Schlimmste* für einen Mönch des Franziskanerklosters sein könnte.

»Er wird Euch bestimmt nicht des Klosters verweisen«, sagte er vorsichtig.

Bruder Anselm antwortete nicht. Tränen strömten ihm aus den Augen und tropften vom Kinn auf die dunkle Kutte.

»In Ordnung. Ich rede mit Theodor von Grünwald und lege ein gutes Wort für Euch ein.«

Der alte Mönch starrte Bastian an und fragte überrascht: »Das würdet Ihr für mich tun?«

»Natürlich. Hätte ich einen Grund, Euch nicht zu helfen?«

»Nein. Es ist nur ...« Bruder Anselm wischte sich die Tränen mit dem Ärmel seiner Mönchskutte vom Gesicht. »Ihr habt ein gutes Herz, Bastian Mühlenberg. Ich danke Euch. Wenn Ihr erlaubt, nehme ich die Wache an der Pforte wieder auf.«

Bastian schaute dem Alten hinterher. Wie viele Jahre zählte Bruder Anselm bereits? Seinen grauen Haaren und der gebeugten Gestalt nach zu urteilen, hatte er einige Jahrzehnte auf dem Buckel.

»Lass uns den Toten in die Kapelle bringen«, sagte Wernhart und riss ihn damit aus seinen Gedanken.

Sein Freund griff erneut Bruder Gregors Füße.

Bastian hob den massigen Oberkörper an. Der Bauchumfang des Mönches war gut doppelt so groß wie sein eigener. Unwillkürlich fragte er sich, wie der alte Mönch es geschafft hatte, den Toten ohne Hilfe ins Kloster zu schleifen. Der Weg zur Kapelle erschien ihm plötzlich sehr weit. Wernhart schnaufte bereits laut hörbar und stieß die Tür zur Kapelle mit dem rechten Fuß auf. Sie legten den Leib des toten Mönches vor dem Altar ab. Eine Fackel daneben erhellte den Innenraum der Kapelle nur schwach. Bastian warf einen Blick auf den Toten und hielt bei dem Loch in der Kutte inne.

»Ist es nicht merkwürdig, dass aus der Wunde gar kein Blut ausgetreten ist?«, sagte er und zeigte Wernhart, was er meinte.

»Das ist mir bisher überhaupt nicht aufgefallen. Du hast recht.« Wernhart zog den Pfeil hervor, den er wieder in seinen Gürtel gesteckt hatte, und betrachtete die Pfeilspitze.

»Hier ist Blut, aber nicht besonders viel.«

»Der Arzt Josef Hesemann soll sich den Toten morgen anschauen«, schlug Bastian vor. »Jetzt lass uns zum Abt gehen und ihm die traurige Nachricht von Bruder Gregors Tod überbringen.«

Seine Hände zitterten bereits so stark, dass er kaum noch einen lesbaren Buchstaben zu Papier brachte. Er schrieb ein verwackeltes A und hielt inne. Sofort ertönte die Stimme des schrecklichen Mannes in seinem Kopf, der ihn in dieses kleine Zimmer gebracht hatte. Er wusste nicht, wo er sich befand. Hässliche Fratzen starrten ihn von den Wänden an.

»Du darfst nicht aufhören zu schreiben!«, hatte der Fremde gedroht und seinen langen knorrigen Zeigefinger dabei in die Höhe gestreckt. Sein Tonfall ließ keinen Zweifel an der Ernsthaftigkeit seiner Worte. Alle vier Stunden bekam er eine kurze Pause. Er durfte sich von dem kleinen Holztisch erheben, etwas essen, trinken und auch herumlaufen, soweit es in dem winzigen Raum überhaupt möglich war.

Am ersten Tag hatte er seine Aufgabe noch klaglos erledigt. Er musste ein Buch abschreiben und die Arbeit war ihm leicht von der Hand gegangen. Doch nun saß er schon seit drei, vielleicht sogar vier Tagen in dieser Kammer, und seine Finger schmerzten bereits so sehr, dass er sich die Unterlippe blutig gebissen hatte, um sich von den Qualen abzulenken. Hinzu kam die Müdigkeit. Er war es nicht gewohnt, mit nur drei Stunden Schlaf auszukommen. Inzwischen fiel es ihm schwer, Tag und Nacht auseinanderzuhalten, denn die Fenster der Kammer waren mit Brettern vernagelt. Bloß ein genauer Blick durch die Ritzen dazwischen gab ihm Auskunft über die Tageszeit.

Aber er traute sich nicht, aufzustehen. Etwas war merkwürdig an seinem Gefängnis. Gerade erst hatte er aufgehört zu schreiben und sich von seinem Stuhl erhoben. Er hatte sich bewegt und die schmerzenden Gelenke gestreckt. Doch ein Geräusch, das er sich nicht erklären konnte, hatte ihn dazu gebracht, sich gleich wieder hinzusetzen und weiterzuschreiben. Zuerst hatte er geglaubt, der Fremde würde erscheinen, denn es knarrte und knirschte gewaltig. Aber er blieb allein. Vielleicht hatte es sich der Mann anders überlegt, weil er sich sofort wieder der Arbeit gewidmet hatte. Er wusste es nicht.

Schwerfällig schrieb er die nächsten Worte. An seinem Zeigefinger hatte sich eine hässliche Blase gebildet. Sie schmerzte schon beim Hinsehen. Jede Bewegung tat weh. Trotzdem machte er weiter und kratzte mit der Feder über das holzige Papier. Er schaffte die nächsten fünf Zeilen. Dann musste er erneut eine Pause einlegen und seufzte schwer. Das Buch, das er abschreiben sollte, war mehrere hundert Seiten dick. Bisher hatte er nicht einmal ein Viertel geschafft. Die Vorstellung, das gesamte Buch abschreiben zu müssen, raubte ihm jegliche Kraft. Seine rechte Hand fing unkontrolliert an zu zittern. Er tauchte die Feder ins Tintenfass und wollte das nächste Wort schreiben, aber stattdessen brachte er nur einen hässlichen Tintenfleck zustande.

»Ich kann nicht mehr«, jammerte er leise und leckte sich über die trockenen Lippen.

Er stand auf und umkreiste den Schreibtisch. Er hob und senkte die Arme, um den Kreislauf anzuregen. Die Blase an seinem Zeigefinger pochte schmerzhaft. Sie war dunkel angelaufen, weil sie sich mit Blut gefüllt hatte. Er konnte unmöglich weiterschreiben. Doch ihm blieb nichts anderes übrig. Der Fremde hatte ihm verboten, aufzuhören. Sein Leben hing davon ab, und er wollte nicht sterben. Er drehte noch rasch eine Runde um den Tisch und sprach ein Gebet. Sein Flüstern ging jedoch in dem Knarren unter, das plötzlich einsetzte und den Fremden ankündigte.

Sofort nahm er wieder Platz und ergriff eilig die Feder. Dabei platzte die Blase an seinem Finger auf und neben der Tinte ergoss sich zu allem Übel ein dunkelroter Fleck auf dem Papier. Er hatte keine Ahnung, ob der Fremde ihn dafür bestrafen würde. Der Abt hätte es sicherlich getan. Papier war teuer. Es zu verschwenden war eine Sünde. Er zog den Kopf ein und wartete darauf, dass die Tür aufging. Doch nichts geschah. Das Knarren setzte sich fort, und nun bemerkte er, dass das Geräusch gleichmäßig und ununterbrochen anhielt. Das waren keine Schritte. Die Erinnerung an einen Mühlstein kam in ihm hoch. Das Geräusch hörte sich ganz ähnlich an wie zwei schwere Steine, zwischen denen Körner allmählich zu Mehl zerrieben wurden. Aber wo sollte dieses Geräusch herkommen? War er in einer Mühle eingesperrt?

Abermals sprang er auf und huschte zum Fenster. Er versuchte, durch eine schmale Ritze einen Blick nach draußen zu werfen. Doch er konnte nichts erkennen. Lediglich die Helligkeit verriet ihm, dass es Tag war. Das Knarren wurde immer lauter und der Holzboden unter seinen Füßen begann zu vibrieren. Suchend sah er sich nach der Ursache um. Als er aufschaute, wurde ihm schlagartig klar, woher das Geräusch stammte. Die Decke senkte sich herab. Er hastete zu seinem Stuhl und setzte sich wieder. Vermutlich hatte er einen Mechanismus in Gang gesetzt, als er aufgestanden war. Doch während beim ersten Mal das Knarren nach einer Weile aufgehört hatte, verschwand es jetzt nicht mehr. Krampfhaft überlegte er, was er tun könnte. Der Raum war sowieso nicht sonderlich hoch. Aber nun konnte er nicht einmal mehr stehen, denn die Decke kam mit bedrohlicher Geschwindigkeit näher. Er nahm die Feder und tauchte sie in die Tinte, doch das Knarren hielt an. Er schrieb einen ganzen langen Satz und verschmierte dabei das Blut auf dem Papier. Die Decke senkte sich unerbittlich herab. Er hob den Blick und geriet in Panik. Die langen, spitzen Nägel hatte er bisher gar nicht bemerkt. Wenn ihm nicht gleich etwas einfiel, würden sie ihn durchbohren.

»Hilfe!«, rief er verzweifelt und glitt vom Stuhl. Auf Knien kroch er zur Tür.

Er rüttelte an dem Knauf und hämmerte gegen das schwere Türblatt.

»Hilfe!«, schrie er aus Leibeskräften, doch niemand schien ihn zu hören. Nicht einmal der Fremde, der ihn hier eingesperrt hatte.

Die Decke hing jetzt knapp über dem Schreibtisch. Hastig schlüpfte er darunter. Schon bohrten sich die ersten Nägel in den Tisch. Verzweifelt sah er, wie das Tintenfass herunterfiel. Die dunkelblaue Flüssigkeit ergoss sich über den Boden. Dann gaben die Tischbeine nach. Der Tisch krachte zusammen, doch er rührte sich nicht und hoffte, dass die Platte ihn vor den Nägeln schützen würde. Das Knarren schwoll zu einem unerträglichen Kreischen an. Er presste sich auf den Boden und betete, dass der Mechanismus anhielt. Aber der Druck auf seinen Körper wurde immer stärker und drückte ihm die Luft aus der Lunge. Er hörte, wie etwas in seinem Oberkörper knackte. Ein grausamer Schmerz durchzuckte ihn.

»Hilfe«, krächzte er ein letztes Mal.

Dann schloss er die Augen und hoffte, dass es schnell zu Ende ginge. Doch das tat es nicht. Er bekam fast keine Luft mehr, während der Druck seine Eingeweide langsam zerquetschte. Er hatte nicht vermutet, dass der Tod sich so viel Zeit ließ. Als das Gewicht von oben nach einer gefühlten Ewigkeit auf seinen Schädel traf, nahm er die Dunkelheit mit Dankbarkeit auf. Endlich war das grausige Knarren verstummt.

11

GEGENWART

Oliver Bergmann blieb im Türrahmen stehen und musterte die Frau, die an ihrem Schreibtisch saß und ihn mit leeren Augen anstarrte. Ihr Oberkörper lag auf der Tischplatte und der Kopf ruhte auf der Tastatur ihres Computers. Er war zur Seite gedreht, sodass Oliver von der Tür aus ihr Gesicht betrachten konnte. Die Arme der Frau waren nach rechts und links ausgebreitet und ihre Handgelenke mit Kabelbindern an den Tischbeinen fixiert. Ihre unnatürliche Haltung erinnerte ihn unwillkürlich an eine Kreuzigung. Er war mit Klaus in die Praxis einer Psychologin gerufen worden, die insbesondere traumatisierte Kinder betreute. Ihre Sekretärin hatte sie am Morgen tot aufgefunden und die Polizei alarmiert.

»Ich glaube, sie ist schon länger tot«, brummte Klaus in seinem Rücken. Sein Partner drückte sich an ihm vorbei in das Behandlungszimmer und deutete auf ein paar Fliegen, die sich aus unerfindlichen Gründen an einer Stelle des Fensters gesammelt hatten.

Oliver stimmte ihm zu. »Vermutlich liegt sie hier seit Freitagabend oder Samstag.« Er rümpfte die Nase, als er den Geruch von Verwesung wahrnahm.

»Ihre Pupillen sind eingetrocknet und stumpf. Ich kann es schlecht einschätzen. Das muss die Rechtsmedizin für uns beurteilen.« Er wandte sich kurz um und sah in das kreidebleiche Gesicht von Christine Hoffmeyers Sekretärin, die sich mit einer Hand am Türrahmen festhielt.

»Wie lange waren Sie denn am Freitag hier?«

Arianne Stöckel räusperte sich umständlich und rückte ihre hellblaue Brille zurecht.

»Ich war gar nicht hier, ich hatte frei. Am Donnerstag bin ich gegen halb vier nach Hause, nachdem ich den Papierkram der letzten Tage erledigt hatte. Christine war am Freitag alleine in der Praxis. Am Donnerstagnachmittag hatte sie noch Termine. Ich ...« Sie brach mitten im Satz ab und tupfte sich mit einem Papiertaschentuch die Tränen von den Wangen. »Ich habe mich am Wochenende verlobt. Wir waren an der Nordsee in einem kleinen Hotel. Als ich heute Morgen hier ankam, war ich voller guter Dinge. Ich war so glücklich – und jetzt ...« Sie sprach nicht weiter, sondern wandte sich ab. Ihre Schultern bebten. Oliver hörte Arianne Stöckel schluchzen und fühlte sich für eine Sekunde vollkommen hilflos.

»Es tut mir sehr leid«, brachte er mühsam hervor und hielt ihr ein neues Taschentuch hin. Sie nahm es und sah ihn aus geröteten Augen an.

»Ich hätte mir nicht freinehmen dürfen. Dann wäre das alles nicht passiert. Christine hat niemals in die Kamera der Gegensprechanlage geschaut und meist sofort den Türöffner gedrückt. Ich hätte wissen müssen, dass das eines Tages schiefgeht.« Sie schnaubte in das Taschentuch und warf es in den Papierkorb.

Oliver blickte sie voller Mitgefühl an.

»Es ist nicht Ihre Schuld«, sagte er sanft. »So etwas kann niemand vorhersehen.« Er musterte die tote Psychologin abermals. »Haben Sie bemerkt, ob Frau Hoffmeyer in letzter Zeit Probleme hatte? Irgendetwas Ungewöhnliches?«

Arianne Stöckel schüttelte den Kopf. »Nein, sie war immer sehr zurückhaltend, wenn es um ihr Privatleben ging. Aber sie war eine gute Chefin und eine hervorragende Psychologin. Die Kinder liebten sie.«

Oliver umrundete den Schreibtisch, der am Fenster des Behandlungszimmers stand, während Klaus auf der anderen Seite des Raumes ein helles Ledersofa begutachtete.

»Hat Frau Hoffmeyer ausschließlich Kinder behandelt?«, fragte er und deutete auf ein Politmagazin in einem Korb neben dem Sofa, auf dem ein Panzer und ein verletzter Soldat abgebildet waren.

»Drei Viertel unserer Patienten sind minderjährig. Der Rest ist erwachsen. Viele ältere Patienten waren als Kinder bereits bei uns in Behandlung«, erklärte Arianne

Stöckel. Sie stand noch immer wie erstarrt im Türrahmen und hatte bisher keinen Fuß in das Behandlungszimmer gesetzt. Oliver konnte das gut nachvollziehen. Der grausige Anblick der Toten ließ sich schon aus der Entfernung kaum ertragen. Er versuchte, die Todesursache zu ergründen, ohne die Leiche zu berühren. Er wollte so wenig wie möglich verändern, bis die Spurensicherung eintraf. Auf den ersten Blick konnte er keine Verletzung erkennen. Die Bluse erschien sauber und unversehrt, zumindest am Rücken. Mehr konnte er nicht sehen. Die Ärmel wiesen ebenfalls weder Schmutz noch Risse auf. Oliver inspizierte die Hände der Frau und wurde stutzig. Die Handkanten waren stark angeschwollen und dunkelrot verfärbt. Zudem klebten feine helle Partikel daran. Sie erinnerten Oliver an Mehl oder Staub, der von Putz stammen könnte. Es sah fast so aus, als hätte die Psychologin mit bloßen Händen gegen eine Mauer geschlagen. Sofort schnellte sein Blick hinüber zu den Wänden des Behandlungszimmers. Er suchte nach Stellen, wo der Putz abgerieben war, entdeckte jedoch nichts. Auch auf dem Boden lagen keine Partikel.

Oliver streifte sich Schutzhandschuhe über und ging zu dem Fenster, an dem sich immer noch etliche Fliegen tummelten. Das Fenster ließ sich mühelos öffnen. Doch er schloss es gleich wieder, weil die Fliegen für die Bestimmung des Todeszeitpunktes relevant sein könnten. Einige Insekten würden von der Spurensicherung eingefangen werden. Wie auf Kommando ertönte hinter ihm eine energische Frauenstimme:

»Guten Morgen, die Herren.« Ingrid Scholten war

eingetroffen. »Was haben Sie denn am Montagmorgen für mich?«

Die Leiterin der Spurensicherung schob sich an der Sekretärin vorbei und nickte Oliver knapp zu. Dann blieb ihr Blick an der toten Psychologin hängen.

»Weibliche Tote, ungefähr Mitte dreißig, der Täter hat die Leiche drapiert und der Todeszeitpunkt liegt mindestens achtundvierzig Stunden zurück«, murmelte sie und wandte sich gedankenverloren Olivers Partner zu, um ihn ebenfalls zu begrüßen. Anschließend winkte sie eine Mitarbeiterin herein.

»Frau Schulze, können Sie bitte ein paar dieser Fliegen einfangen und zur Forensik schicken?« Ingrid Scholten holte eine Pinzette aus ihrem Aluminiumkoffer und zupfte damit etwas von der Schulter der Toten. Sie betrachtete ihren Fund nachdenklich und schürzte die Lippen.

»Dieses Haar stammt nicht vom Opfer«, verkündete sie triumphierend und verfrachtete das Beweisstück in eine Asservatentüte.

»Wo ist der Fotograf?«, rief sie nach draußen und kurz darauf erschien ein junger Mann mit langen Haaren und einer Kamera in der Hand.

»Ich möchte, dass Sie die Position der Leiche aus jedem Winkel ablichten. Von den Händen brauchen wir Details.« Sie zog einen langen Tupfer aus ihrem Koffer und nahm eine Probe von den hellen Partikeln, die Oliver bereits zuvor aufgefallen waren.

»Ich denke, Christine Hoffmeyer hat versucht, sich

zu befreien«, sagte Oliver und hob zur Demonstration die Hände. »Meines Erachtens hat sie gegen eine Wand gehauen.«

Ingrid Scholten verzog die Miene. »Sieht so aus, doch warum hämmert man gegen eine Wand und nicht gegen eine Tür?«

Sie hielt den Tupfer ins Licht und kniff die Augen zusammen. »Wir müssen natürlich noch abwarten, was das Labor hierzu sagt, aber diese hellen Rückstände sehen verdammt nach Putz aus.«

»Guter Punkt«, erwiderte Oliver, während Ingrid Scholten mit einem Pinsel zur Tür marschierte und einen anderen Mitarbeiter anwies, auf dem Schreibtisch nach Spuren zu suchen.

»Sie hat möglicherweise ziemlich oft gegen die Wand gehauen, denn die Hände sind stark geschwollen.« Oliver sah sich abermals im Raum um. »Ich kann mir aber nicht vorstellen, dass sie hier eingesperrt war. Die Fenster lassen sich öffnen und sind nicht abschließbar. Sie hätte um Hilfe schreien können.«

»Vielleicht stand sie unter Drogen«, warf Klaus ein und machte dem Fotografen Platz, der um den Schreibtisch lief und Aufnahmen von dem Opfer fertigte. »Sie könnte im Rausch gegen die Wände gehämmert haben. Das wäre doch zumindest eine Erklärung.«

»Wenn sie in diesem Raum gegen eine Wand geschlagen hat, werden wir es herausfinden«, versprach Scholten und näherte sich wieder dem Schreibtisch. »Sind Sie fertig?«, fragte sie den Fotografen. »Ich möchte die Schuhe der Frau genauer betrachten und auch ihren Oberkörper.«

Als der Fotograf sich entfernte, durchtrennte Ingrid Scholten die Kabelbinder an den Handgelenken der Toten und zog vorsichtig den Stuhl ein Stück vom Schreibtisch weg. Zwei ihrer Mitarbeiter hielten die Tote und legten sie dann behutsam auf eine Plastikfolie.

»Da haben wir es. Die Schuhspitzen sind auch weiß«, verkündete Ingrid Scholten und winkte Oliver und Klaus heran. »Offenbar hat sie auch mit den Füßen gegen eine Wand getreten.« Sie warf einen Blick über die Schulter und deutete auf die makellosen Wände ringsum.

»Ich muss Ihnen recht geben, hier war das Opfer vermutlich nicht eingesperrt. Es sei denn, der Täter hätte im Anschluss an den Mord die Wände frisch gestrichen.« Sie machte einen tiefen Atemzug. »Aber nach Farbe riecht es hier nicht.«

»Sie weist überhaupt keine Verletzungen auf«, sagte Oliver, der sich neben die Tote gehockt hatte, um Brust, Bauch und Beine genauer zu betrachten. »Wie ist sie bloß gestorben?«

»Und wo?«, fügte Klaus hinzu.

Ingrid Scholten ließ ihren Blick über die Tote schweifen und hob unschlüssig die Schultern. »Wenn Sie mich fragen, war es Gift. Doch um herauszufinden, ob und welches, brauchen wir die Rechtsmedizin.«

»Können Sie den Mund der Toten öffnen?«, fragte Oliver und beugte sich tief hinunter, als Ingrid Scholten mit der Taschenlampe in den Rachen leuchtete.

»Verdammt«, stieß Oliver aus. »Die Mundschleimhaut ist geschwollen und dunkel angelaufen. Was zum Teufel ist denn mit dieser Frau passiert?«

»Kann sein, dass sie sich vor ihrem Tod erbrochen hat.« Ingrid Scholten wedelte sich mit der Hand Luft vom Mund des Opfers zu. »Leider ist die Verwesung im vollen Gange. Da bin ich überfragt.«

»Aber die Schwellung könnte auch für eine Vergiftung sprechen«, warf Klaus ein. »Sie wurde vergiftet, schlug besinnungslos auf eine Wand ein und übergab sich.«

»Könnte sein«, bestätigte Oliver. »Wir müssen sie so schnell wie möglich obduzieren lassen, damit wir erfahren, woran sie gestorben ist.« Er erhob sich und ging hinüber ins Sekretariat, wo Arianne Stöckel mit bleichem Gesicht auf ihrem Bürostuhl saß.

»Fehlt eigentlich etwas in der Praxis? Ich meine damit Geld, Medikamente, Dokumente oder sonstige Wertgegenstände?«, fragte er sie.

Arianne Stöckel schüttelte den Kopf. »Nein. Das habe ich gleich überprüft, nachdem ich die Polizei alarmiert hatte. Es fehlt überhaupt nichts und sogar die Handtasche von Christine stand unangetastet auf der Ablage neben meinem Tisch.«

»Dürfte ich die Tasche sehen? Sind das Handy und das Portemonnaie von Christine Hoffmeyer noch drin?«

»Ja, wie gesagt, es wurde nichts entwendet.« Arianne Stöckel erhob sich von ihrem Stuhl und öffnete einen weißen Schrank, der bis unter die Decke ging. Sie holte eine braune Handtasche mit beigem Karomuster heraus und überreichte sie Oliver. Er fischte das Handy hervor.

»Kennen Sie zufällig den Code?«

»Nicht offiziell«, erwiderte Arianne Stöckel unsicher. »Ich weiß nicht, ob ich Ihnen den geben darf.«

»Sie helfen uns damit. Spätestens unser Technikteam knackt ihn sowieso. Sie würden uns jede Menge Zeit ersparen, wenn Sie ihn mir nennen.«

»Es ist ihr Geburtsdatum«, erklärte die Sekretärin und schrieb ihm eine sechsstellige Zahl auf.

Oliver entsperrte das Handy und sah sich die Nachrichten an. Die letzte Mitteilung hatte Christine Hoffmeyer am Donnerstagabend um halb sechs abgeschickt. Sie wollte mit einer Freundin essen gehen, hatte den Termin jedoch auf die nächste Woche verschoben, weil sie noch zu viel Arbeit hatte. Die Freundin, eine gewisse Mia, hatte geantwortet und gefragt, ob ihr der nächste Freitag passen würde. Da war es zehn vor sechs gewesen. Diese Nachricht hatte Christine Hoffmeyer bereits nicht mehr gelesen. Ihre Antwort blieb dementsprechend ebenfalls aus und aus welchen Gründen auch immer hatte die Freundin nicht mehr nachgehakt.

»Kennen Sie eine Mia?«, wollte Oliver wissen.

»Soweit ich weiß, ist das eine Bekannte aus ihrer Kirchengemeinde. Sie singen zusammen im Chor. Hin und wieder treffen sie sich zum Essen, gehen ins Kino oder schwimmen.«

»Können Sie mir den Nachnamen nennen?«

Arianne Stöckel überlegte kurz. »Ich glaube, sie heißt Körner. Sie hat hier ein paarmal übers Festnetz angerufen, aber da sie keine Patientin ist, kann ich nirgends nachschauen. Hat Christine den Kontakt denn nicht im Handy abgespeichert?«

»Leider nur unter dem Vornamen. Wir werden den vollständigen Namen schon herausfinden. Im Zweifel können wir ja einfach anrufen.« Oliver zog das Portemonnaie aus der Handtasche und untersuchte es. Er beförderte Christine Hoffmeyers Personalausweis zutage, eine Kreditkarte und ein bisschen Kleingeld. Er überprüfte noch einmal alle Fächer, weil er etwas Persönliches von ihr finden wollte. Ein Familienfoto, eine Glücksmünze oder Ähnliches. Aber da war nichts.

»War Frau Hoffmeyer verheiratet oder hatte sie einen Freund?«

Arianne Stöckel stieß einen tiefen Seufzer aus.

»Sie lebte getrennt. Die Scheidung ist seit ein paar Monaten durch. Es war eine unschöne Geschichte.«

»Hatte sie Kinder?«

»Nein. Ihr Ex-Mann wollte keine.«

Oliver holte eine Packung Papiertaschentücher, einen Handspiegel und verschiedene Lippenstifte aus der Tasche.

»Und warum war es eine unschöne Geschichte mit der Scheidung?«, fragte er weiter und öffnete den Reißverschluss einer schmalen Seitentasche im Inneren der Handtasche. Zu seiner Verwunderung befand sich darin ein zweites Handy.

»Samuel wollte die Trennung nicht und hat Ewigkeiten versucht, Christine zurückzugewinnen. Aber sie fühlte sich von ihm einfach erdrückt. Er ist auch hier regelmäßig aufgetaucht, aber ich habe ihn am Ende nicht mehr zu ihr durchgelassen. Stellen Sie sich nur vor, ich musste ihm mit der Polizei drohen.« Arianne Stöckel beschrieb in allen Einzelheiten die Begegnungen mit dem Ex-Mann des Opfers. Allerdings hatte Oliver Schwierigkeiten, ihr zu folgen. Er betrachtete das unscheinbare Handy in seiner Hand und ahnte, dass er etwas enorm Wichtiges entdeckt hatte.

Lukas stolperte über das Kopfsteinpflaster, weil die rot-weißen Absperrbänder ihn ablenkten. Er fing sich dennoch rechtzeitig auf und blieb stehen. Drei uniformierte Polizisten standen vor dem Haus. Einer von ihnen, nicht besonders groß und mit dunklem Vollbart, lehnte an der alten Stadtmauer, die an das Haus grenzte. Früher, im Mittelalter, war der Rhein hinter den dicken Wällen entlanggeflossen, doch heute erstreckte sich dort eine Wiese mit knorrigen Weidenbäumen. Lukas mochte Zons, auch wenn sein Cousin, der in Köln lebte, ihn als Dorfkind bezeichnete. Paul zog ihn bei jedem Treffen damit auf. Lukas öffnete den Reißverschluss seiner dünnen Stoffjacke. Die Sonne hatte in den letzten Tagen eine unheimliche Kraft entwickelt. Sie hatten erst April, aber die Hitze fühlte sich an, als wäre es bereits August. Er näherte sich langsam und wollte sich an der Polizistin vorbei in den Hauseingang drängen.

»Hier ist abgesperrt«, sagte der zweite Polizist schroff, ein grauhaariger Mann mit listigen dunklen Augen.

»Ich habe einen Termin«, beharrte Lukas und sah überhaupt nicht ein, auch nur einen Zentimeter zurückzuweichen. Was immer die Polizei hier tat, es hatte nichts mit ihm zu tun. Oder etwa doch? Die Polizistin musterte ihn mit stechendem Blick. Nach einem Moment des Zögerns trat er vorsichtshalber einen Schritt zurück.

»Hier ist für heute alles abgesagt«, erklärte die Polizistin und setzte ein dünnlippiges Lächeln auf. »Am besten, du versuchst es ein anderes Mal.«

»Sind Sie verrückt? Frau Hoffmeyer wird es mir übel nehmen, wenn ich sie versetze. Am besten, Sie lassen mich einfach durch. Ich muss in die zweite Etage.«

»In die zweite?«, mischte sich der Vollbärtige ein, der eben noch lässig an der Stadtmauer gelehnt hatte.

Lukas nickte zögerlich. »Wie heißen Sie denn?«, wollte der Polizist wissen und baute sich vor ihm auf. Der Kerl war riesig, bestimmt einen Kopf größer als er. Sein üppiger Bart berührte fast seine Stirn. Lukas holte tief Luft. Ganz langsam. So hatte es Frau Hoffmeyer ihm beigebracht.

»Lass dich nicht provozieren«, hatte sie immer wieder gesagt.

Doch es funktionierte nicht. Wie ferngesteuert ballten sich seine Fäuste und die Muskeln in seinen Beinen und Armen spannten sich an.

»Ich muss zu meinem Termin«, zischte er und sah dem Bärtigen unverwandt in die Augen.

»Ihr Name?«, wiederholte der Mann trocken.

Lukas atmete aus. Viel zu schnell.

»Mein Name ist Lukas Brandner. Haben Sie sonst noch Fragen? Ich komme zu spät.« Er pochte auf seine Armbanduhr, doch der Bärtige blieb wie ein Fels stehen und versperrte ihm weiter den Weg.

»Du kannst nicht zu Frau Hoffmeyer«, mischte sich jetzt die Polizistin ein und drängte ihren Kollegen beiseite. »Es gab hier einen Vorfall und Frau Hoffmeyer kann keine Sprechstunde geben.«

Lukas hatte ein Gefühl für Leute, die ihn anlogen. Und diese Polizistin tat es gerade. Durfte sie das? Musste eine Gesetzeshüterin nicht immer die Wahrheit sprechen? Seine Fäuste spannten sich erneut an, aber etwas in ihrem Blick brachte seine Wut zum Stillstand. Was verdammt sah er da? Er reckte den Kopf nur ein paar Millimeter vor. Und dann wurde es ihm klar. Mitleid.

Diese Polizistin hatte Mitleid mit ihm?

»Hör mal, Lukas. Ich darf dich doch so nennen?«, fragte sie sanft.

Er schwieg und musterte sie.

»Du kannst heute nicht zu Frau Hoffmeyer. Die Praxis ist geschlossen. Also heute und auch später. Kannst du mir die Telefonnummer deiner Eltern geben? Ich würde gerne mit ihnen sprechen.«

Jetzt schlug es dreizehn. Erst ließen ihn diese drei Polizisten nicht zu seiner Psychologin und nun wollten sie auch noch seine Eltern anrufen? Seine Mutter würde alles andere als begeistert sein. Er konnte sich einfach nicht mehr zurückhalten.

»Ich will sofort zu Frau Hoffmeyer, und wenn Sie mich nicht durchlassen, dann verschaffe ich mir mit

Gewalt Zutritt«, blaffte er und stellte zufrieden fest, wie sich das Mitleid im Gesicht der Polizistin in Angst verwandelte. Allerdings hielt diese nicht lange an. »Du kannst nicht mit ihr sprechen. Es gab einen Vorfall«, erklärte sie noch einmal.

»Was für ein verdammter Vorfall sollte das denn sein?«, schrie Lukas und hob die Fäuste.

»Nun mal langsam«, sagte der Bärtige ruhig und drängte sich wieder dazwischen.

Lukas konnte diesen Typen nicht ausstehen. Allerdings brachte ihn sein Blick dazu, die Fäuste herunterzunehmen.

»Beruhigen Sie sich am besten«, redete der Polizist auf ihn ein.

Doch in Lukas' Blut rauschte der Zorn. Er wollte zu Frau Hoffmeyer. Jetzt sofort. Verdammt! Er brauchte sie. Ohne sie würde er sich niemals beruhigen. Das Monster in ihm erwachte. Er konnte es fühlen und er wollte niemandem wehtun. Nicht mehr.

Der Bärtige streckte den Arm nach ihm aus und hielt ihn an der Schulter fest.

»Ruhig!«, wiederholte er.

»Ich will ...« Der Satz blieb Lukas im Hals stecken. Plötzlich war alles um ihn herum in Bewegung. Menschen in weißen Schutzanzügen strömten aus der Haustür. Menschen, die Taschen und Kartons trugen. Lukas schluckte. Sein Zorn war schlagartig verpufft, so als ob Frau Hoffmeyer mit den Fingern geschnippt hätte. Das tat sie immer, sobald er die Kontrolle verlor. Doch dieses Mal war es etwas anderes, das seinen Wutanfall gestoppt hatte. Nur wenige Meter entfernt hielt ein dunkler Wagen. Schwarz wie die Nacht. Oder wie der Tod, dachte Lukas. Vor Frau Hoffmeyers Praxis stand ein Leichenwagen und augenblicklich drehte sich ihm der Magen um.

III

VOR FÜNFHUNDERT JAHREN

»Was um Himmels willen fällt Euch ein, mich mitten in der Nacht aus dem Bett zu holen?«, donnerte der Abt und funkelte Bastian und Wernhart missmutig an. In dem Nachthemd, das seine dürren kreideweißen Unterschenkel preisgab, wirkte Theodor von Grünwald nicht annähernd so erhaben wie in seiner langen Mönchstracht.

»Verzeiht die nächtliche Ruhestörung, Vater Abt, aber wir haben schlechte Nachrichten. Bruder Gregor ist von uns gegangen. Er wurde ermordet«, sagte Bastian, während Wernhart eingeschüchtert auf seine Schuhspitzen starrte.

»Ich habe Bruder Gregor zuletzt nach dem Abendgebet gesprochen. Wir hatten wichtige Dinge zu bereden. Ihr müsst Euch also irren, werter Bastian Mühlenberg.«

»Nichts täte ich lieber als das, glaubt mir. Doch leider verhält es sich nicht so. Folgt uns und überzeugt Euch selbst. Wir haben Bruder Gregor in die Kapelle gebracht.«

Theodor von Grünwald runzelte die Stirn. Er öffnete den Mund, um erneut zu widersprechen, entschied sich offenbar jedoch im letzten Moment anders. Er presste zerknirscht die Lippen aufeinander und machte auf dem Absatz kehrt.

»Wartet. Ich kleide mich an.«

Kurz darauf erschien er in seiner dunklen Kutte und trat dicht an Bastian heran.

»Ich hoffe, Ihr habt nicht getrunken, mein Freund«, zischte er und nahm einen tiefen Atemzug.

»Vater Abt, bitte. Wo denkt Ihr hin?«, entgegnete Bastian. Er kannte Theodor von Grünwald seit einer halben Ewigkeit und wusste, dass er das Kloster mit strenger Hand führte.

»Ich würde Euch niemals um Eure Nachtruhe bringen, wenn es nicht äußerst wichtig wäre«, fügte er hinzu.

»Verzeiht, mein Sohn. Meine Nächte sind gegenwärtig nicht die ruhigsten. Ich kämpfe seit Wochen um jede Stunde Schlaf. Das Alter macht mir zu schaffen, aber das soll nicht Eure Sorge sein.«

Er folgte ihnen die Steintreppe hinunter zum Ausgang. Sie verließen das Haupthaus und überquerten den Klostergrund, umrundeten eine dicke Eiche und blieben vor der Kapelle stehen. Der Abt bekreuzigte sich, bevor er die Tür öffnete und eintrat. Bastian hatte die Fackel brennen lassen, sodass Bruder Gregor bereits vom Eingang aus zu sehen war.

»Du lieber Himmel! Nein!«, stieß der Abt aus und stürzte auf den Toten zu. Er ging in die Knie und rüttelte ihn, als ob er ihn aufwecken wollte, doch Bruder Gregor rührte sich nicht.

»Es tut mir sehr leid«, sagte Bastian leise.

»Wie kann das sein? Wo habt Ihr ihn denn gefunden?«

Bastian nickte Wernhart zu, damit dieser die Frage des Abtes beantwortete.

»Ich bin heute Nacht für die Wache an den Türmen der Stadt verantwortlich«, erklärte Wernhart. »Als ich mich vom Feldtor aufgemacht habe, um am Zollturm nach dem Rechten zu sehen, hörte ich in Höhe des Juddeturms jemanden kläglich jammern. Ich erblickte Bruder Anselm, der neben dem toten Bruder Gregor kniete, und bin sogleich zu ihm gerannt. Bruder Gregors Arme waren zu beiden Seiten ausgebreitet, und in seiner Brust steckte ein Pfeil mit einer Botschaft.«

Der Abt starrte Wernhart mit schreckgeweiteten Augen an, als hätte er einen Geist gesehen. Dann blinzelte er, als wollte er die schrecklichen Bilder, die ihm offenbar gerade durch den Kopf gingen, verscheuchen.

»Was für eine Botschaft?«, fragte er schließlich tonlos.

Wernhart zog den Pfeil aus seinem Gürtel und wickelte vorsichtig das Pergament ab.

»So haben wir die Nachricht vorgefunden.« Theodor

von Grünwalds Finger zitterten, als er das Pergament auseinanderrollte und zu lesen begann.

»*Hereditas monachorum taciturnorum altum in corde tuo inest*«, las er vor und fragte: »Was soll das bedeuten?«

»Ich hatte gehofft, Ihr hättet eine Antwort darauf«, sagte Bastian.

»Wir sind keine Schweigemönche und wir pflegen auch keine Kontakte zu einem solchen Orden.«

»Wäre es möglich, dass Bruder Gregor vor seiner Zeit hier bei Euch einem derartigen Kloster angehört hat?«

Der Abt schüttelte energisch den Kopf. »Ausgeschlossen. Er stammt aus einer Kaufmannsfamilie. Bereits als junger Bursche hat er sich freiwillig aus Liebe zum Herrn unserem Orden angeschlossen und auf all seinen Wohlstand verzichtet. Es ist undenkbar, dass er etwas mit einem Orden von schweigenden Mönchen zu tun hat, und offen gestanden war Bruder Gregor – Gott hab ihn selig – alles andere als schweigsam. Er konnte ununterbrochen reden. Das passt überhaupt nicht zu ihm. Vermutlich handelt es sich um eine ganz entsetzliche Verwechslung. Jemand hat unseren Orden offenbar in völlig falschem Licht gesehen. Wie sonst soll ich diese Nachricht verstehen?«

»Ich weiß es nicht, aber ich schlage vor, die Brüder dieses Klosters einer Befragung zu unterziehen. Vielleicht kennt jemand von ihnen eine Verbindung zu einem solchen Orden«, erwiderte Bastian. »Und unabhängig davon stelle ich mir die Frage, wie Bruder Gregor aus dem Schlafgemach gelangt ist.« Er vermied es, Bruder Anselms Namen zu nennen, doch an dem plötzlichen Funkeln in den Augen des Abts erkannte er, dass dieser sofort an die Klosterwache dachte.

»Bruder Anselm«, stieß der Abt aus. »Er wacht heute Nacht an der Klosterpforte. Wehe ihm, wenn er wieder eingeschlafen ist. Warum hat er Bruder Gregor denn nicht daran gehindert, das Kloster zu verlassen? Hier wäre er in Sicherheit gewesen.« Der Abt sprang auf und stürmte zum Ausgang der Kapelle.

»Wartet!«, rief Bastian und überholte ihn. »Bruder Anselm hat ihn nicht gesehen. Zudem ist es nicht seine Verantwortung, falls Bruder Gregor das Kloster verlassen hat.«

Theodor von Grünwald blieb stehen.

»Das sind wahre Worte und trotzdem muss Bruder Anselm für seine Nachlässigkeit Buße tun. Es ist nicht das erste Mal, dass er einfach einschläft und dieses Kloster ins Chaos stürzt. Erst vor zwei Monden hatten wir plötzlich einen Bettler hier im Klosterhof, der um Essen bat. Bruder Anselm hatte vergessen, das Tor zu schließen, und war eingeschlafen. Er darf unsere Sicherheit nicht gefährden. Ich muss mich auf ihn verlassen können.«

»Er ist nicht mehr der Jüngste«, warf Wernhart ein.

»Mein Freund hat recht«, fügte Bastian hinzu. »Er ist dieser Aufgabe nicht länger gewachsen. Habt Ihr bemerkt, wie gebeugt sein Gang ist?«

Plötzlich fing der Abt an zu lachen. »Mein lieber Bastian Mühlenberg. Ich wusste schon immer, dass Ihr ein gutherziger Mann seid. Aber bisher dachte ich, Euch kann niemand so schnell hinters Licht führen. Bruder

Anselm hat sich selbst gegeißelt. Sein Rücken ist wund und voller Striemen. Kommt in ein paar Tagen wieder, und Ihr werdet sehen, dass dieser Mönch noch immer so kräftig wie ein junger Mann ist. Nein. Er ist dieser Aufgabe gewachsen, aber die Trägheit hat ihn eingeholt. Das ist Sünde und ich werde ihn dafür zur Rechenschaft ziehen.« Theodor von Grünwald tippte sich an die Stirn.

»Soll ich Euch den Grund für Bruder Anselms letzte Buße verraten?«

Bastian nickte neugierig.

»Er hatte Streit mit Bruder Gregor.« Der Abt sah Bastian tief in die Augen.

»Und jetzt ist er tot«, fügte er leise hinzu.

* * *

Nachdem Bastian endlich in den Schlaf gefunden hatte, kreisten seine Träume um eine Frau mit smaragdgrünen Augen und dunklen Locken.

»Anna«, flüsterte er heiser und streckte die Hand nach ihr aus.

Sie lächelte ihn an, aber sie sagte nichts. Tief aus seinem Unterbewusstsein drang eine Warnung zu ihm hinauf. Etwas stimmte nicht. Anna erschien ihm auf seltsame Weise verändert. Normalerweise fühlte er sich mit ihr verbunden, sobald er sie sah. Heute Nacht jedoch war alles anders. Er konnte es nicht greifen. Trotzdem spürte er die Liebe, die er nun schon so lange für sie empfand. Wie oft hatte er versucht, Anna zu vergessen? Hatte sie aus seinen Träumen und seinem Bewusstsein verbannt. Doch jedes Mal war er bereits kurz danach wieder zu ihr zurückgekehrt, weil sie ein Teil von ihm war, den er nicht einfach abtrennen konnte. Sein Herz schlug für sie und würde es immer tun. Egal wie sehr er sich dagegen wehrte. Es gab Dinge zwischen Himmel und Erde, die ließen sich nicht erklären. Aber sie waren da. Genauso wie seine Liebe zu dieser Frau. Obwohl es ihm unverständlich blieb, so wusste er, dass sie eines Tages auf dieser Erde wandeln würde und dass sie ebenso empfand wie er. Sie liebte ihn, auch wenn sie nur in seinen Träumen existierte.

»Anna«, wiederholte er sanft und noch immer erwiderte sie nichts.

Sie verharrte stumm vor ihm und zu seinem Entsetzen löste sie sich plötzlich auf. Er blieb allein zurück, gefangen in einem Traum. Hilflos rief er ihren Namen, und endlich bemerkte er in der Ferne eine Gestalt, die auf ihn zueilte. Erst als sie direkt vor ihm stand, wurde Bastian klar, dass es ein Mönch und nicht Anna war. Der Mönch grinste ihn an, als wäre er gerade aus der Hölle entflohen. Bastians Lippen waren zugenäht, und er konnte kein Wort hervorbringen, obwohl er es versuchte. Ein Pfeil schoss durch die Luft und traf den Mönch in die Brust. Er fiel um und verwandelte sich in Bruder Gregor. Bastian ging in die Knie und zog ihm den Pfeil aus dem Leib. Im selben Augenblick wurde er von einem Dutzend dunkler Gestalten umzingelt. Mönche, die bedrohlich schwiegen und immer näher kamen. Er sah ihren Atem wie dünne Nebelschwaden aufsteigen. Sie bedrängten ihn mit ihren Waffen, und in dem

Moment, als einer von ihnen auf seine Brust zielte, hörte er eine Stimme.

»Wach auf!«, rief Anna aus weiter Ferne.

Bastian öffnete die Augen. Der Traum löste sich auf. Er fand sich auf seinem Lager wieder, neben ihm schlief Marie mit dem Baby im Arm. Es war ihr drittes Kind. Irene und Georg schliefen nebenan. Erleichtert fuhr er hoch. Das erste Sonnenlicht durchdrang die Dunkelheit der Nacht. Ein Vogel zwitscherte und alles schien friedlich. Bastian schob den Albtraum beiseite. Der Tod von Bruder Gregor hatte ihn mitgenommen. Er würde alles tun, um seinen Mörder zu finden und zur Rechenschaft zu ziehen. Die Zonser Schöffen würden ihn vermutlich an einem der drei Gerichtsbäume vor dem Zollturm aufhängen. Nichts anderes hatte er verdient. Doch weshalb benutzte er den Tod des Mönches, um eine Nachricht zu hinterlassen, die nicht einmal der Abt des Franziskanerklosters verstand? Warum hatte er Bruder Gregor mit ausgebreiteten Armen vor den Toren des Klosters abgelegt? Wie war der Mörder überhaupt an den Mönch herangekommen? Hatte er ihn aus dem Kloster entführt oder hinausgelockt? Fragen über Fragen kreisten durch Bastians Kopf. An Schlaf war nicht mehr zu denken. Also sprang er aus dem Bett, schlüpfte in seine Kleider und begab sich nach unten in die Stube. Nachdem er hastig etwas Brot verschlungen hatte, machte er sich auf den Weg zu Josef Hesemann, dem einzigen Arzt in Zons. Er steuerte auf die Kirche zu, neben der Josef wohnte. Eine rundliche Gestalt huschte aus der Kirchentür und lief, die Augen nach oben zum Dachstuhl gerichtet, um das Kirchenschiff herum.

»Kann ich Euch behilflich sein?«, fragte Bastian und folgte dem Blick des Pfarrers.

Johannes stieß einen leisen Schrei aus und klopfte sich gegen die Brust. »Himmel, habt Ihr mich erschreckt, mein Junge. Was macht Ihr zu so früher Morgenstund hier?«

»Dasselbe könnte ich Euch auch fragen«, erwiderte Bastian lächelnd und deutete nach oben.

»Wonach sucht Ihr?«

Pfarrer Johannes winkte ab. »Irgendwo muss ein Loch sein. Eine Taube ist in der Nacht hereingeflogen und hat den Altar entweiht. Diese Viecher haben in meiner Kirche nichts zu suchen!«, schimpfte er und setzte seinen Gang um die Kirche fort. »Helft mir, damit ich das Loch zustopfen kann.«

»Das würde ich gerne«, erwiderte Bastian. »Aber leider bleibt mir nichts anderes übrig, als Euch etwas zu vertrösten. Heute Abend werfe ich einen Blick auf den Dachstuhl, doch nun muss ich zu Josef Hesemann. Bruder Gregor ist in der Nacht vor den Toren des Klosters mit einem Pfeil in der Brust tot aufgefunden worden. In unseren Reihen lebt ein Mörder, und ich muss ihn unbedingt dingfest machen, bevor er womöglich erneut zuschlägt.«

Pfarrer Johannes blieb wie angewurzelt stehen und bekreuzigte sich.

»Gott, der Herr, sei Bruder Gregors Seele gnädig«,

murmelte er. »Ich kannte ihn ein wenig. Er besaß ein gutes Herz. Habt Ihr denn bereits einen Verdacht?«

»Nein. Noch gar keinen«, seufzte Bastian. »Sein Tod ist merkwürdig. An dem Pfeil war eine Botschaft angebracht. Es geht um das Vermächtnis der schweigenden Mönche. Sagt Euch das irgendetwas?«

»Ich kenne einen französischen Orden, der das Schweigen über das Reden stellt. Doch dieses Kloster liegt weit entfernt. Mehrere Tagesreisen sind nötig, um es zu erreichen.« Pfarrer Johannes schob nachdenklich die Unterlippe vor. »Im Umkreis von einem Tagesritt wüsste ich kein solches Kloster und keinen Mönch, der die Methode des Schweigens praktiziert.«

»Diese Antwort hatte ich befürchtet«, erwiderte Bastian enttäuscht. »Warum hinterlässt ein Täter eine Botschaft, mit der niemand etwas anfangen kann?«

»Vielleicht will er Euch in die Irre leiten? Meist liegt die Wahrheit direkt vor Euren Füßen und diese Nachricht katapultiert Eure Gedanken weit in die Ferne.«

Bastian schwieg und dachte nach. Möglicherweise hatte Pfarrer Johannes recht. Andererseits konnte er sich nicht vorstellen, dass diese Botschaft keinen Sinn ergab. Tief in seinem Bauch wusste er, dass sie etwas bedeutete. »Der Mönch lag mit ausgebreiteten Armen vor dem Kloster. Sein toter Körper symbolisierte ein Kreuz. Und die Botschaft ist in Latein verfasst. Könnt Ihr mir helfen und eine Liste zusammenstellen von Bürgern, die dieser Sprache mächtig sind?«

»Selbstverständlich«, antwortete Pfarrer Johannes. »Und wenn es um ein Vermächtnis geht, das in Latein geschrieben ist, dann schaut Euch doch in der Bibliothek des Klosters um. Das alles klingt mir sehr nach einem Buch. Denkt Ihr nicht auch?«

»Ich werde mit dem Klosterbibliothekar sprechen«, sagte Bastian und verabschiedete sich.

* * *

Elias schaute an sich hinunter und zog den Bauch ein. Trotzdem wölbte sich dieser noch leicht hervor. Er spannte die Muskeln stärker an, bis sie schmerzten, und kniff mit Daumen und Zeigefinger in die Wölbung seines Bauches, die sich weich anfühlte.

»O nein«, seufzte er entsetzt und tastete das Fett ab, das er sich offenbar angefressen hatte. Er würde auf die nächste Mahlzeit verzichten. Vielleicht ein kleiner Happen, aber mehr nicht. Er musste den Speck loswerden. Panisch kramte er einen Handspiegel unter dem Kopfkissen hervor und betrachtete sich. Blaue Augen schauten ihn sorgenvoll an. Die braunen Haare wirkten genauso fettig wie sein schwabbeliger Bauch und seine Haut war leicht gerötet. Er kniff sich in die Wange und stellte erleichtert fest, dass sich dort bisher kein Fett angelagert hatte. Von Pausbacken keine Spur. Zufrieden versteckte er seinen Bauch unter der Mönchskutte. Noch würde niemandem auffallen, dass sich darunter das Zeichen von zu gutem und vor allem übermäßigem Essen verbarg. Er sollte sich schämen. Außerhalb des Klosters gab es Tausende Menschen, denen der Magen unablässig knurrte. Und er saß träge in diesen

Gemäuern und fraß sich rund wie ein Schwein. Er zog die Kordel fest um seine Mitte, bis es schmerzte. Gut so. Buße tun war das Einzige, das ihn erretten konnte. Er stürmte aus der spärlichen Zelle nach unten in den großen Saal. Seine Mitbrüder hatten bereits am Tisch Platz genommen. Duftendes Brot wurde verteilt.

»Wollt Ihr auch ein Stück, Bruder Elias?«, fragte Bruder Nikolaus und hielt ihm eine noch warme Brotscheibe vor die Nase. Sofort lief ihm das Wasser im Mund zusammen. Plötzlich verließen ihn alle guten Vorsätze. Auch der Schmerz durch die straffe Kordel um seine Körpermitte brachte ihn nicht zur Vernunft. Er nickte, bevor er den Kopf schütteln konnte, und nahm das Brot entgegen. Mit einem Seufzer biss er hinein. Es schien ihm, als wäre es die köstlichste Mahlzeit auf Erden.

Noch ehe Bruder Nikolaus die anderen am Tisch versorgt hatte, war sein Stück bis auf den letzten Krümel vertilgt. Wohlig strich er sich über den Leib und trank einen Becher mit kühlem Wasser hinterher. Das füllte den Magen und vertrieb den Gedanken an eine weitere Scheibe.

»Wer möchte noch etwas?«, fragte Bruder Nikolaus zu allem Überfluss und blieb ausgerechnet neben ihm stehen.

Elias biss sich auf die Zunge und schwieg. Aber offenbar hatte sein Körper irgendein Zeichen ausgestrahlt, denn Bruder Nikolaus versorgte ihn mit einer weiteren Scheibe des frischen Brotes. Elias starrte sie zunächst nur an. War es Gottes Wille, dass er weiteraß?

Er hatte nicht nach mehr verlangt. Doch das Brot war wie durch ein Wunder auf seinem Teller gelandet. Konnte es ihm jemand verwehren? Es würde doch bloß vertrocknen, wenn es länger auf seinem Teller liegen bliebe. Vorsichtig tippte er das Brot an, so als könnte er sich daran verbrennen. Dann blickte er sich um, und als niemand seiner Mitbrüder ihn zu beachten schien, stopfte er sich die ganze Scheibe auf einmal in den Mund.

»Erhebt Euch!«, donnerte plötzlich die Stimme des Abtes durch den Klostersaal. Elias blieb der Bissen beinahe im Hals stecken. Er hustete und kippte rasch ein wenig Wasser hinterher. Sein Herz schlug so schnell, dass ihm schwindlig wurde. Bestimmt hatte der Abt bemerkt, dass er zu viel aß. Gleich würde er ihm vor der ganzen Gemeinschaft die Ohren lang ziehen, und dann musste er Buße tun und würde entsetzlich leiden.

Doch der Abt beachtete ihn nicht. Er blieb am Tisch stehen und hob die Hände zum Gebet.

»Ich habe eine schreckliche Nachricht, meine Brüder. Unser Bruder Gregor hat uns letzte Nacht verlassen. Betet für sein Seelenheil.« Der Abt begann ein Gebet und die Mönche falteten ebenfalls die Hände und fielen mit ein.

Elias schloss die Augen, verhaspelte sich jedoch ein paarmal. Zu seiner Überraschung schien es aber niemanden zu stören. Zumindest wurde er nicht ermahnt. Als er die Augen wieder öffnete, standen drei Männer hinter dem Abt: Josef Hesemann und zwei Stadtsoldaten. Einer von ihnen, ein hochgewachsener und breitschultriger Kerl, blickte ernst in die Runde. Sein Gesicht war so hübsch anzusehen, dass Elias auf der Stelle erneut schwindlig wurde. Er kannte diesen Mann aus der Ferne, hatte ihm jedoch nie Beachtung geschenkt. Doch jetzt, wo das Sonnenlicht auf die blonden Haare fiel und glitzerte, glaubte Elias, beinahe einen Engel zu sehen. Schnell senkte er den Blick und versuchte, an etwas anderes zu denken. An die Peitsche im Keller zum Beispiel oder an die Kordel, die sich tief in seinen Bauch einschnitt, oder an den armen Bruder Gregor, der nicht mehr unter ihnen weilte.

»Bastian Mühlenberg wird mit jedem von Euch sprechen«, erklärte der Abt nach dem Gebet. »Haltet Euch bereit, und denkt jetzt schon einmal darüber nach, ob Euch etwas Verdächtiges aufgefallen ist.«

Elias schnappte unwillkürlich nach Luft. Was hatte die Bitte des Abtes zu bedeuten? Dass ein Mörder unter ihnen war? Eine schreckliche Erinnerung schoss in ihm hoch. Er eilte nach draußen und griff sich an den schmerzenden Bauch. Stöhnend lockerte er die Kordel und rannte zur Kapelle. Er würde beten, bis Gott ihm alle seine Sünden vergeben hatte.

IV

GEGENWART

»Das ist unglaublich«, stieß Oliver aus und bedankte sich bei dem IT-Experten, der Christine Hoffmeyers Zweithandy entsperrt hatte. Oliver winkte Klaus zu sich heran, der über ein paar Unterlagen brütete, die eine Kollegin zu der toten Psychologin zusammengestellt hatte.

»Hast du was Neues?«, fragte Klaus und kam um den Schreibtisch herum. Oliver vergrößerte das Dokument, das der IT-Experte ihm geschickt hatte. Es enthielt die letzten Nachrichten, die Christine Hoffmeyer vor ihrem Tod ausgetauscht hatte. Zuletzt hatte sie am Donnerstag gegen sechs Uhr mit einem gewissen Hendrik kommuniziert.

»Ich vermisse dich, mein Schatz«, las Klaus vor und schnalzte mit der Zunge. »Und das stammt nicht von ihrem Ex.«

»Die älteste Nachricht wurde vor fast zwei Jahren

geschrieben. Immer an denselben Absender. Zu diesem Zeitpunkt war sie noch mit ihrem Ehemann zusammen. Deshalb hat sie sich wohl ein weiteres Handy zugelegt.«

Oliver tippte auf den Namen des Absenders. »Offenbar hatte sie einen neuen Partner, und in der nächsten Nachricht steht, dass sie noch am selben Abend verabredet waren.«

»Donnerwetter«, sagte Klaus und kniff die Augen zusammen. »Das würde bedeuten, sie hat das Essen mit ihrer Freundin verschoben, um sich mit diesem Hendrik zu treffen.«

»So sieht es aus«, bestätigte Oliver.

»Wie heißt der Kerl denn mit Nachnamen?«, fragte Klaus.

Oliver öffnete ein zweites Dokument mit den Kontakten, die in dem Handy gespeichert waren. Es enthielt lediglich einen Eintrag.

»Hendrik Rast«, sagte er und tippte den Namen in die Suchmaschine seines Internetbrowsers ein. Sofort erschien eine Liste mit mehr als zwanzig Ergebnissen. Oliver scrollte nach unten und stöhnte, als er sah, dass noch elf weitere Seiten folgten.

»Ich hätte gedacht, der Name kommt nicht so häufig vor«, brummte er und klickte das oberste Ergebnis an. Ein blonder Mann mit kantigem Kinn erschien auf einer Social-Media-Plattform. Er arbeitete als Lehrer an der Grundschule in Zons. Wie es aussah, war Rast verheiratet und Vater zweier Kinder.

»Warte mal«, sagte Klaus plötzlich und ging zu

seinem Schreibtisch. Er blätterte durch seine Unterlagen und zog schließlich ein Blatt heraus.

»Lass uns eine Datenbankabfrage machen.« Er legte Oliver das Blatt vor die Nase. »Der Name Rast kam mir gleich irgendwie bekannt vor. Der letzte Patient, den Christine Hoffmeyer am Donnerstagabend empfangen hat, hieß Ferdinand Rast. Das ist doch ein merkwürdiger Zufall.«

In Olivers Kopf ratterte es. Zufälle waren selten. Menschen verfolgten bewusst oder unbewusst ihre Ziele.

»Warte, das hier geht schneller«, sagte er und durchforstete die Internetseite. Weiter unten stieß er auf verschiedene Fotos aus dem Privatleben von Hendrik Rast. Eines zeigte einen Jungen von vielleicht elf Jahren und ein viel kleineres Mädchen auf einer Bank neben ihren Eltern.

Mein Sohn Ferdinand feiert heute Geburtstag, hieß es im Kommentar unter dem Foto.

»Kein Zufall«, brummte Oliver trocken. »Der letzte Patient war der Sohn des Mannes, mit dem das Opfer zuletzt Kontakt hatte.«

Klaus zog die Augenbrauen hoch. »Klingt nach einer heißen Spur. Die Adresse habe ich auf dem Zettel notiert«, sagte er und griff zum Autoschlüssel des Dienstwagens.

Oliver zögerte keine Sekunde. Er sprang auf, stopfte den Zettel mit der Adresse in die Hosentasche und folgte seinem Partner zum Aufzug.

»Familie Rast wohnt nur knapp achthundert Meter

von der Grundschule entfernt, in der er arbeitet«, stellte Oliver fest, nachdem er die Anschrift in das Navigationssystem eingegeben hatte. Er fuhr mit dem Finger über die Karte und tippte auf einen Punkt in der Zonser Altstadt.

»Die Praxis von Christine Hoffmeyer liegt auch in unmittelbarer Nähe. Ist ein Katzensprung.«

Keine dreißig Minuten später bogen sie in eine schmale Sackgasse ein, an deren Ende Hendrik Rast mit seiner Familie wohnte. Die Mittagszeit war gerade vorbei, und Oliver hoffte, dass sie den Grundschullehrer zu Hause antreffen würden. Sie parkten vor dem kleinen Reihenhaus und stiegen aus. Die milde Frühlingsluft roch nach Blumen, Vögel zwitscherten. Im Vorgarten der Rasts lagen Spielzeuge herum. Mehrere Fahrräder lehnten am Garagentor. Alles deutete auf ein harmonisches Familienleben hin, doch Oliver wusste es besser. Tief hinter der Fassade verbarg sich ein Riss, den niemand sah.

Unwillkürlich dachte er an Emily und hoffte, dass sich in ihre Beziehung niemals eine derartig gewaltige Lüge einnisten würde. Er liebte Emily über alles. Bei der Vorstellung, sie könnte etwas mit einem anderen Mann anfangen, ballten sich automatisch seine Fäuste. Er hatte keine Ahnung, ob Klaus dieselben Gedanken bewegten. Sein Partner war erst vor wenigen Monaten wieder mit seiner Ex-Freundin zusammengekommen, und seitdem hatten sie große Pläne geschmiedet, die mit der Hochzeit begannen und sogar in die Familienplanung übergingen. Oliver wusste nicht, was er selbst für einen Vater abgeben würde. Die Vorstellung, eigene Kinder zu haben, war auf der einen Seite schön, auf der anderen Seite war ihm klar, dass Kinder sein bisheriges Leben auf den Kopf stellen würden. Er sah es bei Anna, Emilys bester Freundin. Die einjährige Tochter der Bankangestellten war zuckersüß, aber auch sehr anstrengend. Vor einer Woche, als er erst am späten Abend aus dem Polizeirevier nach Hause gekommen war, hatte er Anna schlafend auf dem Sofa vorgefunden. Emily hatte sich um Clara gekümmert. Sie hatten Anna bis zum nächsten Morgen schlafen lassen und trotzdem war sie mit dunklen Ringen unter den Augen aufgewacht.

»Sieht von außen nach einer Bilderbuchfamilie aus«, flüsterte Klaus mit zynischem Unterton und drückte auf die Klingel.

Nur ein paar Sekunden später öffnete ihnen die hübsche Brünette, die sie bereits auf dem Foto im Internet gesehen hatten.

»Guten Tag, wie kann ich Ihnen helfen?«, fragte sie freundlich.

Oliver wünschte sich augenblicklich, er könnte die Nachricht auf dem Zweithandy der ermordeten Psychologin missverstanden haben. Niemand hatte es verdient, von seinem Lebenspartner betrogen zu werden.

»Ich bin Oliver Bergmann von der Kriminalpolizei Neuss und das ist mein Partner Klaus Gruber. Ist Ihr Mann zu Hause?«, fragte er und räusperte sich. »Wir müssten mit ihm sprechen.«

»Kriminalpolizei?« Frau Rast atmete hörbar ein und

starrte sie für einen Augenblick entsetzt an. Dann schien sie sich zu fangen, drehte den Kopf und rief:

»Hendrik, hier sind zwei Polizeibeamte für dich. Könntest du bitte mal runterkommen?« Ihre Stimme hatte einen schrillen Tonfall angenommen. Das holte offenbar nicht nur ihren Ehemann, sondern auch die beiden Kinder auf den Plan. Ferdinand und seine Schwester erschienen im Flur und drängten sich an ihrer Mutter vorbei zur Tür.

»Aber Sie tragen ja gar keine Uniform«, stellte Ferdinand enttäuscht fest.

»Kinder, ihr geht auf eure Zimmer!«, befahl Frau Rast und schob sie zurück ins Haus.

Hendrik Rast kam die Treppe herunter. Zwischen seinen Augenbrauen hatte sich eine tiefe Falte gebildet.

»Guten Tag«, sagte er unsicher. »Habe ich meine Frau da gerade richtig verstanden? Sind Sie von der Kripo?«

Oliver hielt ihm seinen Dienstausweis unter die Nase und stellte sich und Klaus abermals vor.

»Dürfen wir reinkommen?«

»Ja, natürlich. Worum geht es denn?«

»Um Christine Hoffmeyer«, erwiderte Oliver und trat in den schmalen Hausflur.

»Aber das ist doch die Psychologin unseres Sohnes«, stieß Frau Rast aus. »Ist etwas mit Ferdinand?«

»Nein, Frau Rast. Da kann ich Sie beruhigen. Mit Ihrem Sohn hat unser Besuch nichts zu tun.«

Die Falte zwischen Hendrik Rasts Augenbrauen verstärkte sich.

»Aber ... aber es hat etwas mit Frau Hoffmeyer zu tun?«, stammelte er.

Seine Angst war spürbar. Oliver konnte nur nicht ausmachen, ob er Angst um seine Geliebte oder um sich selbst hatte.

»Wir würden das gerne unter vier Augen mit Ihnen besprechen«, sagte er und wartete, bis Hendrik Rast die Haustür hinter Klaus geschlossen hatte und sie ins Wohnzimmer führte.

»Ich möchte bei dem Gespräch bitte dabei sein«, bat Frau Rast, nachdem sie sich auf die Couch gesetzt hatten.

»Wir würden im Anschluss mit Ihnen separat sprechen«, erklärte Klaus.

Frau Rast wurde noch eine Spur blasser, als sie ohnehin schon war. Sie warf einen längeren Blick zu ihrem Mann, der ihnen gegenüber in einem Sessel saß, und schloss schließlich die Wohnzimmertür von außen.

»Was ist mit Frau Hoffmeyer?«, fragte Hendrik Rast nervös. »Ich habe das ganze Wochenende versucht, sie zu erreichen, aber sie ging nicht ans Telefon.«

Oliver hatte die zwölf verpassten Anrufe auf dem Zweithandy des Opfers gesehen. Offenbar hatte Hendrik Rast trotzdem nichts unternommen.

»Was wollten Sie denn von Frau Hoffmeyer?« Er zog seinen Notizblock aus der Hosentasche und blickte Rast fragend an.

Der machte eine fahrige Handbewegung. »Nichts Besonderes. Ich hatte nur noch ein paar Fragen wegen meines Sohnes. Wir waren am Donnerstag bei ihr.«

»Und wann haben Sie versucht, Frau Hoffmeyer zu erreichen? Könnten Sie uns die Uhrzeit nennen?«

Hendrik Rast setzte sich steif im Sessel auf. Die Finger seiner rechten Hand tippten abwechselnd auf die Lehne.

»Ich weiß nicht genau. Es war irgendwann am Donnerstagabend, vielleicht so gegen sechs und dann habe ich es am Freitag noch einmal probiert. Aber sie ging nicht ans Telefon.«

»Welche Nummer haben Sie denn gewählt?«, fragte Oliver und zog die Schlinge enger.

Hendrik Rast schien zu spüren, dass sie mehr wussten, als es ihm lieb war. Er kratzte sich nervös am Hals.

»Ihre Handynummer«, entgegnete er knapp.

»Und warum haben Sie es nicht in der Praxis versucht?«, hakte Klaus nach.

»Weiß nicht. Ihre Handynummer ist bei mir gespeichert und normalerweise geht sie ja auch immer dran. Können Sie denn nicht einfach sagen, was los ist?«

»Ehrlich gesagt hatten wir gehofft, Sie könnten dies tun!«, erwiderte Oliver und hatte Mühe, seine Stimme zu beherrschen. Der Kerl sollte endlich mit der Wahrheit herausrücken. Hendrik Rasts Augen huschten zur Wohnzimmertür und blieben eine Weile dort kleben.

»Frau Hoffmeyer und ich waren am Donnerstagabend zum Essen verabredet. Aber mir ist etwas dazwischengekommen«, stammelte er.

Oliver betrachtete den Mann schweigend. Klaus hatte es offenbar ebenfalls die Sprache verschlagen.

»Okay«, brachte Rast schließlich hervor. »Sie entdecken es sowieso früher oder später. Vielleicht hat Christine es Ihnen ja auch schon erzählt. Wir hatten eine Affäre, aber bitte erzählen Sie meiner Frau nichts davon. Können Sie mir denn nun endlich den Grund Ihres Besuches nennen?«

»Frau Hoffmeyer wurde heute Morgen tot in ihrer Praxis aufgefunden, und wir hatten gehofft, Sie könnten uns Informationen geben«, platzte es aus Klaus heraus. »Und wenn es geht, bitte nur die Wahrheit. Allem anderen kommen wir sowieso auf die Spur.«

»Ich ... ich ...« Hendrik Rast wich jegliche Farbe aus dem Gesicht. Er schlug die Hand vor den Mund und nuschelte etwas Unverständliches. Für einen Augenblick befürchtete Oliver, der Mann könnte in Ohnmacht fallen. Rasts Augen verdrehten sich nach oben und seine Hände zitterten.

»Soll ich Ihnen ein Glas Wasser holen?«, fragte Oliver.

Rast schüttelte den Kopf. »Nein. Danke. Ich ... ich kann es nicht fassen. Ich habe das ganze Wochenende versucht, sie zu erreichen, und mir nichts dabei gedacht. Ich glaubte, sie wäre sauer auf mich, weil ich es am Donnerstag nicht mehr zu ihr geschafft hatte. Nie im Leben wäre ich darauf gekommen, dass ihr etwas zugestoßen ist.« Er sah Oliver mit geröteten Augen an. »Wieso ist sie denn gestorben? Ich verstehe das nicht. Sie war doch völlig gesund ...« Er hielt mitten im Satz inne und griff sich an die Stirn. »Nein. Sie sind von der Kripo. Nein. Heißt das etwa, jemand hat ihr etwas angetan?«

Oliver nickte. »Sie waren offenbar eine der letzten

Personen, mit denen sie Kontakt hatte. Wie wirkte sie denn am Donnerstagnachmittag auf Sie, als Sie Ihren Sohn zu ihr gebracht und ihn wieder abgeholt haben?«

»Eigentlich wie immer. Christine hat sich eine Stunde mit Ferdinand unterhalten, während ich im Wartezimmer etwas gelesen habe. Ihre Sekretärin war bereits gegangen.«

»Und was ist dann passiert?«

Hendrik Rast zuckte mit der Schulter. »Wir sind nach Hause. Gegen fünf waren wir hier. Meine Frau hat überraschend gekocht, und deshalb musste ich Christine leider für das Abendessen absagen. Ich wollte meine Frau nicht enttäuschen, wissen Sie? Wir führen eine gute Ehe.«

Oliver verschluckte sich fast. Wie konnte dieser Mann behaupten, er führte eine gute Ehe? Er hatte seine Frau betrogen.

»Und wie ging es weiter?«, brachte er mit Mühe heraus.

»Am Freitagabend wollte ich es wiedergutmachen. Meine Frau geht abends zur Gymnastik und die Kinder übernachten bei den Großeltern. Ich rief Christine wegen eines Treffens an, aber sie reagierte nicht auf meine Anrufe und ließ das Handy so lange klingeln, bis die Mailbox ansprang. Ich habe es ein paarmal versucht. Keine Ahnung, wie oft genau. Am Sonntag habe ich aufgegeben. Ich dachte, sie sei sauer auf mich.«

»Und Sie haben nicht einmal in Erwägung gezogen, bei ihr vorbeizuschauen?«

Rast schüttelte den Kopf. »Wir hatten vereinbart,

dass die Wochenenden Familienzeit sind. Ich konnte hier nicht weg.«

»Und wie sieht es mit heute Morgen aus?«, fragte Klaus. »Es ist Montag. Hatten Sie da auch nicht vor, nach ihr zu sehen?«

»Ich bin Lehrer und musste arbeiten. Ich hatte mir vorgenommen, es heute Abend wieder zu versuchen.«

Oliver pochte mit dem Kugelschreiber auf seinen Notizblock.

»Gehen wir die Dinge doch systematisch durch. Sie sagen, Sie hätten den Donnerstagabend zu Hause verbracht. Kann Ihre Frau das bezeugen?«

Rast nickte zögerlich.

»Waren Sie durchgängig, also von fünf Uhr bis zum Morgen, hier?«

»Ja. Meine Frau wird Ihnen das bestätigen. Am Freitag habe ich gearbeitet und nachmittags Klassenarbeiten korrigiert. Am Abend war ich zu Hause, während meine Frau ihren Gymnastikkurs hatte. Die Kinder haben bei den Großeltern übernachtet. Samstagmorgen habe ich sie abgeholt und wir verbrachten dann das Wochenende im Wesentlichen hier. Im Garten ist jetzt viel zu tun.«

»Und das kann Ihre Frau ebenfalls bestätigen?«

Abermals nickte Hendrik Rast.

»Wie sieht es denn mit Freitagabend aus? Haben Sie Zeugen für Ihre Anwesenheit hier im Haus, als Ihre Frau und Ihre Kinder fort waren?«

Hendrik Rast zuckte hilflos mit den Achseln. »Nein. Nicht, dass ich wüsste. Vielleicht hat mich einer der

Nachbarn bemerkt. Das ist jedoch eher unwahrscheinlich. Ich war die ganze Zeit drinnen.«

Oliver malte einen dicken Strich unter das Datum. Rast fehlte also zumindest für Freitagabend ein Alibi. Hatte er Christine Hoffmeyer eventuell doch besucht? Womöglich hatten sich die beiden irgendwo in einem Hotel getroffen. Es könnte zu einem Streit gekommen sein, in dessen Folge Rast sie umgebracht hatte.

»Sind Sie gläubig?«, wollte Oliver wissen wegen der ausgebreiteten Arme des Opfers, die ihn an ein Kreuz erinnert hatten.

»Wie bitte?«, fragte Hendrik Rast, als hätte er ihn nicht verstanden.

»Glauben Sie an Gott? Gehen Sie in die Kirche?«, wiederholte sich Oliver.

»Ja. Ich besuche regelmäßig die St. Martinus Kirche in Zons. Ich singe dort im Chor. Aber was hat das jetzt mit Christine zu tun?«

Oliver antwortete nicht, stattdessen blätterte er in seinen Notizen. Die Sekretärin von Christine Hoffmeyer hatte ausgesagt, dass diese ebenfalls im Chor sang, gemeinsam mit ihrer Freundin.

»Kennen Sie Mia Körner?«, fragte er deshalb.

»Ja. Um Gottes willen, ist ihr etwa auch was zugestoßen?«

»Nein, nicht, dass wir wüssten. Im Augenblick tragen wir die Fakten zusammen. Wie genau kennen Sie denn Frau Körner?«

»Wir sehen uns einmal in der Woche bei den Proben. Ansonsten haben wir nichts miteinander zu tun.«

»Wusste Mia Körner von Ihrer Affäre mit Christine Hoffmeyer?«, warf Klaus ein.

»Ich denke nicht. Wir wollten das erst einmal für uns behalten und schauen, wie fest unsere Gefühle füreinander wirklich sind.«

»Wie lange lief Ihre Affäre denn schon?«

»Ungefähr zwei Jahre. Es fing kurz nach dem Behandlungsbeginn von Ferdinand an. Wir kannten uns ja ohnehin schon vom Kirchenchor und durch Ferdinand kamen wir intensiver ins Gespräch und dann ... na ja ... Sie wissen schon.« Hendrik Rast zuckte mit den Achseln.

»Hatte Frau Hoffmeyer Probleme oder können Sie jemanden benennen, der ihr Schaden zufügen wollte oder dem Sie es zutrauen?«

»Sie zu ermorden?«, stieß Rast aus. »Was stellen Sie mir bloß für Fragen? Nein. Niemand würde sie umbringen wollen. Sie war die absolut freundlichste und einfühlsamste Person, der ich je begegnet bin. Verdammt! Ich habe Christine wirklich geliebt und jedem, der sie kannte, erging es genauso.«

»Ich verstehe«, sagte Oliver und kreiste das Wort Chor auf seinem Notizblock ein. »Wann ist denn die nächste Chorprobe?«

»Heute Abend«, antwortete Hendrik Rast.

»Dann sehen wir uns dort«, erklärte Oliver und erhob sich mit Klaus vom Sofa.

* * *

Unter den weit ausladenden Ästen eines Kastanienbaums saß Anna Winterfeld und ließ ihren Blick verträumt über die alte steinerne Mühle von Zons schweifen. Ihre Flügel ragten wie überdimensionale Arme in den klaren Frühlingshimmel. Die Luft war erfüllt vom süßen Duft der Blumen, die auf den Fensterbrettern und in den Gärten der kleinen Häuser blühten.

Sie betrachtete den hochgewachsenen, breitschultrigen Mann mit dem Kinderwagen, wobei ihr Herz auf der Stelle schneller schlug. Anna lächelte, als er ihr zuwinkte. Glück durchströmte sie trotz der Müdigkeit von der letzten Nacht. Clara hatte leichtes Fieber gehabt und war unruhig gewesen. Glücklicherweise ging es ihr jetzt besser. Maximilian hatte seinen Dienst in der Kinderklinik einem Kollegen überlassen und war früher als gewöhnlich nach Hause gekommen.

Während er dort vor der alten Mühle stand, fühlte Anna sich in die Vergangenheit zurückversetzt. Sie dachte an Bastian Mühlenberg, der hier vor mehr als fünfhundert Jahren gelebt hatte. Hatte er auch an dieser Stelle gestanden, vielleicht sogar genau da, wo sie jetzt saß? Wusste er von dem Kind, das sie mit einem seiner Nachfahren großzog? Wenn sie Maximilian ansah, stellte sie jedes Mal die verblüffende Ähnlichkeit zwischen ihm und Bastian Mühlenberg fest. Sie hatte sich augenblicklich in Maximilian verliebt, als sie ihm vor ein paar Jahren begegnet war. Und trotzdem konnte sie Bastian Mühlenberg nicht vergessen. Sie schloss die Augen, und für einen Moment glaubte sie, seine Gegenwart zu spüren.

DAS VERBOT

Lange hatte Anna ihre Gefühle für Bastian geleugnet, denn sie ergaben keinen Sinn. Sie lebten in verschiedenen Zeiten, in zwei Welten, die niemals aufeinandertreffen würden. Als Bankangestellte war sie es gewohnt, sich an Fakten zu halten. Träume waren keine Realität, doch Bastian Mühlenberg ließ sie nicht los. Er schien in ihrem Herzen einen festen Platz gefunden zu haben, entgegen jeder Logik. Erst in der vergangenen Nacht hatte sie wieder von ihm geträumt – er war in Gefahr gewesen. Jemand hatte ihn mit Pfeil und Bogen bedroht.

»Anna?«, unterbrach Maximilians Stimme ihre Gedanken.

Sie öffnete abrupt die Augen und blickte in sein besorgtes Gesicht.

»Komm, lass uns nach Hause gehen. Ich kümmere mich um Clara und du kannst dich ein bisschen ausruhen.«

Verwirrt nickte sie und ergriff seine ausgestreckte Hand. Schlaf war in der Tat das, was sie jetzt am meisten benötigte.

»Danke«, erwiderte sie und gab Maximilian einen Kuss.

Als sie die Schloßstraße entlanggingen, fuhr ein dunkler Wagen an ihnen vorbei und bog in Richtung Kirche ab. Für einen Moment glaubte Anna, Oliver und seinen Partner im Wagen gesehen zu haben. Doch sie war sich nicht sicher und verdrängte diesen Gedanken schnell wieder.

***

Die St. Martinus Kirche in Zons lag im Kern der Altstadt. An den dicken Mauern waren alte Steinkreuze angebracht, die von dem ehemaligen Friedhof zeugten, der vor einigen hundert Jahren hier angelegt worden war. Ein paar Sonnenstrahlen hatten sich im bunten Glas der Fenster verfangen und glitzerten, als würde in der Kirche Licht brennen. Doch noch war es dafür zu früh am Tag. Die Sonne würde erst in ein oder zwei Stunden untergehen. Aus der Kirche drangen Orgelmusik und Gesang, der jedoch nach wenigen Takten wieder zum Schweigen gebracht wurde.

»Nein, nein, nein!«, hörte Oliver eine strenge Männerstimme rufen. »Bitte erst anfangen, wenn ich das Zeichen gebe.«

Oliver ließ Klaus den Vortritt und betrat nach ihm die eher kleine Kirche. Vor dem Altar hatten sich die Chormitglieder aufgestellt, deren Stimmen sich nun erneut erhoben. Auf den ersten Blick waren es wesentlich mehr Frauen als Männer. Hendrik Rast war nicht dabei. Insgesamt schätzte Oliver die Gruppe auf fünfzehn Personen plus den Chorleiter, ein großer Mann mit schütterem Haar und dünnen Fingern, die durch die Luft wirbelten. Offenbar war er von der Leistung seiner Schützlinge alles andere als begeistert, denn seine zackigen Bewegungen wirkten streng und ungeschmeidig. Er schüttelte den Kopf und rief laut:

»Nein. Die letzte Strophe bitte noch einmal.« Er

begann zu zählen und hob die Arme theatralisch in die Luft, als ginge es um Leben und Tod.

Die Blicke der Chormitglieder richteten sich auf Oliver und Klaus und ein paar schiefe Töne erklangen. Der Chorleiter fuhr herum, und seine Miene verfinsterte sich, als er sie erblickte. Er wedelte mit der rechten Hand Richtung Ausgang. Doch Oliver und Klaus ließen sich von seinen Gesten nicht beeindrucken und marschierten an den Kirchenbänken vorbei direkt auf ihn zu.

»Wir stecken mitten in der Generalprobe. Die Kirche ist in einer Stunde wieder für alle zugänglich«, rief der Chorleiter und hob die Hand, um weiter zu dirigieren.

Klaus zog seinen Dienstausweis aus der Hosentasche und hielt ihn dem Chorleiter schweigend hin. Der runzelte die Stirn.

»Wir unterbrechen kurz«, sagte er Richtung Chor und nahm Klaus den Ausweis aus der Hand.

»Wie kann ich helfen?«, fragte er leise.

»Wir haben ein paar Fragen zu Christine Hoffmeyer und außerdem wollten wir mit Mia Körner sprechen«, antwortete Klaus.

Der Chorleiter drehte sich erneut zu seinen Schützlingen um. »Mia, kannst du bitte mal kommen? Und für die anderen ist Kaffeepause.«

Eine dunkelhaarige Frau von vielleicht dreißig Jahren löste sich aus der Gruppe und kam zu ihnen. Als sie Klaus' Dienstausweis in der Hand des Chorleiters sah, wurde sie blass.

»Eine Freundin hat mir vor ein paar Minuten eine

Nachricht geschickt. Sie wohnt in derselben Straße wie Christine und hat geschrieben, dass heute die Polizei ihre Wohnung durchsucht hat. Es waren sehr viele Beamte dort. Ist denn etwas passiert? Ich habe mich schon gewundert, dass Christine nicht da ist. Wir haben Generalprobe und die würde sie eigentlich nicht verpassen.«

Oliver räusperte sich. Er hasste es, schlechte Nachrichten zu überbringen.

»Ich muss Ihnen leider mitteilen, dass Christine Hoffmeyer heute Morgen in ihrer Praxis tot aufgefunden wurde.«

Mia Körners Augen weiteten sich entsetzt.

»Tot?«, hauchte sie und taumelte einen Schritt zur Seite. Sie stützte sich auf eine Kirchenbank und schüttelte den Kopf. »Um Himmels willen. Sind Sie sicher?«

Oliver nickte.

»Leider ja. Es gibt keinen Zweifel an der Identität des Opfers.«

Der Chorleiter verlor jegliche Farbe im Gesicht.

»Das ist ja schrecklich. Ich wusste nichts davon. Sonst hätte ich die Probe selbstverständlich abgesagt.« Er setzte sich kreidebleich auf eine Kirchenbank.

»Ist etwas passiert?«, fragte plötzlich jemand hinter ihnen.

Oliver wandte sich um und erkannte den Pfarrer der Gemeinde. Neben ihm stand ein weiterer Mann in kirchlichem Gewand.

»Herr Pfarrer, ich grüße Sie. Wir haben keine guten

Nachrichten. Christine Hoffmeyer wurde Opfer eines Verbrechens. Sie ist tot.«

Die beiden Kirchenmänner starrten ihn fassungslos an. Der Pfarrer bekreuzigte sich und anschließend richtete er seinen Blick auf den Chorleiter.

»Wie kann das sein? Haben Sie Frau Hoffmeyer nicht erst kürzlich aufgesucht? Ich glaube Donnerstagabend, richtig?«

Der Chorleiter erhob sich langsam von der Bank. Sein rechtes Augenlid zuckte.

»Ich?«, fragte er und schüttelte energisch den Kopf. »Nein. Da müssen Sie etwas missverstanden haben.«

V

VOR FÜNFHUNDERT JAHREN

»Aus dem Weg!«, rief Wernhart, der vorausging und einige neugierige Zonser Bürger verscheuchte, die sich vor der Kirche versammelt hatten.

Bastian zog den Karren mit dem Leichnam hinter sich durch die Straßen der Stadt und fragte sich, wie die Leute so schnell von Bruder Gregors Tod erfahren hatten. Die Sonne stand noch nicht einmal im Zenit und der Mönch war keinen Tag tot, trotzdem hatte die Nachricht offenbar bereits die Runde gemacht.

»Seht, dort liegt er, der arme Mönch«, raunte eine Frau, während der Mann neben ihr schamlos mit dem Finger auf den Toten zeigte.

Wernhart baute sich vor den Leuten auf und verscheuchte sie.

»Geht Euren eigenen Dingen nach. Hier gibt es

nichts zu sehen«, sagte er schroff. Immerhin gehorchten sie.

Bastian lenkte den Karren an der Kirche vorbei und bog nach links ab. Josef Hesemann erwartete sie bereits. Er hatte das Tor zu seinem Innenhof geöffnet, sodass sie sofort mit dem Leichnam hineinkonnten.

»Legt ihn auf den Tisch«, bat Josef und nickte ihnen zum Gruß knapp zu.

Bastian hievte mit Wernhart den toten Mönch auf den Tisch in der Mitte des Hofs.

Der Arzt schaute sich in der Straße nach neugierigen Nachbarn um und schloss das Tor.

»Die alte Bertha zog heute Morgen von Haus zu Haus und verbreitete die Kunde von Bruder Gregors Tod. Die Leute regen sich auf und befürchten, dass der Armbrustmörder in Zons weiter sein Unwesen treiben wird. Ihr solltet etwas gegen diese Gerüchte unternehmen und für Ruhe unter den Bürgern sorgen«, erklärte Josef und sah Bastian an.

»Wie hat Bertha denn von dem Mord erfahren?«, fragte Bastian.

Der Arzt zuckte mit den Achseln. »Ich kann es nur vermuten. Angeblich steckt Bruder Anselm ihr hin und wieder ein wenig Brot zu. Er könnte ihr bei dieser Gelegenheit davon berichtet haben.«

Bastian seufzte. Bruder Anselm spielte offenbar eine merkwürdige Rolle in diesem Fall. Er konnte nicht erklären, wie der Tote überhaupt vor die Klosterpforte gelangt war, und dann machte er die Bürger verrückt. Es passte Bastian gar nicht, dass sich die Kunde von dem Mord so schnell verbreitete. Auch der Täter würde davon Wind bekommen und womöglich das Weite suchen. Er würde seine Spuren verwischen, wenn er erfuhr, dass die Stadtwache ihm bereits auf den Fersen war.

»Anscheinend bleibt hier nichts verborgen«, fügte Josef hinzu.

»Da habt Ihr recht«, erwiderte Bastian. »Und trotzdem hat offenbar keiner dieser neugierigen Bewohner mitbekommen, wie Bruder Gregor ums Leben gekommen ist oder wer seine Leiche vor dem Kloster abgelegt hat.«

Der Arzt ging zum Tisch mit der Leiche.

»Was ist mit dem Mönch, der üblicherweise an der Klosterpforte wacht?«

»Das war Bruder Anselm. Er ist eingeschlafen und hat angeblich nicht das Geringste bemerkt. Weder wie Bruder Gregor aus dem Kloster gelangte, noch wie sein Leichnam vor die Pforte kam.«

»Das ist sehr bedauerlich«, sagte Josef und zog Lederhandschuhe über. Er neigte sich über den leblosen Körper von Bruder Gregor und begutachtete ihn schweigend. »Ich muss seine Kutte aufschneiden, damit ich die Wunde in seiner Brust beurteilen kann.«

Der Arzt griff zu einem scharfen Messer und schlitzte die Kutte vom Hals bis zum Bauch auf. Darunter kam ein weiteres Gewand zum Vorschein, das er ebenfalls zerschnitt. Als die Brust des Mönches freilag, spitzte Josef überrascht die Lippen.

»Er ist gar nicht durch einen Pfeil zu Tode gekommen.«

Sogleich löste Wernhart den langen Pfeil aus seinem Gürtel und zeigte Josef die Spitze.

»Das kann nicht sein. Es klebt sogar Blut daran.«

Josef nickte. »Das ist Blut, jedoch nicht genug für die Tiefe der Verletzung. Schaut her. Der Pfeil hat sich genau zwischen zwei Rippen bis in die Lunge gebohrt. Bruder Gregor hätte literweise Blut verlieren müssen. Zudem hätte sich eine deutliche Schwellung um die Wunde gebildet. Doch es ist kaum Blut ausgetreten und von einer Schwellung ist überhaupt nichts zu sehen.«

»Was bedeutet das?«, fragte Bastian.

»Das Herz dieses Mönches hatte bereits aufgehört zu schlagen, als ihn der Pfeil traf. Er war schon vorher tot. Ich kann im Augenblick leider nicht erkennen, woran er wirklich gestorben ist.« Josef besah sich die Arme und Beine des Toten. Er untersuchte den Schädel und auch den Rücken.

»Er weist ansonsten keinerlei äußerliche Verletzungen auf. Mir fällt da nur noch eine Möglichkeit ein.«

Der Arzt öffnete vorsichtig Bruder Gregors Mund und warf einen ausgiebigen Blick auf die Zunge und in den Rachenraum.

»Sowohl auf den Lippen erkenne ich kleine Bläschen und Rötungen als auch im Rachenraum. Etwas hat seine Schleimhäute stark gereizt«, murmelte er nach einer Weile. Als Nächstes widmete er sich Gregors Bauch und drückte nacheinander sanft auf verschiedene Stellen.

»Ich kann keine Anzeichen einer inneren Verletzung

oder Krankheit erkennen.« Josef klang nachdenklich. Auf seiner Stirn erschienen ein paar tiefe Falten.

»Ich werde eine Probe des Mageninhalts entnehmen, damit ich prüfen kann, ob es Gift war.« Er beugte sich über Bruder Gregors Gesicht, steckte die Nase in dessen Hals und schnupperte.

»Ich rieche nichts Ungewöhnliches«, sagte er kopfschüttelnd, als er sich aufrichtete, und nahm eine lange Röhre, um sie in den Schlund des Toten zu schieben.

Bastian wandte den Blick ab und betrachtete lieber seine Fußspitzen. Er schätzte Josef Hesemann sehr, aber seine Untersuchungsmethoden bereiteten ihm Übelkeit. Wernhart erging es ebenso. Er hatte sich zum Eingangstor begeben und starrte durch die Ritzen zwischen den Brettern auf die Straße hinaus.

»Ihr könnt Euch wieder umdrehen«, verkündete Josef nach einer Weile und hielt einen Glaskolben mit einer trüben Flüssigkeit hoch. »Ich vermute, es war Arsenik. Es tötet schnell und heimtückisch. Mit Sicherheit kann ich es nicht sagen, doch die Rötung der Schleimhäute und die kleinen Bläschen sprechen für eine Vergiftung. Ich gebe etwas davon einer Maus. Dann wissen wir zumindest, ob es Gift war.«

Josef ging hinüber zum anderen Ende des Innenhofes und mischte einige Tropfen der Flüssigkeit unter ein paar Körner. Anschließend öffnete er die Tür eines kleinen Käfigs im Regal und stellte das Schälchen mit der Mischung hinein. Die Maus, die in dem Käfig hockte, rührte sich nicht. Offenbar hatte sie keinen Hunger.

»Es kann dauern. Vielleicht sogar bis morgen. Wir müssen abwarten.« Josef legte die Handschuhe ab.

»Werft bitte noch einen Blick auf die Botschaft, die am Schaft des Pfeils befestigt war«, bat Bastian.

Nun, da sie wussten, dass der Täter die Botschaft erst nach Bruder Gregors Tod angebracht hatte, war sie aus Bastians Sicht umso bedeutsamer. Der Mörder wollte eine Botschaft hinterlassen, die offenbar von den Franziskanermönchen des Zonser Klosters gefunden werden sollte.

Josef Hesemann las die Zeilen auf dem Pergament und grübelte einige Augenblicke lang, bis er den Kopf schüttelte.

»Tut mir leid, Bastian. Aber von schweigenden Brüdern und Klöstern verstehe ich zu wenig. Ich weiß damit nichts anzufangen. Habt Ihr bereits den Abt zurate gezogen?«

»Haben wir, doch er konnte sich ebenfalls keinen Reim darauf machen. Wir kehren jedoch gleich ins Kloster zurück und werden die Mönche befragen. Ich danke Euch für Eure Hilfe.«

»Wartet«, sagte Josef und deutete auf Bruder Gregors Leichnam. »Ich bin noch nicht ganz fertig. Mir ist etwas an seinen Händen aufgefallen. Seht Ihr das?«

Bastian trat ein bisschen widerwillig näher. Die Prozedur mit dem Mageninhalt lastete weiterhin auf ihm. Er versuchte, den offen stehenden Kiefer des Mönches zu ignorieren. Trotzdem entgingen ihm die Bläschen auf dessen angeschwollener Zunge ebenso wenig wie die dunkelrote Verfärbung. Josef ergriff eine

Hand des Toten und drehte ihnen die Seite am kleinen Finger zu.

»Die Haut beider Hände weist Abschürfungen und helle Farbspuren auf. Vielleicht ist es auch Mörtel.« Der Arzt nahm eine Pinzette und zog Bruder Gregor einen langen Splitter aus der linken Handkante. »Sieht für mich so aus, als hätte er mit den Fäusten gegen eine Holztür und eine gemauerte Wand gehämmert. Was meint Ihr?«

Bastian beugte sich dicht über die Hand. Ein düsterer Geruch stieg von dem Leichnam auf und bereitete ihm Übelkeit. Dennoch konzentrierte er sich auf Gregors Finger.

»Es sind auch ein paar Nägel abgebrochen«, stellte er fest.

Josef zog die Ärmel der Mönchskutte hoch, sodass die Unterarme zum Vorschein kamen.

»Bruder Gregor wurde anscheinend nicht gefesselt. Ich erkenne keinerlei Abdrücke an den Handgelenken.«

»Ihr sagtet, Arsen ist geschmacklos. Könnte es ein Versehen gewesen sein?«

Josef biss sich auf die Unterlippe, bevor er antwortete: »Das kann ich natürlich nicht ausschließen. Doch normalerweise wird Gift nicht in der Küche aufbewahrt. Ich kann es mir deshalb nicht vorstellen.«

»Und was, wenn er das Arsen freiwillig zu sich genommen hat?«, fragte Wernhart. »Vielleicht hatte Bruder Gregor mit dem Leben abgeschlossen. Deshalb könnte er ein Gift geschluckt und sich vor die Klosterpforte gelegt haben. Die Arme breitete er aus, damit Gott ihn in Empfang nehmen konnte.«

»Wenn er seinem Leben selbst ein Ende bereitet hätte, schmorte er jetzt in der Hölle. Aber du hast recht, Wernhart. Wir müssen auch diese Möglichkeit in Betracht ziehen. Die Radspuren von dem Handkarren müssen nicht unbedingt etwas mit Bruder Gregors Leichnam zu tun haben.« Bastian ging um den Tisch herum und besah sich zuerst die andere Hand des Toten, wo er dieselben Abschürfungen erblickte. Dann musterte er wie in der Nacht zuvor die klobigen Lederschuhe des Mönches und deutete darauf.

»Die Schuhsohlen sind fast frei von Erde. Ich kann nicht glauben, dass er über den matschigen Grund vor dem Kloster gelaufen ist.«

Josef tippte sich an die Stirn. »Was ist mit seinen Strümpfen?«, fragte er und zog den Schuh vom linken Fuß des Toten. »Wenn ich mich aus dem Haus schleichen wollte«, fuhr er fort, »würde ich die Schuhe vorher ausziehen.«

Als Bastian den Strumpf betrachtete, öffnete er überrascht den Mund. »Das ist es. Seht Euch nur diesen Dreck an. Er ist auf Strümpfen aus dem Kloster geschlichen und hat die Schuhe erst später angezogen.«

»Oder er wurde dazu gezwungen«, warf Wernhart ein.

Bastian brummte der Kopf. »Wir brauchen Klarheit«, sagte er, wobei sein Blick auf den Mäusekäfig fiel. Die Maus war tot. »Und ich glaube, einen Punkt können wir wohl abhaken. Seht her, die Maus beweist es. Bruder Gregor wurde vergiftet.«

* * *

»Ich möchte nicht erzählen, worüber wir uns gestritten haben«, jammerte Bruder Anselm und verzog das Gesicht zu einer Grimasse. »Ich habe dafür gebüßt«, fügte er hinzu, als Bastian schwieg und ihn durchdringend anblickte.

Bastian wusste nicht, was er von Bruder Anselm halten sollte. Ihm zuliebe hatte er den Abt mitten in der Nacht aus dem Schlaf gerissen, um die traurige Kunde von Bruder Gregors Tod zu überbringen. Nicht, dass Bastian große Dankbarkeit von Bruder Anselm erwartet hätte, doch zumindest sollte er jetzt keine Geheimnisse vor ihm zurückhalten. Bastian hatte sich für den Mönch eingesetzt und konnte seine Enttäuschung nicht länger verbergen.

»Ihr schuldet mir die Wahrheit, oder soll ich Theodor von Grünwald auf den Anlass Eures Streits ansprechen?« Er verkniff sich jedoch eine weitere Bemerkung, denn in Bruder Anselms Augen flackerte etwas auf.

»Ich weiß, Ihr habt Euch für mich verwendet«, fuhr Bruder Anselm nun versöhnlicher fort. »Und Ihr habt es gewiss nicht verdient, hingehalten zu werden. Doch wenn ich Euch den Grund für unseren Streit nenne, dann sinke ich in Eurer Gunst, und das möchte ich nicht.«

DAS VERBOT

»Aber ich werde ihn sowieso erfahren«, entgegnete Bastian und gab Wernhart ein Zeichen, den Raum zu verlassen, damit er unter vier Augen mit dem Mönch sprechen konnte. »Hört zu, Bruder Anselm, es liegt mir fern, gegen Euch vorzugehen. Es ist mir egal, ob Ihr während Eurer Wache schlaft oder nicht. Aber ich muss den Mörder von Bruder Gregor fassen und dafür brauche ich Eure Hilfe. Alles, was Bruder Gregor in den letzten Tagen getan oder gesagt hat, ist von Bedeutung. Er wurde nicht grundlos getötet, und Ihr habt vielleicht etwas gehört oder gesehen, was mich auf die richtige Fährte bringen könnte, auch wenn Ihr glaubt, es tue nichts zur Sache.«

Bruder Anselm fuhr sich durch das ergraute Haar und stieß einen langen Seufzer aus.

»Also gut, Bruder Gregor besaß ein Amulett, das ich begehrte. Der Abt zwang mich deshalb, mich selbst zu geißeln.«

»Ein Amulett? Was für eins?«, fragte Bastian.

»Eines mit der Heiligen Jungfrau. Es ist vergoldet und wunderschön. Ich wollte es eigentlich nur berühren. Bruder Gregor trug es stets um den Hals. Aber er ließ mich nicht und da habe ich ihn mehr oder weniger bedrängt und es ohne seine Erlaubnis angefasst. Er wehrte sich und die Kette riss. Plötzlich stand der Abt neben uns und ich wurde bestraft«, erklärte Bruder Anselm zerknirscht und ohne Bastian in die Augen zu sehen.

»Wo ist das Amulett jetzt?«

»Der Abt hat es an sich genommen. Vermutlich wird

Bruder Benedikt es reparieren. Er ist sehr geschickt in solchen Sachen.«

»Wenn ich das fragen darf. Ihr seid ein Franziskaner und habt den weltlichen Dingen entsagt. Ich begreife also nicht, warum Ihr Euch wegen eines Schmuckstücks streitet.«

»Weil Ihr es nicht verstehen könnt!«, zischte Bruder Anselm und funkelte Bastian böse an. »Ihr wisst ja nicht, was es bedeutet, in Armut geboren zu werden. Was es heißt, ins Kloster geschickt zu werden, weil nicht genug Geld da ist, um alle Mäuler zu stopfen. Im Gegensatz zu Bruder Gregor habe ich nicht freiwillig auf Wohlhaben verzichtet. Ich besaß auch schon nichts, bevor ich in dieses Kloster eintreten musste. Und seht Euch an. Ihr scheint mir ebenfalls auf nichts zu verzichten.«

Bastian fehlten die Worte. Er rutschte unbehaglich auf seinem Stuhl hin und her. Wie sollte er Bruder Anselms Ausbruch bewerten? Es schien ihm gerade so, als schlügen zwei Herzen in der Brust des Mönches. Eines für den Herrn und das andere für ein Leben, das ihm versagt geblieben war. Er tat ihm leid und zugleich weckte er Zweifel in Bastian. Wie hatte der Abt doch gleich gesagt? Erst hatten die beiden Mönche Streit und dann war einer von ihnen tot.

»Wann habt Ihr Bruder Gregor zuletzt gesehen?«

»Das sagte ich bereits. Auf dem Weg ins Haupthaus nach dem Abendgebet.« In Bruder Anselms Stimme schwang nach wie vor ein Hauch von Zorn.

»Habt Ihr Euch gut mit Bruder Gregor verstanden?«,

hakte Bastian nach, weil er den Finger in die Wunde legen wollte.

Bruder Anselm fuhr von seinem Stuhl hoch. »Mein Verhältnis zu Bruder Gregor unterschied sich nicht von den anderen hier. Aber eines solltet Ihr wissen: Gregor war kein einfacher Mensch. Er strebte stets danach, der Beste zu sein, auch wenn ihm oft das nötige Talent fehlte. Der Neid stand ihm ins Gesicht geschrieben, sobald jemand mehr erreichte als er.« Er verzog beleidigt die Lippen. »Wollt Ihr etwa andeuten, dass ich etwas mit seinem Tod zu tun habe?«

»Nein. Ich sagte Euch bereits, es läge mir fern«, entgegnete Bastian ruhig und fügte in Gedanken hinzu: Sofern Ihr unschuldig seid.

Plötzlich ertönte draußen Lärm. Die Tür wurde aufgestoßen und Theodor von Grünwald stürmte herein. In seinem Blick lag etwas, das Bastian sofort in Alarm versetzte.

»Wir haben eine schreckliche Entdeckung gemacht«, keuchte er und bekreuzigte sich. »Bruder Lorenz ist verschwunden.«

»Pst. So schweigt doch! Ich muss mich konzentrieren«, schimpfte der Bibliothekar und warf Elias einen strafenden Blick zu.

»Es tut mir leid, Bruder Paulus, aber ich suche ein spezielles Buch, und ich hatte gehofft, Ihr könntet mir behilflich sein«, stammelte Elias und zog ein Stück Gebäck unter seiner Kutte hervor.

Der Blick des Bibliothekars wurde weicher und auf seinen Lippen erschien ein Lächeln.

»Welches Buch sucht Ihr denn?«, fragte er, griff nach dem Gebäck und ließ es unter seinem Pult verschwinden.

»Es ist ein Ratgeber für die Zubereitung von schmackhaften Mahlzeiten. Ich bin nächste Woche in der Küche eingeteilt und wollte mich vorbereiten.«

Bruder Paulus lächelte zwar noch, aber die Schärfe war in seine Augen zurückgekehrt. Er neigte den Kopf und betrachtete ungeniert Elias' Bauch. Sofort zog er ihn ein, obwohl er eigentlich sicher war, dass niemand die kleine Wölbung sehen konnte.

»Das wird schwer für Euch«, brummte Bruder Paulus abschätzig. »Will der Abt Euch auf die Probe stellen?«

»Ich weiß es nicht. Vielleicht. Ich ...« Elias biss sich auf die Zunge. Er wollte sich vor Bruder Paulus nicht rechtfertigen. Der spindeldürre Bibliothekar hatte gut reden. Er konnte essen, soviel er wollte, ohne dass es auch nur im Geringsten ansetzte. Elias hatte ihn mehr als einmal neidvoll beobachtet. Bruder Paulus schlang das Essen in kürzester Zeit hinunter, und es verging kaum eine Mahlzeit, zu der er keinen Nachschlag einforderte. Wäre die Welt gerecht, müsste der Bibliothekar einen größeren Bauchumfang haben als Bruder Gregor. Gott möge seiner Seele gnädig sein.

»Nehmt es mit Gelassenheit«, sagte der Bibliothekar wohlwollend. »Das ganze Leben ist eine Prüfung, und

DAS VERBOT

wenn Ihr nach Rezepten sucht, die Eurem Bauchumfang nicht zusetzen, dann helfe ich Euch gerne.«

Immerhin hatte er seinen Wunsch erfasst. Elias setzte ein verkrampftes Lächeln auf.

»Danke.«

»Nun denn, junger Freund, folgt mir.« Der hagere Mönch eilte voraus, durch eine Reihe von Regalen, die vollgestopft mit Büchern und Pergamentrollen waren. Die Bibliothek schien regelrecht überzuquellen. Die Bücher stapelten sich überall, sogar auf dem Boden.

Bruder Paulus bog um die Ecke und stieg im Eilschritt die schmale Treppe hinauf. Da sich die Bibliothek im Turm befand, gab es drei Etagen. Elias hetzte mühsam hinterher. Bereits nach ein paar Stufen ging ihm der Atem aus. Das musste der Hunger sein. Er hatte gebetet und auf das Mittagsmahl verzichtet. Sein Magen knurrte, als hätte er wochenlang nichts zu sich genommen. Allein der Gedanke an ein Stück Brot trieb ihn in den Wahnsinn. Er brauchte dringend das Buch mit den Rezepten für eine leichte Kost. Bruder Nikolaus hatte ihm den Titel ins Ohr geraunt, während er ihm zwei Gebäckstückchen zusteckte. Eines hatte Elias sofort verschlungen und das andere für Bruder Paulus aufgehoben. Der Bibliothekar bewegte sich nur, wenn man ihm etwas mitbrachte. Es musste nicht unbedingt etwas Essbares sein, doch Elias hatte sonst nichts zu bieten. Er schnaufte und erklomm die nächsten zwei Treppen.

Oben wartete Bruder Paulus auf ihn. Er hatte eine Hand in die Hüfte gestemmt und mit der anderen rieb er sich die Stirn, als müsste er intensiv nachdenken. Elias blieb ein paar Stufen unter ihm stehen. Bruder Paulus wirkte aus dieser Perspektive wie ein Riese. Er musste den Kopf in den Nacken legen, um in das Gesicht des Bibliothekars zu sehen.

»Ich habe mich geirrt«, stieß Bruder Paulus aus und beäugte Elias kritisch. »Wir müssen ganz nach unten. Ihr könnt doch noch, oder?« Sein langer dürrer Finger richtete sich auf Elias' Stirn. »Ich glaube, da läuft eine Schweißperle an Eurer Schläfe hinab.« Sein zynischer Tonfall schmerzte Elias in den Ohren. Bruder Paulus huschte mit einer Leichtigkeit an ihm vorbei, um die er ihn wirklich beneidete.

»Beeilt Euch! Es wartet noch mehr Arbeit auf mich«, rief der Bibliothekar.

Elias folgte ihm mit bleiernen Schritten. Er fragte sich, warum die Holzstufen nur unter seinem Gewicht knarrten. So viel schwerer als der Bibliothekar konnte er nicht sein, auch wenn sich sein Bauch etwas wölbte. Und immerhin überragte ihn Bruder Paulus fast um einen Kopf.

»Kommt schon!«, hörte er ihn rufen und legte einen Schritt zu. Anscheinend hatte der Bibliothekar bereits wieder das Erdgeschoss erreicht.

Völlig verschwitzt kam er unten an und versuchte, den missfälligen Blick von Bruder Paulus zu ignorieren.

»Ihr müsst in den Keller. Mir ist eingefallen, dass ich den Einband kürzlich repariert habe. Das Buch liegt noch unter den Gewichten, aber der Leim müsste jetzt getrocknet sein.« Bruder Paulus entzündete eine Kerze und drückte sie ihm in die Hand.

»Ich denke, das schafft Ihr allein. Falls nicht, ruft mich. Ich habe noch eine Abschrift für den Abt anzufertigen. Es ist dringend. Entschuldigt mich also bitte und danke für das Gebäck.« Er hob das Kinn und bedeutete ihm, loszulaufen.

Elias nahm die schmale Treppe in den Keller und fühlte sich mit jeder Stufe unwohler. Ein unangenehmer Geruch nach Pergament und Säure stieg zu ihm hinauf. Die Flamme der Kerze flackerte so stark, dass er befürchtete, sie könnte verlöschen. Am liebsten hätte er auf der Stelle kehrtgemacht. Aber diesen Triumph durfte er Bruder Paulus nicht geben. Also konzentrierte er sich auf jede einzelne Stufe und setzte vorsichtig einen Fuß vor den anderen. Als er den Keller erreicht hatte, warf er einen letzten Blick über seine Schulter. Bruder Paulus war verschwunden.

Elias sah sich um und entdeckte einen Tisch, auf dem sich eine Sammlung verschiedener Einbände stapelte. Ein Holzgefäß mit einer fast durchsichtigen schimmernden Flüssigkeit stand daneben. Doch die Gewichte, von denen Bruder Paulus gesprochen hatte, konnte er nirgendwo finden. Er hob die Kerze in die Höhe und sah sich suchend um. Ganz am Ende des Kellers befand sich ein weiterer Tisch. Elias näherte sich langsam und atmete auf, als er die Holzblöcke darauf entdeckte. Darunter musste das Buch liegen. Er beschleunigte seine Schritte, und ehe er sichs versah, fiel er der Länge nach hin. Ein stechender Schmerz schoss ihm durch das rechte Handgelenk und die Knie. Die Kerze war ihm aus der Hand gefallen, aber sie brannte noch. Stöhnend rappelte Elias sich auf und ergriff die Kerze. Er wollte wissen, worüber er gestolpert war, und leuchtete den Boden ab.

Was er sah, ließ das Blut in seinen Adern gefrieren.

»Hilfe!«, schrie er panisch und machte einen Satz zurück.

»Hilfe, Bruder Paulus! Zu Hilfe!« Er bekam keine Luft mehr und griff sich an die Brust. Doch es half nichts. Der schreckliche Anblick wollte nicht verschwinden. Zitternd starrte er auf die reglose Gestalt am Boden. Es gab keinen Zweifel. Vor ihm lag ein toter Mönch, den Blick starr an die Decke gerichtet. In seiner Stirn steckte etwas, das er nicht erkennen konnte.

»Was ist hier passiert?«, rief Bruder Paulus, der die Treppe hinuntereilte.

»Bruder Lorenz«, stammelte Elias mit bebender Stimme. »Ich glaube, er ist tot.«

VI

GEGENWART

Julian Roth wohnte nur zwei Häuser von Christine Hoffmeyers Wohnung entfernt. Oliver wusste nicht, ob er sich darüber wundern sollte oder nicht. Zons war ein kleiner Ort. Aber konnte es Zufall sein, dass der Chorleiter im Umkreis von nur fünfzig Metern lebte und quasi ein Nachbar der ermordeten Psychologin war? Hinzu kam, dass die Frau jahrelang in seinem Chor gesungen hatte. Sie waren Mitglieder in derselben Kirchengemeinde, und wenn Oliver und Klaus erst einmal nachbohrten, würden garantiert noch weitere Gemeinsamkeiten zwischen Julian Roth und Christine Hoffmeyer zutage treten. Er rutschte auf dem harten Stuhl herum und betrachtete den Chorleiter kritisch, während Klaus die Personalien der Anwesenden aufnahm. Sie hatten die übrigen Chormitglieder nach Hause geschickt und sich mit dem Pfarrer, dem anderen Kirchenvertreter, Mia Körner und dem Chorleiter in einen Nebenraum im Kirchengebäude zurückgezogen.

Julian Roth war Mitte dreißig und hatte dunkles Haar, das ihm in wilden Locken vom Kopf abstand. Auf seiner kurzen Nase saß eine grüne Hornbrille, die das gesamte Gesicht dominierte. In seinen Augen stand die Angst, und Oliver fragte sich, warum die Frage des Pfarrers ihn derartig aufgeschreckt hatte. War Julian Roth am Donnerstagabend tatsächlich noch bei Christine Hoffmeyer gewesen?

Klaus kritzelte einen Straßennamen auf seinen Notizblock.

»Ich wiederhole«, sagte er und nickte in Richtung des zweiten Kirchenmannes. »Sie sind Dominik Herrmann, wohnhaft in Köln und derzeitig zur Unterstützung von Pfarrer Althausen in Zons eingesetzt. Könnten Sie bitte die Adresse und die Telefonnummer prüfen?« Klaus drehte seinen Notizblock zu dem zweiten Pfarrer herum, damit er die Angaben lesen konnte.

»Wenn ich kurz einhaken darf?« Pfarrer Althausen beugte sich vor. »Pfarrer Herrmann unterstützt mich, ja. Aber das ist nicht alles. Er wird höchstwahrscheinlich meine Nachfolge antreten. Das Alter und die Gesundheit zwingen mich, mich vorzeitig aus meiner geliebten Gemeinde zurückzuziehen.«

»Die Angaben stimmen«, sagte Pfarrer Herrmann und schob den Notizblock zu Klaus zurück.

»Dann haben wir jetzt alle Personalien aufgenommen«, brummte Klaus und steckte den Block in seine Tasche.

»Kannten Sie das Opfer auch?«, fragte Oliver Pfarrer Herrmann.

»Nur flüchtig. Ich hatte mich zu Beginn meiner Zeit in Zons mit ihr über das Leid von Kindern ausgetauscht. Ich war sehr beeindruckt von Frau Hoffmeyers Engagement. Sie hat in ihrer Praxis vielen Kindern geholfen.«

»Und nun noch einmal zu Ihnen, Herr Roth. Pfarrer Althausen erwähnte, dass Sie sich am Donnerstagabend mit Christine Hoffmeyer treffen wollten. Haben Sie sie an diesem Abend gesehen?«

Der Chorleiter schob die grüne Brille den Nasenrücken hinauf. »Wie bereits gesagt handelt es sich hierbei um ein Missverständnis. Ich habe Frau Hoffmeyer das letzte Mal am Montag vor einer Woche getroffen, hier bei der Probe.«

»Und wie wirkte sie an diesem Tag auf Sie?«, fragte Oliver.

»Wie immer. Sie hat mit Hingabe gesungen und freute sich auf heute. In zwei Wochen findet unser Auftritt statt und Christine war Feuer und Flamme deswegen.«

Klaus runzelte die Stirn. »Und da haben Sie sich nicht gewundert, als sie heute nicht zur Generalprobe erschienen ist?«

Julian Roth sah ihn schulterzuckend an. »Schon, aber was sollte ich machen? Ich dachte, es wäre ihr etwas dazwischengekommen. Vielleicht ein Notfall mit einem Patienten oder Ähnliches.«

»Haben Sie nicht versucht, sie zu erreichen?«

»Nein. Ich bin keiner von diesen strengen Chorleitern, die jedem hinterhertelefonieren. Es soll jeder kommen, der die Zeit findet.«

»Und was ist mit Ihnen, Frau Körner? Haben Sie sich nicht gewundert?«

Mia Körner schüttelte den Kopf. »Nein. Sie hatte am Donnerstag unser Treffen abgesagt, und ich dachte, sie wäre vielleicht unterwegs. Und dann habe ich ja auch schon die schreckliche Nachricht von meiner Freundin erhalten.«

Schluchzend wischte sich Mia Körner die Tränen von den Wangen.

Oliver wandte sich den beiden Pfarrern und dem Chorleiter zu.

»Meine Herren, ich denke, Sie können jetzt wieder Ihren Aktivitäten nachgehen. Wenn es Ihnen nichts ausmacht, würden wir uns gerne allein mit Frau Körner unterhalten.«

Pfarrer Althausen erhob sich prompt. »Danke, Herr Bergmann. Wir haben in der Tat eine Menge zu tun. Bitte halten Sie mich auf dem Laufenden, und seien Sie gewiss, dass wir für Christine Hoffmeyer beten werden.«

Er verließ mit Pfarrer Dominik Herrmann den Raum. Julian Roth folgte ihnen umgehend.

»Herr Roth!«, rief Oliver und der Chorleiter erstarrte im Türrahmen. »Halten Sie sich bitte für ein weiteres Gespräch bereit. Wir benötigen noch einige Angaben von Ihnen. Wir müssen wissen, wo Sie sich von

Donnerstagabend bis heute aufgehalten haben. Vielleicht schreiben Sie es für uns auf.«

Julian Roths Augen weiteten sich für den Bruchteil einer Sekunde. Selbst seine auffällige grüne Brille konnte Oliver davon nicht ablenken.

»Selbstverständlich. Ich hoffe, Sie finden denjenigen, der Christine das angetan hat.« Er machte auf dem Absatz kehrt und schloss die Tür, nachdem er den Raum verlassen hatte.

Oliver wandte sich Mia Körner zu.

»Sie vermuteten gerade, dass Christine Hoffmeyer am Donnerstagabend unterwegs gewesen sein könnte. Wo hätte sie denn sein sollen?«

Mia Körner errötete. »Ich weiß nicht ... Es ist ...« Sie brach mitten im Satz ab und warf ihm einen flehentlichen Blick zu. »Man soll doch nicht schlecht über Tote reden«, flüsterte sie und schüttelte traurig den Kopf. »Es tut mir leid, mehr kann ich nicht sagen. Das wäre ihr gar nicht recht.«

Oliver beugte sich über den Tisch zu Mia Körner vor. »Ich verstehe das vollkommen, Frau Körner. Aber Ihre Freundin ist tot. Alles, was Sie jetzt noch für sie tun können, ist, uns zu helfen, ihren Mörder zu fassen. Ich bin mir sicher, dass Sie nichts falsch machen, wenn Sie uns berichten, welche Geheimnisse Christine Hoffmeyer hatte. Sie würde nicht wollen, dass der Täter ungestraft davonkommt.«

Mia Körner zupfte ein Papiertaschentuch aus der Hosentasche und wischte sich damit über die Augen. »Ich weiß nicht«, seufzte sie. »Sie hat es mir wirklich im

Vertrauen gesagt, und ich musste ihr versprechen, es keiner Menschenseele zu erzählen.«

»Stellen Sie sich vor, es wäre umgekehrt. Sie wären an Christine Hoffmeyers Stelle. Würden Sie den Täter ungeschoren davonkommen lassen? Es tut mir leid, dass ich Sie in dieser Situation so bedränge, aber Zeit ist ein entscheidender Faktor. Wir stehen ganz am Anfang der Ermittlung und wir müssen uns in die richtige Richtung bewegen. Je länger wir einer falschen Fährte folgen, desto mehr Spuren kann der Täter verwischen.«

Mia Körner schien vor seinen Augen zu schrumpfen. Sie wirkte plötzlich wie ein blasses Schulmädchen und blickte unsicher von ihm zu Klaus und wieder zurück.

»Ich kann mich meinem Kollegen nur anschließen. Ich mache diesen Job jetzt schon seit mehr als zwanzig Jahren«, legte Klaus nach. »Glauben Sie uns, nichts ist schlimmer als ein ungelöster Fall. Niemand aus dem Kreis der Familie und Bekannten kann abschließen, solange der Schuldige frei herumläuft.«

»Also gut.« Mia Körner stieß einen tiefen Seufzer aus. Ihr zierlicher Oberkörper bebte. Dann fing sie an zu sprechen:

»Christine ist ... O nein, ich meinte, war in Hendrik verliebt. Sie hoffte auf eine gemeinsame Zukunft mit ihm. Sie wollten das Wochenende zusammen verbringen. Deshalb hat sie mir am Donnerstag abgesagt. Sie wollte mit ihm planen, wohin sie fahren könnten. Es gibt schöne Wellnesshotels in der Umgebung, und Christine wollte Klarheit darüber, wo sie mit Hendrik steht. Er ist verheiratet und hat zwei Kinder. Sie hatte das Gefühl, dass er sich nicht zu einer Entscheidung durchringen konnte.«

»Haben sich die beiden öfter am Wochenende getroffen?« Oliver dachte an das Gespräch mit Hendrik Rast. Er hatte behauptet, dass das Wochenende seiner Familie vorbehalten war.

Zu seinem großen Erstaunen nickte Mia Körner. Hatte er es doch gewusst! Der Kerl log, dass sich die Balken bogen.

»Vielleicht alle zwei Monate verbrachten sie das Wochenende zusammen. Es war wohl schwierig für Hendrik, weil er sich wegen seiner Frau immer neue Ausreden einfallen lassen musste. Das war für ihn als Grundschullehrer nicht so leicht. Christine war deswegen sehr unglücklich.«

»Gab es Streit zwischen den beiden?«

»Hin und wieder schon. Meist wegen dieser Sache. Christine hasste die Heimlichtuerei. Sie wollte einfach nur eine Beziehung mit ihm führen, so wie alle anderen Paare auch. Sie war immer ganz neidisch auf mich oder die anderen im Chor, die sich getrennt hatten und eine neue glückliche Beziehung führten. Und auf Hendriks Ehefrau reagierte sie extrem eifersüchtig. Ich fürchte allerdings, sie hatte sich für ihre Pläne den falschen Mann ausgesucht. Wenn Sie mich fragen, war Hendrik nur auf ein Abenteuer aus. Ich konnte nicht sehen, dass er sie geliebt hätte. Manchmal war er richtig fies zu ihr. Hat sie hängen lassen oder ihr vorgeworfen, sie wäre eine Klette.«

»Ist er auch handgreiflich geworden?«

»Nein. Dafür ist er nicht der Typ.«

»Und wie lange lief diese Affäre aus Ihrer Sicht?«

»Hendriks Sohn ging zu Christine in die Praxis. Der Arme ist hyperaktiv und leidet unter Konzentrationsstörungen. Lassen Sie mich überlegen. Kurz darauf fing es an zwischen den beiden. Ich denke, das ist jetzt so zwei Jahre her.«

Immerhin stimmte diese Angabe mit der von Hendrik Rast überein. Zwei Jahre – das war eine beträchtliche Dauer. Kein Wunder, dass Christine Hoffmeyer keine Lust mehr hatte, die zweite Geige zu spielen. Kein Mensch ließ sich so lange hinhalten. Der Druck auf Hendrik Rast musste immens gewesen sein.

»Wissen Sie, warum Hendrik Rast heute nicht zur Chorprobe erschienen ist?«, erkundigte sich Oliver und packte seinen Notizblock ein.

»Er hat sich wegen Kopfschmerzen entschuldigt.« Mia Körner hob die Augenbrauen. »Weiß er denn schon, was mit Christine geschehen ist?«

Oliver nickte und fragte: »Fällt Ihnen jemand ein, der Ihrer Freundin das angetan haben könnte?«

Mia Körner schüttelte energisch den Kopf. »Nein. Christine war ein herzensguter Mensch und freundlich zu jedem. Sie hat sich für ihre Patienten aufgeopfert. Nein. Ich kenne wirklich niemanden, der ihr Böses gewollt hätte.«

»Und was ist mit ihrem Ex-Mann?«, warf Klaus ein. Mia Körners Miene erstarrte. »Samuel? An den habe ich gar nicht gedacht. Sie haben recht. Er hat sie damals wochenlang verfolgt. Aber das ist lange her.« Sie hob abrupt den Zeigefinger. »Ich habe ihn gesehen«, stieß sie aus. »Erst letzte Woche. Er spazierte durch die Schloßstraße und setzte sich dann ins Eiscafé.«

* * *

Lukas ignorierte die Nachrichten seines Freundes und duckte sich hinter einen Mauervorsprung. Seine Psychologin hatte in der Nähe des Krötschenturms gewohnt, in dem sie früher die Kranken eingesperrt hatten und der heute das Falknereimuseum beherbergte.

Verdammt, Frau Schmitz ist stinksauer auf dich! Beweg deinen Arsch in die Schule, sonst kriegen deine Eltern ein Schreiben von ihr.

Lukas las die neue Nachricht von seinem Schulfreund zweimal und unterdrückte ein Zittern. Er hatte seiner Mutter versprochen, die Schule nicht mehr zu schwänzen. Er hatte ihr so vieles versprochen. Er wollte seine Online-Spiele reduzieren, seine Emotionen unter Kontrolle bringen und regelmäßig mit Frau Hoffmeyer sprechen. Aber sie war tot. Er hatte gesehen, wie der Leichenwagen ein paar Straßen weiter vor ihrer Praxis parkte und wie ein wenig später zwei Männer in schwarzen Anzügen eine Bahre mit einer Person in einem Leichensack aus dem Haus brachten. Er konnte Frau Hoffmeyer nicht sehen, doch er wusste, dass sie in diesem grauen Plastiksack lag. Am liebsten wäre er zu ihr gerannt, hätte den Reißverschluss aufgerissen und sie herausgeholt. Christine durfte einfach nicht tot sein. Sie war die erste und einzige Person, die ihn wenigstens ansatzweise verstand. Die nicht ständig Druck auf ihn ausübte und ihm mit Strafen drohte für Dinge, die er nicht beeinflussen konnte. Oder die ihm Belohnungen versprach, die für ihn unerreichbar waren. Christine interessierte sich nur für ihn. Wie es ihm ging. Wie es in seinem Inneren aussah und ob er sich glücklich fühlte. Seine Noten, die Spielsucht, ja selbst die Aggressionen spielten für sie keine Rolle. Für Christine waren das lediglich Symptome, jedoch nicht die Ursache seiner Probleme. Es war also egal, was er seiner Mutter versprochen hatte. Seine Therapeutin war tot, und ihm blieb nichts anderes übrig, als die Schule zu schwänzen. Er brach sein Versprechen gar nicht, sondern befand sich in einer Notlage, die sein Verhalten rechtfertigte. Jemand musste schließlich herausfinden, was Christine passiert war.

Deshalb hatte er sich heute Morgen zu ihrer Wohnung geschlichen. Die Polizei stand vor dem Haus. Beamte in weißen Anzügen rannten rein und wieder raus. Sie trugen kartonweise Sachen aus der Wohnung. Sie stellten Beweismittel sicher, wie auch schon zuvor in der Praxis. Die Presse war ebenfalls anwesend. Ein Journalist versuchte Informationen von der Spurensicherung zu bekommen, aber eine ältere Beamtin mit strenger Miene wies ihn ab.

Lukas beschloss, ihr lieber nicht in die Quere zu kommen. Wenn er die Polizei heimlich beobachtete, würde er vielleicht herausfinden, was passiert war. In seiner Magengegend krampfte es bei dem Gedanken, dass er Christine nie wiedersehen würde. Nie mehr mit ihr sprechen zu können, fühlte sich schlimmer an als die Hölle. Dabei hatte er sich gerade erst an sie gewöhnt. Er hatte angefangen, sie zu mögen. So richtig zu mögen. Wie ein Mann eine Frau mochte. Klar, sie war viel älter als er, doch das machte ihm nichts aus. Sie hatte ihn verzaubert mit ihren blauen Augen und dem Mitgefühl, das sie ihm entgegenbrachte. Sie verurteilte ihn nicht und dafür liebte er sie. Wie sollte er ohne sie klarkommen? Sein Brustkorb schnürte sich schmerzhaft zusammen. Er holte tief Luft und verdrängte die Tränen, die in ihm aufstiegen. Er wollte nicht weinen. Schließlich wurde er bald neunzehn.

Zwei, vielleicht drei Minuten dauerte es, bis er sich wieder im Griff hatte. Er schaute zu Christines Wohnung im Obergeschoss. Nie mehr würde er sie dort hinter einem Fenster sehen. Es war einfach verdammt traurig. Er sah, wie die Spurensicherung und die Polizei abzogen. Sie brausten mit drei Autos davon und verschwanden um die Ecke.

Lukas blieb hinter dem Mauervorsprung hocken und überlegte, was er tun sollte. Zweifellos hatte die Polizei die Tür zu Christines Wohnung versiegelt. Ein Einbruch würde ihn nur in Schwierigkeiten bringen. Dennoch erhob er sich und trat einen Schritt auf das Gebäude zu. Abrupt stoppte er jedoch, weil sich ein Mann von der gegenüberliegenden Straßenseite zielstrebig dem Haus näherte und zu Christines Wohnung hinaufschaute. Plötzlich fiel Lukas ein, woher er den Kerl kannte. Übermächtige Wut brodelte in ihm hoch. Was zum Teufel wollte dieser Kerl bei Christine? Er hatte ihn schon mal bei ihr gesehen. Jetzt wusste er, was zu tun war. Seine Füße trugen ihn schneller, als er denken konnte. Er packte den Kerl von hinten am Kragen. Als der sich wehrte und sich zu ihm drehte, schlug er zu. Mitten ins Gesicht. Der Mistkerl taumelte. Blut quoll zwischen seinen Lippen hervor. In Lukas' Kopf ertönte Christines Stimme. Sie wollte, dass er aufhörte. Doch er konnte nicht. Seine Faust landete in der Magengrube des Mannes. Erst den nächsten Schlag bremste er ab, weil plötzlich jemand schrie. Eine Frau. Christine? Er sah sich um und erblickte eine Fremde. Sie wedelte mit den Armen in der Luft.

»Hey, aufhören! Was machen Sie denn da?«

Langsam kam er zu sich. Er ließ die Fäuste sinken und starrte auf sein Opfer, das gekrümmt und blutend vor ihm stand. Lukas' Puls schoss in die Höhe. Was sollte er jetzt tun? Der Mann stöhnte. Das Blut begann in seinem Kopf zu kreisen. Lukas nahm die Beine in die Hand und rannte so schnell er konnte davon.

* * *

Oliver lauschte dem Rechtsmediziner am Telefon, während er gedankenverloren in seinen Spaghetti herumstocherte.

»Es war mit Sicherheit Arsen«, erklärte Dr. Hans Pankalla und beendete das Telefonat.

Oliver legte sein Handy auf den Esstisch und starrte seinen Teller an.

»Alles in Ordnung?«, erkundigte sich Emily und schob ihm den Parmesankäse über den Tisch.

»Ich weiß nicht«, brummte er und drehte seine Gabel, sodass die Spaghetti zurück auf den Teller purzelten. »Eine Psychologin aus Zons wurde ermordet. Genauer gesagt wurde sie mit Arsen vergiftet.«

»Mit Arsen?«, fragte Emily und schenkte Oliver ein Glas Rotwein ein. »Arsen wurde früher sehr häufig als Gift eingesetzt. Stell dir vor, man kann es erst seit Anfang des neunzehnten Jahrhunderts nachweisen. Ich glaube, es war ein Chemiker, der die Methode entwickelte. Ja, jetzt fällt es mir wieder ein. Er hieß James Marsh. Seitdem ist die Anzahl der Giftmorde mit Arsen übrigens drastisch zurückgegangen.«

»Das ist der eine Punkt, der mich wundert. Der andere ist, dass die tote Psychologin in einer seltsamen Haltung an ihrem Schreibtisch fixiert wurde. Die Arme wie auf einem Kreuz ausgebreitet. Wir konnten feststellen, dass sie zuvor irgendwo anders festgehalten wurde. Sie hat offenbar versucht, sich zu befreien, und mit Händen und Füßen gegen die Wände ihres Gefängnisses gehämmert. Ich frage mich, warum der Täter sie so lange am Leben ließ. Hinzu kommt, dass er sein Opfer anscheinend nicht einmal gefesselt hat.« Er rieb sich müde die Stirn und stopfte sich dann eine Gabel voll Spaghetti in den Mund.

Emily nippte an ihrem Weinglas. »Du meinst, das Opfer wurde aus der Praxis entführt, getötet und anschließend wieder zurückgebracht?«

»Wissen wir nicht genau. Die Spurensicherung hat

heute die Wohnung der Toten auf den Kopf gestellt. Es wurden keine Einbruchsspuren oder Ähnliches gefunden. In ihrer Praxis gab es allerdings auch keine derartigen Spuren. Es gibt keine Kameraüberwachung. Niemand hat etwas gesehen. Das einzige Indiz, das dafürspricht, dass sie aus der Praxis entführt wurde, ist ihre Handtasche. Die stand samt Handy und Portemonnaie im Büro ihrer Sekretärin. Es fehlte nichts.«

Emily grübelte. Auf ihrer Stirn hatten sich ein paar kleine Fältchen gebildet.

»Vielleicht ist es ein Ritual«, mutmaßte sie. »Wenn ihre Körperhaltung dich an ein Kreuz erinnert, wollte der Täter damit womöglich andeuten, dass das Opfer sich versündigt hat.«

»Du glaubst an einen Ritualmord?« Oliver musste sofort an die Affäre denken, die Christine Hoffmeyer mit dem Vater eines Patienten eingegangen war. Ob jemand aus ihrem Umfeld sie dafür bestrafen wollte? Oder war es gar die Ehefrau von Hendrik Rast, die sich auf diese Art und Weise rächte? Emilys Gedanken waren nicht von der Hand zu weisen. Sie hatte schon einige Reportagen über Mordfälle mit historischem oder religiösem Bezug geschrieben.

»Könntest du vielleicht mal überprüfen, ob es früher schon einmal Mordfälle gegeben hat, bei denen ein Kreuz und Arsen eine gemeinsame Rolle gespielt haben?«, bat Oliver.

»Klar, ich kann gerne morgen ein wenig recherchieren.«

»Danke.« Oliver grinste, ging um den Tisch herum

und nahm Emily in den Arm. »Wie wäre es, wenn ich dich schon einmal vorab für deine Mühen belohne?«

Emily lächelte ihn an. »Und du glaubst zu wissen, wonach mir der Sinn steht?« Sie zog ihn an sich und küsste ihn leidenschaftlich.

VII

VOR FÜNFHUNDERT JAHREN

Bastian betrachtete den toten Mönch fassungslos. Er lag rücklings im Keller der Bibliothek, die Arme zu beiden Seiten ausgebreitet, und starrte nach oben Richtung Decke. In seiner Stirn steckte ein riesiger Nagel. Das Haar war von Blut getränkt. Er schwenkte die Fackel von rechts nach links und schluckte. Die Kutte des Mönches war an mehreren Stellen gerissen und von Blutflecken übersät, die längst getrocknet waren.

»Da ist jedenfalls kein Pfeil in seiner Brust«, merkte Wernhart an. Seine Stimme durchbrach die Stille, die sich wie ein Totentuch über die Anwesenden gelegt hatte. Der Abt hatte seit Minuten keinen Laut von sich gegeben. Der Bibliothekar und der junge Mönch, der den Leichnam gefunden hatte, standen schweigsam neben ihm, jeder eine Fackel in der Hand.

Bastian hielt die Fackel näher an den Schädel und

musterte den riesigen Nagel genauer. Ein kleines Stückchen Pergament war darum gewickelt.

»Eine Botschaft ist an dem Nagel befestigt«, sagte er.

Sogleich ging Wernhart in die Knie und löste das Pergament vorsichtig ab. Er faltete es auf und überreichte es Bastian.

»Hier steht derselbe Satz wie bei Bruder Gregor.« Bastian reichte das Blatt an Theodor von Grünwald weiter. »Wir müssen herausfinden, was es mit diesen schweigenden Mönchen auf sich hat. Diese Botschaft ist der Schlüssel, der uns zum Täter führt.«

»Hereditas monachorum taciturnorum altum in corde tuo inest«, las der Abt vor und übersetzte den Text. »Das Vermächtnis der schweigenden Mönche steckt tief in deinem Herzen.«

Wernhart deutete auf den riesigen Nagel in der Stirn des toten Mönches. »Aber dieses Mal steckt doch gar nichts in seinem Herzen, sondern in seinem Schädel.«

»Da habt Ihr recht«, bestätigte der Abt. »Ich denke, es ist eine Botschaft im übertragenen Sinne. Bei dem Vermächtnis geht es vermutlich um eine Überzeugung, die im Herzen getragen wird, ähnlich wie die Liebe zu Gott.«

»Etwas, das für die Opfer mit dem Tod endet«, fügte Bastian leise hinzu. »Doch welche Überzeugung sollte das sein?« Er wandte sich dem Bibliothekar zu. »Bruder Paulus, habt Ihr in Eurer Bibliothek vielleicht ein Buch über die schweigenden Mönche? Womöglich können wir so herausfinden, was der Täter uns sagen will.«

Der dürre, hochgewachsene Mönch neigte nachdenklich den Kopf zur Seite.

»Nun, viel dürften wir nicht dazu besitzen, aber es existieren Aufzeichnungen zu einem Kloster in Frankreich. Ich kann sie heraussuchen. Gebt mir nur ein wenig Zeit.«

»Natürlich. Die sollt Ihr bekommen. Fällt Euch sonst noch etwas zu diesem Vermächtnis ein?«

Der Bibliothekar schürzte die Lippen und dachte nach.

»Ich befürchte nein«, antwortete er schließlich. »Ich habe bisher nicht viel darüber gehört oder gelesen. Diese Mönche erbringen jedenfalls ein sehr großes Opfer. Man stelle sich vor, den ganzen Tag kein einziges Wort zu sprechen.« Er hob bedauernd die Schultern.

»Was ist mit Euch?«, fragte Bastian den jungen Mönch neben dem Bibliothekar. »Wie ist Euer Name?«

»Elias. Ich kenne weder dieses Vermächtnis noch einen schweigenden Bruder. Es tut mir leid, aber ich kann dazu gar nichts sagen.«

»Wann habt Ihr Bruder Lorenz zuletzt lebend gesehen?«, wollte Bastian wissen.

»Das war vor fünf Tagen während der Morgenmahlzeit«, entgegnete Bruder Elias.

»Und zum Mittagsmahl war er bereits verschwunden?«

Bruder Elias verzog das Gesicht und leckte sich nervös über die Unterlippe.

»Ich ... ich habe auf das Essen verzichtet«, sagte er

und senkte den Blick. »Abends war er jedenfalls nicht mehr anwesend, als Bruder Nikolaus das Brot am Tisch verteilte.«

»Und Ihr, Bruder Paulus, könnt Ihr das bestätigen oder habt Ihr Bruder Lorenz womöglich zuletzt hier in der Bibliothek lebend gesehen?«

»Bruder Lorenz interessierte sich zu meinem großen Bedauern nicht sonderlich für Bücher. Früher hat er bei der Abschrift von Texten geholfen, aber in letzter Zeit verließ ihn die Geduld. Er gab sich lieber dem Müßiggang hin.« Die Augenbrauen des Bibliothekars schossen in die Höhe. »Ausdauer ist eine notwendige Tugend in vielerlei Hinsicht. Wir müssen unermüdlich sein und dürfen darüber hinaus niemals die Sorgfalt außer Acht lassen. Buchstabe für Buchstabe muss fein säuberlich zu Papier gebracht werden. Eine liederliche Handschrift ist das Schlimmste, was einem Text passieren kann.« Sein Blick blieb plötzlich an Bruder Elias hängen und wanderte von dessen Hals abwärts zu der Kordel, die um seine Kutte gebunden war. »Es ist unverzeihlich, sich nicht beherrschen zu können«, fuhr Bruder Paulus fort. »Das gilt nicht nur für die Anfertigung von Abschriften.«

Bruder Elias errötete und faltete die Hände vor dem Bauch.

»Wann also habt Ihr nun Bruder Lorenz zuletzt gesehen?«, hakte Bastian nach.

Der Bibliothekar verzog die Lippen und löste seinen Blick von Bruder Elias.

»Ich denke, es war vor fünf Tagen zur Mittagszeit. Er

sollte Bruder Benedikt helfen. Ich sah, wie er zum Kräutergarten lief.«

»Und von wo kam er?«

»Er verließ das Haupthaus, gleich nach dem Mittagsmahl. Ich folgte ihm ein Stück und begab mich wieder in die Bibliothek.«

»Konntet Ihr denn sehen, ob er den Kräutergarten erreicht hat?«, fragte der Abt, der inzwischen aus seiner Starre erwacht war.

Bruder Paulus schüttelte langsam den Kopf. »Ich habe nicht darauf geachtet. Verzeiht mir, Vater Abt.«

»Schon gut, Bruder Paulus. Ich habe leider ebenfalls keine Erinnerung, wann ich Bruder Lorenz zum letzten Mal sah. Es ist mindestens fünf Tage her.«

»Wie ist es möglich, dass sein Verschwinden so lange unentdeckt blieb? Hätte es nicht am selben Tag oder spätestens zur Nachtruhe auffallen müssen, dass Bruder Lorenz nicht anwesend war?«

»Ihr habt einen scharfen Verstand«, antwortete der Abt. »In der Tat wäre es uns natürlich sofort aufgefallen. Schon beim Abendgebet. Aber Bruder Lorenz ist vor fünf Tagen ins Kloster Brauweiler gereist. Er hätte heute im Laufe des Morgens zurückkehren sollen. Bis dahin hat ihn niemand vermisst.«

»Und woher wusstet Ihr, dass er verschwunden war und sich nicht einfach nur verspätet hat?«

Theodor von Grünwald setzte eine traurige Miene auf. »Ein Bote aus Brauweiler kam statt seiner heute in unserem Kloster an und hat mir berichtet, dass Bruder

Lorenz nicht wie vereinbart dort eingetroffen ist. Ich ahnte im selben Moment, dass ihm etwas zugestoßen sein muss.« Der Abt bekreuzigte sich und vermied es, in Richtung des Toten zu blicken.

Bastian konnte es verstehen. Bruder Lorenz war grausam zugerichtet. Auch er würde diesen schrecklichen Anblick nie vergessen.

»Wer kann bezeugen, dass sich Bruder Lorenz wirklich auf den Weg gemacht hat?«, fragte Bastian.

»Bruder Anselm. Vor fünf Tagen hat er tagsüber Wache an der Klosterpforte gehalten. Bruder Lorenz müsste am frühen Nachmittag losgegangen sein.«

Bastian machte sich eine Notiz in das kleine Buch, das er stets bei sich trug.

Das war interessant. Im Gegensatz zu Bruder Gregor, der offenbar innerhalb weniger Stunden ermordet wurde, war Bruder Lorenz möglicherweise vom Täter mehrere Tage festgehalten worden. Vielleicht hatte der Mörder den Leichnam aber auch nur längere Zeit aufbewahrt und ihn genauso schnell umgebracht wie Bruder Gregor. Leider konnte Bastian sich im Augenblick nicht erklären, wie es wirklich gewesen war. Kopfschmerzen bereiteten ihm ebenfalls die unterschiedlichen Todesursachen. Er war kein Arzt, doch anscheinend war Bruder Gregor nicht durch den Pfeil in seiner Brust getötet worden. Der Nagel in der Stirn von Bruder Lorenz hingegen schien todesursächlich zu sein. Bastian sah, dass reichlich Blut aus der Wunde ausgetreten war. Das Haar des Mönches war durch und durch mit Blut getränkt. Bruder Gregor jedoch hatte kaum Blut verloren.

Bastian kniete sich neben den Leichnam, um die Lippen zu betrachten. Sie zeigten weder Rötungen noch Blasen. Bedeutete das, Bruder Lorenz war nicht vergiftet worden? Auch darauf konnte er sich keinen Reim machen. Bisher wiesen beide Morde nur zwei wesentliche Gemeinsamkeiten auf: Beide Male war ein Mönch getötet worden und jedes Mal hatte der Täter dieselbe Botschaft hinterlassen.

Bastian wollte den Mund des Toten öffnen, ließ es jedoch bleiben. Er trug keine Handschuhe, und Josef Hesemann hatte ihm mehr als einmal zu verstehen gegeben, dass an Leichen tödliche Krankheiten lauerten. Der Arzt fasste niemals ungeschützt die Haut eines verwesenden Körpers an. Bastian würde ihm die weitere Untersuchung überlassen. Er schaute sich noch rasch die Hände und die Beine an, ohne auf eine Spur zu stoßen. Dann drehte er den Toten auf die Seite, weil er sehen wollte, ob sich Blut am Boden gesammelt hatte. Doch er fand nicht einen Tropfen. »Bruder Lorenz wurde meines Erachtens nicht hier in der Bibliothek getötet. Jemand hat seinen Leichnam erst später hier abgelegt.« Er sah zu Bruder Paulus auf. »Führt Ihr eine Liste über die Besucher?«

Der Bibliothekar schüttelte den Kopf. »Wo denkt Ihr hin? Da hätte ich viel zu tun. Ich könnte keinen Handschlag mehr tun, wenn ich mir alles notierte.«

»Bruder Gregor war viel jünger als Bruder Lorenz.

DAS VERBOT

Ich frage mich, ob es Gemeinsamkeiten zwischen ihnen gab, abgesehen davon, dass sie in diesem Kloster lebten.«

Der Abt kratzte sich nachdenklich am Hals. »Bruder Gregor konnte im Gegensatz zu Bruder Lorenz sehr gut schreiben. Gregor hat ohne Unterlass geübt und wollte Bruder Paulus unbedingt übertreffen. Trotzdem war er eine große Hilfe, richtig?«

»Ja, Vater Abt, so ist es gewesen. Sein Verlust trifft mich außerordentlich. Er hatte eine so feine und zierliche Handschrift, wie ich sie selten gesehen habe. Sein ruhiges Wesen und seine Geduld hätten ihn zu meinem Nachfolger machen können.« Bruder Paulus zuckte traurig mit den Schultern. »Es hat nicht sollen sein. Gott hatte offenbar einen anderen Plan für ihn.«

»Bruder Lorenz hat sich handwerklich im Kloster betätigt«, fuhr Theodor von Grünwald fort. »Er brachte Türen und Löcher im Mauerwerk in Ordnung, wenn es auch zugegebenermaßen oft sehr lange dauerte. Für die geistige Tätigkeit fehlte ihm das Talent. Also um es zusammenzufassen: Die beiden hatten kaum etwas gemeinsam. Weder was ihre Fähigkeiten anbelangt noch das Alter oder ihr Äußeres.«

»Und trotzdem hat der Täter sie ausgewählt«, murmelte Bastian nachdenklich. Er schwenkte seine Fackel abermals über den Toten, als von oben schwere Schritte ertönten.

»Bruder Paulus?«, rief jemand und stampfte die Treppe zu ihnen herunter. Ein rotbäckiger Mönch erschien auf der untersten Treppenstufe. Wenn Bastian es richtig in Erinnerung hatte, war es Bruder Benedikt. Josef Hesemann begleitete ihn. Als der Arzt Bastian erblickte, stieß er nur ein Wort aus:

»Arsenik!«

»Das Gift?«

»Ja. Stellt Euch vor, jemand hat es aus dem Kloster gestohlen.« Josef hielt ein dunkelbraunes Gefäß in die Höhe. »Ich habe es gerade mit Bruder Benedikt herausgefunden. Es ließ mir einfach keine Ruhe und hier haben wir die Erklärung.« Sein Blick blieb an dem toten Mönch auf dem Boden hängen.

»Himmel, ich hörte soeben von einem weiteren Todesfall.« Er drückte Bruder Benedikt das leere Gefäß in die Hand und ging neben dem Toten in die Hocke.

»Dieser Nagel ist riesig«, stellte er voller Entsetzen fest. »Er muss mit gewaltiger Kraft in den Schädel gerammt worden sein.« Josef verstummte, weil hinter seinem Rücken Bruder Elias zu würgen begann.

»Geht!«, befahl ihm der Abt und scheuchte ihn hinaus. »Und Ihr, Bruder Paulus, sucht nach dem Buch über die schweigenden Mönche. Bruder Elias soll Euch helfen.«

Der Bibliothekar verdrehte bei Bruder Elias' Namen unmerklich die Augen. Doch er widersprach dem Abt nicht. Stattdessen drehte er sich um und folgte dem jungen Mönch die Treppe hinauf.

»Wer hat es nur auf uns abgesehen?«, jammerte der Abt und legte dem Arzt die Hand auf die Schulter. »Sagt mir, lieber Josef, musste Bruder Lorenz sehr leiden?«

Das Gesicht des Arztes sprach Bände. »Ein wenig«, antwortete er zögerlich. »Im Gegensatz zu Bruder Gregor wurde er anscheinend nicht mit Arsenik vergiftet.« Er deutete auf die unversehrten Lippen und öffnete geschickt den Mund des Toten. Bastian hielt die Fackel näher heran, damit Josef gut sehen konnte.

»Die Schleimhaut und die Zunge sind nicht gerötet oder geschwollen.« Josef blähte die Nasenflügel und sog zweimal Luft ein. »Er scheint sich nicht erbrochen zu haben, und das viele Blut am Kopf spricht dafür, dass er durch den Nagel gestorben ist.« Josef zog ihn mit einem kräftigen Ruck aus dem Schädel.

Bastian, Wernhart und der Abt wandten sich entsetzt ab.

»Der Nagel hat fast das gesamte Hirn durchbohrt. Bruder Lorenz hatte keine Überlebensmöglichkeit. Ich schätze, Zimmermänner benutzen solche langen, kantigen Nägel. Möchte mal jemand schauen?«

Bastian rührte sich als Erster und drehte sich zu dem Arzt um, der einen Nagel in den Händen hielt, der fast so lang war wie sein Unterarm.

»Ja«, sagte er und unterdrückte die Welle der Übelkeit, die aus seinem Magen hoch in die Kehle stieg. »Solche Nägel kenne ich. Zimmerleute und Dachdecker benutzen sie.«

Der Abt hatte sich ihnen inzwischen auch wieder zugewandt und bekreuzigte sich.

»Wer ist nur zu einer solch grausamen Tat fähig? Bruder Lorenz hatte zwar seine Fehler, aber im Grunde seines Herzens war er ein friedfertiger Mensch. Er hat keiner Fliege etwas zuleide getan.«

Josef antwortete nicht, sondern untersuchte konzentriert die Gliedmaßen des toten Mönches.

»Beide Arme sind gebrochen. Auch das Schultergelenk ist verrenkt. Himmel, seht Euch seine Beine an. Der Unterschenkel ist gänzlich verdreht.« Josef rieb sich nachdenklich das Kinn. »Wenn ich es nicht besser wüsste, würde ich sagen, jemand hat ihn gerädert. Aber der Nagel in seinem Schädel passt nicht dazu und an den Hand- und Fußgelenken kann ich keine Fesselspuren sehen.«

»Er hat sich also nicht gewehrt?«, fragte Bastian und versuchte sich vorzustellen, wie der Täter mit einem riesigen Hammer den Nagel in den Kopf des Mönches trieb.

»Ich kann keine Spuren dafür erkennen«, bestätigte Josef und inspizierte die Oberschenkel, nachdem er die Kutte hochgeschoben hatte.

»Hier klafft ein Loch im Muskelfleisch, aber es steckt kein Nagel drin. Das ist wirklich merkwürdig.« An den Abt gerichtet sagte er: »Ich würde den Leichnam gerne näher untersuchen. Das kann ich am besten in meinem Haus. Gebt Ihr mir die Erlaubnis?«

Der Abt nickte stumm. In seinen Augen standen Trauer und Fassungslosigkeit.

Josef bedeckte die Beine des Toten wieder und erhob sich. »Fest steht, dass sein Körper ebenfalls von mehreren Nägeln durchbohrt wurde. Vielleicht hat ihm jemand ein Schlafmittel eingeflößt. Denn selbst der

DAS VERBOT

gutmütigste Mönch würde sich wehren, wenn mit derartiger Gewalt auf ihn eingeschlagen wird.«

»Wir müssen diesen Mistkerl ausfindig machen«, knurrte Wernhart mit blassen Lippen. »Ich habe das ungute Gefühl, dass dieser Mönch nicht der letzte ist, der seinen Weg zu Gott verfrüht antreten wird.«

* * *

Elias tat, wie ihm geheißen. Er mochte den Bibliothekar nicht. Erneut hatte Bruder Paulus versucht, ihn durch die Regalreihen und die drei Stockwerke der Bibliothek zu hetzen. Doch ein weiteres Mal fiel er nicht darauf herein. Er ahnte, dass Paulus hinaufrannte, nur um die zwei Treppen wieder hinabzusteigen. Elias wartete unten auf ihn.

»Seid Ihr geflogen?«, fragte Bruder Paulus barsch und verzog das Gesicht zu einer finsteren Miene.

»Ich habe hier unten gesucht, unter dem Buchstaben T wie *taciturnorum*, was für *schweigend* oder *still* steht«, erklärte Elias und wunderte sich über seine ruhige Stimme, die sich so fremd anhörte, als hätte jemand das Sprechen für ihn übernommen. »Habt Ihr oben bei M wie *monachorum* etwas entdeckt?«

»Nein«, erwiderte der Bibliothekar.

In diesem Moment fiel Elias die Erhebung unter dessen Kutte auf. Bruder Paulus versteckte etwas darunter. Ob er das Buch, das Bastian Mühlenberg suchte, schon gefunden hatte?

»Seht Ihr unter dem lateinischen Begriff für

Vermächtnis nach. Ich schaue mich derweil bei den Büchern zu Ordensgemeinschaften um.«

Bruder Paulus huschte davon, wobei er sich kerzengerade hielt. Vermutlich, weil sonst das Buch aus seiner Kutte rutschen würde. Obwohl Elias vor Angst zitterte, folgte er ihm heimlich. Aus dem Keller drangen die Stimmen des Abtes und der Stadtsoldaten herauf. Elias wollte Bastian Mühlenberg unbedingt helfen. Dieser Mann wusste, was er tat. Und er benötigte dieses Buch. Bruder Paulus durfte es nicht einfach verschwinden lassen, falls er das vorhatte.

Elias verstand sowieso nicht, warum er den Stadtsoldaten nicht half und schlimmer noch, sich dem Wunsch des Abtes widersetzte. Er müsste eigentlich genau wissen, wo dieses Buch zu finden war. Was führte dieser Mönch nur im Schilde? Er huschte auf Zehenspitzen hinterher und sah gerade noch, wie die dunkle Kutte des Bibliothekars hinter einer Ecke verschwand. Elias sputete sich, denn durch die Regale konnte man nicht gut hindurchsehen.

Vor einem Bücherstapel entdeckte er Bruder Paulus. Dieser zog ein Buch unter der Kutte hervor, hob die beiden obersten Bücher des Stapels an und schob es dazwischen. Dann schlüpfte er in die nächste Regalreihe und war verschwunden. Elias blieb mit klopfendem Herzen stehen. Er wartete eine ganze Weile ab, bis er sich traute, zu dem Stapel zu gehen. Hastig nahm er das Buch heraus und schlug es auf. Was er sah, raubte ihm den Atem. Sein Puls schoss in ungeahnte Höhen, und in ihm stieg etwas hoch, das Sünde war. Noch bevor er das

Buch wieder zuschlagen konnte, spürte er eine drahtige Hand auf seiner Schulter.

»Hab ich Euch erwischt!«, knurrte der Bibliothekar. »Dieses Buch ist verboten! Wo habt Ihr es her?«

Elias wollte sich losreißen. Doch Bruder Paulus' kräftige Hand drückte ihn nach unten. Und ehe er ein Wort hervorbrachte, erschien der Abt.

»Was ist hier los?«, rief Theodor von Grünwald und schnappte nach Luft, als er das Buch ganz oben auf dem Stapel sah. Sein Blick ging zu Elias und durchbohrte ihn. »Seid Ihr von Sinnen? Ich trug Euch auf, nach dem Vermächtnis der schweigenden Mönche zu suchen, und Ihr gebt Euch der Wollust hin?«

Die Hitze schoss ihm in die Wangen, er wollte den Mund öffnen und erklären, dass er unschuldig war.

»Geht, Bruder Elias, und tut Buße!«, brüllte der Abt und zerrte ihn hoch.

Benommen taumelte Elias vorwärts.

»Ich habe nichts getan«, hauchte er kraftlos, weil er wusste, dass niemand ihm Glauben schenkte. Außerdem durfte er nicht auffallen. Das wäre das Schlimmste. Keiner durfte ihn mit der Sünde in Verbindung bringen. Egal, ob es Völlerei oder Wollust war. Er zog den Kopf ein und rannte davon.

Bastian folgte dem Abt die Treppe hinauf und hörte die kreischende Stimme von Bruder Paulus. Er schlängelte sich durch ein paar Bücherstapel, die sich in allen Ecken der Bibliothek auftürmten. Kurz bevor er den Bibliothekar erreichte, rannte der junge Mönch mit eingezogenem Kopf an ihm vorbei. Verdutzt sah er Bruder Elias hinterher und gesellte sich dann zum Abt, der kopfschüttelnd neben dem Bibliothekar stand.

»Die jungen Mönche können einfach nicht die Finger davon lassen. Ich hätte ihn nicht allein in das Dachgeschoss schicken sollen. Es hätte mir klar sein müssen, dass er der Versuchung nicht widerstehen kann«, erklärte der Bibliothekar zerknirscht.

Bastian zählte eins und eins zusammen. Offenbar hatte der junge Mönch in ein verbotenes Buch geschaut.

»Es ist kein Verlass mehr auf die jungen Mönche. Regeln scheinen sie nicht zu interessieren«, schimpfte der Abt. »Bruder Elias wird morgen von den Mahlzeiten ausgeschlossen. Ich werde ihm meine Entscheidung nachher persönlich mitteilen. Sollte er sich jemals wieder wollüstigen Gedanken hingeben, greife ich zu härteren Mitteln.« Der Abt nahm das oberste Buch vom Stapel. Der Einband trug weder einen Titel noch eine Verzierung oder gar ein Bild. Bastian verstand nicht, warum die Bibliothek überhaupt Bücher beherbergte, die niemand lesen sollte. Doch er verkniff sich einen Kommentar. Es ging ihn nichts an. Und zudem war er selbst keinen Deut besser. Er musste ständig an Anna denken und sein Herz flog davon. Hin zu ihr und weg von seinem Weib. Dabei liebte er auch Marie, nur eben auf eine andere Weise.

»Ich verstehe Euren Zorn«, sagte er deshalb. »Aber

können wir uns wieder mit Bruder Lorenz beschäftigen? Ich brauche unbedingt dieses Buch.«

»Ja, natürlich«, erwiderte der Abt. »Bruder Paulus wird die Suche umgehend fortsetzen.«

In den Augen des Bibliothekars flackerte Widerstand auf. Nur kurz, doch lange genug, dass Bastian es bemerkte. Etwas gefiel ihm an dem Verhalten dieses Mönches nicht.

VIII

GEGENWART

Oliver lehnte lässig im Bürostuhl und nippte an seinem Kaffee. Seine Lippen verzogen sich zu einem Lächeln, weil er an die Nacht mit Emily dachte. Er stellte sich ihren wohlgeformten Körper vor und strich in Gedanken sanft über die Wölbung ihrer Brüste. Plötzlich klopfte es an der Bürotür und er fuhr hoch. Hastig setzte er den Kaffeebecher ab und richtete sich kerzengerade auf.

»Herein«, rief er.

Im Türrahmen erschien Frau König von der Poststelle mit Briefen in der Hand.

»Heute ist einiges für Sie dabei«, sagte sie geschäftig und legte einen dicken Stapel Post auf seinen Tisch.

»Danke schön.« Oliver nahm die Umschläge und schaute sie durch. Die meisten Kuverts waren maschinell beschriftet. Ein Brief, der mit blauer Tinte an ihn adressiert war, fiel ihm ins Auge. Er drehte ihn um und sofort begann sein Herz zu pochen.

Als Absender war Christine Hoffmeyer angegeben. Doch die war seit letzter Woche Donnerstag tot oder zumindest vermisst. Sie konnte diesen Brief eigentlich nicht abgeschickt haben. Und schon gar nicht an ihn. Weshalb hätte sie ihn kennen sollen?

Oliver kniff die Augen zusammen, zog sicherheitshalber ein Paar Schutzhandschuhe über und griff zum Brieföffner. Gerade als er den Brief aufschlitzen wollte, flog die Bürotür auf und sein Partner Klaus erschien mit zwei dampfenden Bechern Kaffee.

»Guten Morgen«, sagte er gut gelaunt und stellte einen Pappbecher vor ihm ab. »Jetzt sag bloß nicht, du hattest schon einen Kaffee?« Klaus wirkte enttäuscht.

»Du willst die abgestandene Brühe aus der Kaffeeküche doch nicht als Kaffee bezeichnen.«

Klaus' Miene hellte sich auf. »Bitte schön«, flötete er und schob den Becher dichter an ihn heran.

»Warum trägst du Handschuhe?« Auf seiner Stirn erschien eine Falte.

Oliver deutete auf den Brief und öffnete ihn mit einer geschmeidigen Bewegung. »Stell dir vor, hier hat jemand mit dem Absender Christine Hoffmeyer einen Brief an mich geschrieben, und ich wollte vorsichtig sein.« Er zog ein Blatt Papier aus dem Umschlag.

»Das gibt es doch nicht! Lass mal sehen«, sagte Klaus und schaute ihm über die Schulter.

»*Hereditas monachorum taciturnorum altum in corde tuo inest*«, las er stockend vor und zuckte mit den Achseln.

»Ich verstehe ehrlich gesagt kein Wort. Ist sonst noch was in dem Umschlag?«

»Sieht nicht so aus, aber ich gebe lieber alles ins Labor. Könnte ja ein Fingerabdruck darauf sein«, antwortete Oliver und drückte kurz die Entertaste. Sein Bildschirm erwachte aus dem Ruhemodus.

Er öffnete eine Suchmaschine und tippte die lateinischen Worte vom Papier ab.

Das Vermächtnis der schweigenden Mönche steckt tief in deinem Herzen, zeigte das Übersetzungsprogramm.

Oliver zog die Augenbrauen zusammen. »Was zur Hölle soll das bedeuten?«

Er verfrachtete den Brief und den Umschlag vorsichtig in eine durchsichtige Tüte.

»Das kommt garantiert vom Täter«, stieß Klaus aus.

Oliver nickte. »Vermutlich, doch das Opfer ist weiblich und ganz und gar kein Mönch. Gibt es jemanden in ihrer Familie, der in einem Kloster lebt?«

Klaus schüttelte den Kopf. »Ziemlich sicher nicht. Ich habe mir gestern Abend die Unterlagen zur Person durchgeschaut. Christine Hoffmeyer ist ein Einzelkind. Die Eltern leben in einem Seniorenheim in Neuss. Es gibt noch eine Tante, die Schwester der Mutter, die ist mit ihrem Mann in die Schweiz ausgewandert. Keiner ist enger mit der Kirche verbandelt.«

»Und was ist mit dem Ex-Mann?« Oliver schaute auf die Uhr. »Dem wollten wir doch sowieso einen Besuch abstatten.«

Klaus nahm einen Schnellhefter von seinem Schreibtisch in die Hand.

»Die Kollegin hat erste Informationen über Samuel Leitner zusammengetragen. Er ist fünfunddreißig, arbeitet als Physiotherapeut in einem Pflegeheim und ist nach der Trennung von Christine Hoffmeyer vor etwas mehr als einem Jahr nach Köln gezogen. Dennoch konnte er die Trennung wohl nicht akzeptieren und hat sie immer wieder besucht und bedrängt.«

»Zudem hat die Freundin von Christine Hoffmeyer ihn letzte Woche in Zons gesehen. Das ist schon ein komischer Zufall«, fügte Oliver hinzu und schaute zum Whiteboard an der Wand, auf dem sie bisher drei Namen notiert hatten. Christine Hoffmeyers Affäre, Hendrik Rast, stand ganz oben. Der Ex-Mann, Samuel Leitner, folgte darunter. Als dritten Namen hatte Oliver am Morgen Julian Roth hinzugefügt. Der Chorleiter wohnte fast neben dem Opfer und die Aussage des Pfarrers, dass er Christine Hoffmeyer besuchen wollte, ging Oliver nicht aus dem Kopf.

Nachdenklich betrachtete er den Brief in der Asservatentüte. Oliver konnte sich gut vorstellen, dass Julian Roth Latein verstand. Außerdem war der Mann Chorleiter in einer katholischen Kirche. Damit war er nicht ansatzweise ein Mönch. Trotzdem wies sein Engagement in der Kirche eine größere Nähe zu der Botschaft des Täters auf, als es bei einem Physiotherapeuten oder einem Grundschullehrer der Fall war. Sein Blick flog wieder zurück zum Whiteboard auf Christine Hoffmeyers Ex-Mann. So wie Oliver es gerade getan hatte, konnte wahrscheinlich jeder halbwegs computeraffine Mensch einen lateinischen Satz aus dem Internet fischen. Im Grunde genommen brauchte man also gar keine entsprechenden Sprachkenntnisse. Vielleicht war Samuel Leitner die Affäre seiner Ex-Frau nicht entgangen. Er könnte sie zur Rede gestellt und dann getötet haben. Es wäre nicht das erste Verbrechen aus Leidenschaft, zumal die Scheidung offenbar schwierig gewesen war. Er machte mit seinem Smartphone ein Foto von dem Brief, stürzte den von Klaus mitgebrachten Kaffee hinunter und stand auf.

»Lass uns losfahren. Ich will wissen, was der Ex-Mann vorzubringen hat. Ein Gespräch mit ihm ist längst überfällig.«

Klaus griff zu den Autoschlüsseln und steckte sie in seine Manteltasche.

»Ich fahre«, sagte er und ging voraus zum Treppenhaus.

Oliver drückte die Asservatentüte mit dem Brief einer Kollegin in die Hand, damit diese schnellstens zur Spurensicherung gelangte.

Die Autobahn Richtung Köln war verstopft. Oliver wippte mit den Füßen und schaute ungeduldig durch die Frontscheibe auf die Autokolonne. Sie brauchten fast eine Stunde, bis sie sich dem grauen Betonklotz näherten, in dem Samuel Leitner wohnte. Vermutlich würden sie ihn nach der ewig langen Fahrt nicht mehr zu Hause antreffen. Es war inzwischen kurz vor neun und Leitner befand sich wahrscheinlich bereits an seinem Arbeitsplatz.

Klaus parkte vor dem Hauseingang mit der Nummer sieben. Oliver eilte zwei flache Stufen hinauf und suchte

Leitners Namen auf der großen Tafel mit den Klingelknöpfen. Christine Hoffmeyers Ex-Mann wohnte ganz oben im zehnten Stock. Oliver klingelte und lauschte auf ein Geräusch aus der Gegensprechanlage, doch es kam nicht einmal ein Rauschen heraus.

»Nichts«, sagte er und wandte sich zu Klaus um.

»Hast du die Adresse seines Arbeitgebers dabei?«

»Na klar. Liegt auf der Rückbank.«

Sie setzten sich wieder in den Wagen. Oliver suchte aus dem Schnellhefter die Anschrift heraus und tippte sie in das Navigationssystem ein. Innerlich fluchte er, denn das Pflegeheim lag eine halbe Stunde entfernt. Er warf einen kurzen Blick auf das Führerscheinfoto, das einen kurzhaarigen Mann mit kräftigen Augenbrauen und schmalen Lippen zeigte, und schlug den Hefter zu. Klaus legte den Rückwärtsgang ein. Im selben Moment öffnete sich die Haustür.

»Stopp!«, rief Oliver und deutete auf den Mann, der mit eingezogenem Kopf aus der Tür eilte und sich in alle Richtungen umblickte.

»Das ist Leitner!« Oliver stieß die Wagentür auf und sprang hinaus.

»Herr Leitner?«, brüllte er ihm hinterher.

Samuel Leitner blieb stehen. Ihre Blicke trafen sich für einen Moment und dann nahm Leitner die Beine in die Hand. Oliver rannte hinter ihm her. Am Ende des Wohnblocks bog Leitner scharf um die Ecke. Oliver holte auf und versperrte ihm den Weg. Leitner stieß einen wütenden Schrei aus und versuchte, an ihm vorbeizukommen.

»Ganz ruhig, Herr Leitner. Wir sind von der Kriminalpolizei und haben nur ein paar Fragen«, sagte Oliver und baute sich vor ihm auf.

»Ich habe ihr nichts getan. Also lassen Sie mich gefälligst in Ruhe!«, keifte Samuel Leitner.

»Dann lassen Sie uns in Ihrer Wohnung miteinander reden.« Oliver wartete, bis der Kerl nickte und mit ihm ging.

Leitner blickte unruhig um sich, als wollte er einen weiteren Fluchtversuch wagen. Aber das würde Oliver nicht zulassen. Jeder Muskel in seinem Körper war angespannt.

»Alles klar?«, schnaufte Klaus, der atemlos um die Ecke kam. »Soll ich ihm Handschellen anlegen?«

»Das ist nicht nötig«, erwiderte Oliver. »Wir gehen jetzt gemeinsam in die Wohnung von Herrn Leitner und dort wird er unsere Fragen zu seiner Ex-Frau beantworten.«

Leitner nickte und stolperte neben Oliver her. Als sie in seinem Wohnzimmer saßen, fragte Oliver:

»Herr Leitner, können Sie uns zunächst erklären, warum Sie vor uns weggelaufen sind?«

Samuel Leitner rieb sich den Oberarm und zuckte mit den Schultern.

»Ich wusste, dass die Kripo früher oder später bei mir auftaucht. Ehemänner, Freunde oder ehemalige Partner stehen immer ganz oben auf der Liste der Verdächtigen. Ich habe Sie durch die Kamera der Gegensprechanlage gesehen und wusste sofort, dass Sie von der Polizei sind.«

»Finden Sie nicht, dass Sie sich eher verdächtig machen, wenn Sie davonlaufen«?, fragte Oliver verwundert.

Leitner schwieg und senkte den Blick. »Es tut mir leid«, sagte er nach einer Weile.

»Was glauben Sie denn, warum wir Sie heute aufsuchen?«

Leitner schaute auf. »Ich weiß, dass Christine tot ist.«

Klaus lehnte sich zu Leitner vor. »Aha, und wie haben Sie das erfahren?«

»Solche Dinge sprechen sich schnell herum«, wich Leitner aus.

»Wer hat Ihnen davon erzählt?«, hakte Oliver nach.

»Niemand. Ich konnte Christine nicht erreichen, und da habe ich mir gedacht, dass etwas nicht stimmt.« Leitners Ohren hatten inzwischen das Rot einer Tomate angenommen.

»Also ich würde nicht gleich vom Schlimmsten ausgehen, wenn ich meine Ex-Frau mal ein paar Tage nicht erreiche«, sagte Oliver und fixierte Leitner mit seinem Blick.

Der senkte den Blick und musterte seine Fußspitzen, bevor er sprach:

»Ich war gestern zufällig in der Nähe und habe in der Kirche mit Pfarrer Althausen gesprochen. Er hat es mir erzählt. Ich stehe immer noch unter Schock. Vielleicht bin ich deshalb weggelaufen. Keine Ahnung.« Leitner rieb sich stöhnend den Nacken.

»Wir werden das überprüfen«, erwiderte Oliver und

machte sich eine Notiz. »Was haben Sie letzte Woche Donnerstag gemacht?«

»Weiß nicht. Ich habe gearbeitet.«

»Und danach?«

»Ich bin nach Hause gefahren, habe etwas gegessen und Fernsehen geschaut. Wie immer.«

Oliver schwieg. Mia Körner hatte Leitner an diesem Tag in Zons gesehen. Aus taktischen Gründen konfrontierte er ihn nicht mit dieser Information.

»Gut«, erklärte er bloß und kreiste den Donnerstag auf seinem Notizblock ein. »Wie sieht es mit Freitag aus? Und dann können Sie uns auch gleich noch erzählen, was Sie am Wochenende gemacht haben und ob es Zeugen für Ihren Aufenthaltsort gibt.«

Samuel Leitner seufzte. »Haben Sie eigentlich nichts Besseres zu tun, als Ihre Zeit mit mir zu verschwenden? Christine wurde ermordet. Ich möchte, dass ihr Mörder hinter Gittern landet.«

»Wir ermitteln in alle Richtungen. Sie wissen das. Also bitte, was haben Sie an den fraglichen Tagen gemacht?«

»Ich habe jedenfalls nicht meine Ex-Frau umgebracht, falls Sie mir das unterstellen wollen.« Samuel Leitner war inzwischen puterrot angelaufen. Er saß mit geballten Fäusten im Sessel und auf seiner Stirn hatten sich etliche Schweißperlen gebildet.

»Ich war auch am Freitag arbeiten. Mein Chef kann Ihnen das bestätigen. Danach und am Wochenende war ich zu Hause. Fragen Sie die Nachbarn.«

»Das werden wir tun«, erwiderte Oliver. »Wann waren Sie denn zuletzt in Zons?«

Leitner fuhr aus seinem Sessel hoch. »Das habe ich verdammt noch mal gerade erzählt. Gestern war ich dort in der Kirche.«

»Und letzte Woche?«

Leitners Miene erstarrte zu Eis. »Da war ich nicht dort«, erklärte er mit wackliger Stimme.

»Sicher?«, fragte Oliver und sah Leitner direkt in die Augen.

»Verdammt!«, zischte der Mann wütend. »Ich sage gar nichts mehr! Ich will einen Anwalt. Und zwar sofort!«

* * *

»Nein«, erklärte Hans Steuermark und tigerte vor seinem Schreibtisch auf und ab. »Es ist Samuel Leitners gutes Recht, sich einen Anwalt zu nehmen. Und Sie kommen dabei überhaupt nicht gut weg.«

Steuermarks dunkle Adleraugen richteten sich auf Oliver. Klaus zuckte neben ihm zusammen, wie immer, wenn der Leiter des Kriminalkommissariates sein Missfallen über ihre Ermittlungstaktik äußerte.

»Warum mussten Sie Leitner verfolgen, als ginge es um eine Festnahme? Herr Leitner hat sich bisher nichts zuschulden kommen lassen und er ist auch kein gesuchter Verbrecher. Ihr Auftritt war nicht angemessen. Sie hätten ihn einfach eine Stunde später am Arbeitsplatz aufsuchen können.« Steuermark schüttelte den Kopf. »Was zum Teufel haben Sie sich dabei gedacht?«

»Aber ich habe ihn überhaupt nicht angerührt«, stieß Oliver überrascht aus.

»Herr Leitner hat sich über Sie beschwert und seine Verletzungen an Hals und Oberarm dokumentieren lassen. Wie Sie wissen, bleibt mir nichts anderes übrig, als ein Ermittlungsverfahren einzuleiten.« Hans Steuermark warf ein paar Fotografien auf den Tisch, die Oliver den Atem raubten.

»Also wirklich. Damit habe ich nichts zu tun!«

»Sie haben den Mann verfolgt, richtig?«

»Ja, schon. Aber ich habe ihm lediglich den Weg verstellt. Diese Kratzer stammen nicht von mir und die Blutergüsse an seinem Oberarm erst recht nicht.«

»Kann Ihr Partner das bezeugen?«

Klaus wurde einen ganzen Kopf kürzer. »Ich habe den Wagen geparkt«, erklärte er kleinlaut.

»Den Wagen geparkt?« Steuermarks Stimme nahm eine unangenehme Lautstärke an. Oliver atmete tief ein und versuchte sich zu beruhigen. Leitner hatte gelogen, das war doch offensichtlich. Er würde so etwas nie tun. Auch sein Chef sollte das wissen.

»Oliver ist dem Flüchtigen hinterhergelaufen. Es musste schnell gehen und ich war gerade am Ausparken«, antwortete Klaus.

»Sie sind verdammt noch mal ein Team. Wissen Sie, was das bedeutet?«

Weder Oliver noch Klaus gaben eine Antwort.

»Es bedeutet, dass Sie Ihren Job zu zweit machen.

Und würden Sie sich an die Vorgaben halten, hätten wir jetzt nicht dieses Problem. Leitner kann die ganze Sache wunderbar ausschmücken. Vielleicht geht er noch zur Presse. Verflucht, was haben Sie sich dabei bloß gedacht, Bergmann?«

Steuermarks strenger Blick durchbohrte ihn. Oliver fühlte sich plötzlich wieder wie ein zehnjähriger Junge, der gerade eine Fensterscheibe eingeworfen hatte.

»Der Kerl lügt. Ich wollte den Verdächtigen befragen. Sein Weglaufen erschien mir wie ein Schuldeingeständnis. Deshalb habe ich ihn verfolgt.«

»Und wer kann das bezeugen?« Steuermark nahm noch ein paar Fotos von seinem Schreibtisch und pfefferte sie auf den Besprechungstisch vor Olivers Nase. »Der Mann hat nicht nur Hämatome am Oberarm und Schrammen am Hals. Seine Hose ist am Oberschenkel gerissen.«

»Auf die Hose habe ich nicht geachtet«, nuschelte Oliver und versuchte krampfhaft, sich Leitner ins Gedächtnis zu rufen. Daran, welche Hose Leitner getragen hatte, konnte er sich beim besten Willen nicht erinnern. »Es tut mir leid. Ich hätte auf Klaus warten sollen«, sagte Oliver, obwohl sich alles in ihm dagegen sträubte. Der verfluchte Ex von Christine Hoffmeyer hatte Dreck am Stecken. Das spürte er mit jeder Faser seines Körpers.

»Leitner kooperiert nicht. Vielleicht können wir trotzdem einen Durchsuchungsbefehl für seine Wohnung erwirken«, gab Oliver zu bedenken.

Steuermarks Blick war Antwort genug. Niemals

würde er nach diesem Vorfall einen Richter mit so einem Anliegen behelligen.

»Natürlich kooperiert er jetzt nicht mehr. Leider kann Ihr Partner nicht bezeugen, dass Sie ihn nicht gewaltsam aufgehalten haben. Am besten, Sie lassen Leitner in Frieden. Haben Sie verstanden? Und sobald sein Anwalt Gesprächsbereitschaft signalisiert, will ich dabei sein. Und jetzt machen Sie, dass Sie hier rauskommen. Schaffen Sie Beweise herbei. Und verhalten Sie sich absolut korrekt. Verstanden?«

Oliver nickte und erhob sich. Klaus griff sich an die Brust, als Oliver die Tür hinter sich zuzog.

»Das war knapp«, stieß er aus. »Tut mir echt leid, Partner. So dramatisch hatte ich die Lage überhaupt nicht eingeschätzt. Am liebsten würde ich dem Mistkerl eine Streife auf den Hals hetzen. Aber dafür würde Steuermark uns endgültig an den Pranger stellen.«

»Ich hätte auf dich warten müssen. Dann könnte dieser Kerl jetzt nicht so einen Unsinn behaupten«, brummte Oliver kleinlaut.

»Quatsch. Der ist abgehauen und du hast ihn aufgehalten. Die Wahrheit wird schon noch ans Licht kommen.«

»Ich weiß nicht«, sagte Oliver resigniert. »Leider hat Steuermark recht. Wir können ihm nicht das Gegenteil beweisen. Das wird die ganze Ermittlung unnötig in die Länge ziehen. Ich hätte Leitner nicht allein verfolgen dürfen.«

Klaus' Kiefermuskeln spannten sich an. »Wenn der mir das nächste Mal über den Weg läuft, dann ...«

»Lass gut sein«, unterbrach Oliver ihn. »Wir dürfen uns nicht provozieren lassen. Und nun müssen wir extrem aufpassen und besonnen vorgehen.«

»Richtig, aber dieser Kerl wird uns trotzdem nicht davonkommen. Lass uns ins Büro gehen und sehen, ob es Neuigkeiten gibt.« Klaus nickte aufmunternd und Oliver folgte ihm mit hängendem Kopf.

»Herr Bergmann?«, fragte eine Polizistin, die auf dem Flur vor dem Büro auf sie wartete.

»Ja?«

»Ich wollte Ihnen und Herrn Gruber einen Vorfall melden, der mir irgendwie merkwürdig vorkommt.«

»Klar, gerne. Kommen Sie rein und nehmen Sie Platz.« Oliver unterdrückte einen Seufzer. Eigentlich hatte er überhaupt keine Lust auf weitere Komplikationen und das Wort *merkwürdig* klang eindeutig danach.

»Ich bin Angela Petrowski und habe geholfen, die Praxis der ermordeten Kinderpsychologin abzusichern.«

»Ja, ich erinnere mich«, sagte Klaus, bevor Oliver den Mund aufbekam. »Können wir Ihnen einen Kaffee anbieten?«

Die Polizistin schüttelte den Kopf. »Nein, danke. Ich will Sie auch gar nicht lange aufhalten. Sie haben sicherlich mit dem Mordfall alle Hände voll zu tun. Ein Patient von Frau Hoffmeyer, sein Name ist Lukas Brandner, hatte einen Termin bei ihr und ließ sich an dem Tag von meinen Kollegen und mir nur schwer davon abhalten, die Praxis zu betreten. Er wirkte ziemlich aggressiv, doch als der Leichenwagen vorfuhr, bekam er sich wieder ein und verließ das Gelände freiwillig. Das wäre noch nicht weiter ungewöhnlich. Aber als ich gestern zur Wohnung des Opfers unterwegs war, um die Versiegelung zu überprüfen, bin ich diesem Jungen erneut begegnet.« Sie machte eine Pause und rang sichtlich nach Worten. »Wie soll ich es sagen? Ich habe ihn dabei erwischt, wie er einen Mann verprügelte. Offenbar wollte der Junge wissen, was der Mann vor dem Haus von Frau Hoffmeyer zu suchen hatte. Der Name des Mannes ist Julian Roth und er hat vorhin Anzeige gegen Lukas Brandner erstattet. Ich frage mich, warum Lukas die Wohnung der Kinderpsychologin beobachtet. Also der Junge ist gerade mal achtzehn Jahre alt. Ich halte ihn nicht für tatverdächtig, aber ich dachte mir, Sie sollten es trotzdem erfahren. Könnte ja ein wertvoller Zeuge sein.«

In Olivers Kopf ratterte es. Er blickte zu Klaus, der ebenso überrascht schien.

»Sie sagten Julian Roth?«, fragte Oliver zur Sicherheit und deutete auf das Whiteboard, wo der Name des Chorleiters aufgelistet war.

Die Polizistin nickte. »So heißt der Geschädigte.«

»Das sind in der Tat sehr wichtige Informationen für uns. Wir werden mit beiden Herren sprechen«, sagte Oliver und bedankte sich bei Angela Petrowski.

»Der Chorleiter kam mir gleich verdächtig vor«, erklärte Klaus, nachdem sie wieder allein waren.

»Mir auch. Er wohnt in derselben Straße wie Christine Hoffmeyer und wollte sich nach Aussage des Pfarrers mit ihr treffen. Dann stellt Roth das Ganze als

Missverständnis hin, und nun erfahren wir, dass er vor ihrem Wohnhaus herumlungert.«

»Lass uns den Bericht der Spurensicherung durchgehen«, schlug Klaus vor. »Der ist heute Morgen gekommen.«

Oliver klickte sein Postfach auf dem Computer an und öffnete die Nachricht von Ingrid Scholten.

»Auch das noch«, stieß er aus, nachdem er die ersten Zeilen überflogen hatte. »Das fremde Haar auf der Leiche stammt von einem Kind, einem Mädchen von ungefähr acht Jahren. Prima. Ich hatte gehofft, wir stoßen so auf eine Spur.«

Oliver las weiter und studierte die Fotos von der Wohnung des Opfers. Die Kinderpsychologin hatte in den drei Zimmern allein gelebt. Im Schlafzimmer befand sich ein großes Doppelbett, die offene Küche ging ins Wohnzimmer über, und im Arbeitszimmer stand ein Schreibtisch, der komplett mit Unterlagen bedeckt war. Das Regal daneben wirkte genauso vollgestopft. Zwischen den vielen Büchern sah er ein Holzkästchen mit einem Buchstaben darauf. Oliver seufzte, weil er nichts Spannendes auf den Fotos entdecken konnte, genauso wenig wie die Spurensicherung, die in ihrem Bericht sämtliche Gegenstände aufgeführt hatte, ohne einen Tatbezug herzustellen. Die Streifenpolizei hatte die Nachbarn befragt und auch hier war nicht viel Neues herausgekommen. Offenbar hatte Christine Hoffmeyer am Donnerstagmorgen ihre Wohnung verlassen, um zur Praxis zu gehen, und war nicht wieder zurückgekehrt.

Er sah zu Klaus, der ebenfalls nicht glücklich wirkte, und nahm sich dann noch einmal die Botschaft vor, die Ingrid Scholten bereits auf Fingerabdrücke untersucht hatte. Leider ergebnislos. Dass der Brief in Zons eingeworfen worden war, brachte sie auch nicht weiter. Oliver rieb sich angestrengt die Schläfen und plötzlich fiel ihm ein Detail ins Auge.

»Das ist ja unglaublich«, murmelte er und sprang auf.

IX

VOR FÜNFHUNDERT JAHREN

»Er hat das Buch vor uns versteckt«, flüsterte Bastian und fuhr mit der Fingerspitze über eine Reihe verstaubter Buchrücken.

»Aber warum hätte er das tun sollen?«, fragte Balthasar, der sich das Regalbrett darunter vorgenommen hatte.

Bastian hatte Wernhart mit der Befragung der restlichen Mönche beauftragt, weil er des Lesens nicht so mächtig war wie Balthasar. Den jungen Stadtsoldaten brauchte er hier in der Bibliothek. Bis vor ungefähr einem Jahr hatte Balthasar im Kloster gelebt und hatte den Orden verlassen. Bastian hatte sich gefreut, als er sich entschieden hatte, der Stadtwache beizutreten. Balthasar war bei Weitem kein guter Kämpfer. Aber er führte Buch über alle Ausgaben, Waffen, Ausrüstung und die Wacheinsätze seiner Männer. Zudem fertigte er wertvolle Stadtpläne von Zons und Landkarten von der Umgebung an, sodass sie sich auch strategisch besser auf Angriffe vorbereiten konnten.

»Ich weiß es nicht«, erwiderte Bastian. »Bruder Paulus sprach selbst davon, dass es ein Buch über einen Orden mit schweigenden Mönchen in Frankreich in dieser Bibliothek gibt. Doch er rückt es nicht heraus und ich frage mich, warum.«

»Ich kenne Bruder Paulus. Er ist im Umgang nicht immer einfach, und er neigt dazu, die Dinge zu überhöhen. Aber er ist harmlos. Einen Mord könnte er nicht begehen«, fuhr Balthasar fort.

»Und wieso liegt Bruder Paulus jetzt selig auf seinem Lager, während wir hier Tausende von Büchern durchsuchen?«, knurrte Bastian zornig. Er konnte nicht länger an sich halten. Seit dem frühen Morgen war er auf den Beinen. Von den letzten Nächten ganz zu schweigen. Er musste einen Mörder stellen und hatte das Gefühl, dass die Mönche nicht sonderlich an der Wahrheit interessiert waren. Sie gingen ihrem Tageswerk nach und bis auf den Abt hüllten sie sich in Schweigen. Zumindest war bisher keiner von ihnen gekommen, um Hilfe anzubieten oder Hinweise zu geben. Zwei Mönche waren tot und niemand wollte etwas mitbekommen haben.

»Es ging ihm nicht gut. Mit einem Stechen im Kopf könntet Ihr auch nicht weitermachen, und zudem wundert es nicht, dass ihm beim Anblick einer Leiche übel wird«, versuchte Balthasar den Bibliothekar zu verteidigen.

Bastian hörte für einen Moment mit der Suche auf und rieb sich den schmerzenden Nacken.

»Ich habe das Gefühl, wir werden unter dem Buchstaben M nichts finden. Vielleicht sollten wir es bei dem lateinischen Wort für Vermächtnis versuchen. *Hereditas* ist das erste Wort in der Botschaft des Täters.«

»In Ordnung«, entgegnete Balthasar und steckte eine lange Feder in eines der Bücher, um zu markieren, bis wohin sie gekommen waren. »Für H müssen wir ganz nach oben.« Er lief voraus und erklomm die Treppe zum dritten Geschoss.

»Du fängst vorne an und ich hinten«, sagte Bastian, als er ebenfalls oben angekommen war, und rieb sich eifrig die Hände.

Schon nach kurzer Zeit wurde er fündig.

»Hier steht etwas von Vermächtnis«, stieß er aus und zog das Buch aus dem Regal. »O nein. Es handelt sich um das Vermächtnis eines Kaisers. Verflucht. Ich hatte wirklich gehofft, dass diese Suche ein Ende hat.« Er konnte sich des Gefühls nicht erwehren, dass er seine Zeit verschwendete, während da draußen ein Mörder sein Unwesen trieb und sie vielleicht sogar beobachtete. Möglicherweise irrte Pfarrer Johannes, und es gab überhaupt kein Buch, das ihnen weiterhelfen würde. Andererseits schien der Bibliothekar ein Buch über schweigende Mönche zu kennen. Es musste also hier irgendwo sein. Enttäuscht schob er das Buch zurück und holte tief Luft.

»Ich kann Euch helfen«, sagte plötzlich eine dünne Stimme und Bastian fuhr wie Balthasar herum.

Ein kräftiger Mönch hatte sich unbemerkt an sie herangeschlichen. Bastian musterte ihn kritisch. Er trug dieselben klobigen Schuhe wie die anderen Mönche. Wie hatte er es bei seinem Gewicht geschafft, die Treppe heraufzusteigen, ohne dass ein Knarren ihn verraten hatte? Der Mönch schien Bastians Frage zu ahnen.

»Ich bin Bruder Nikolaus. Euer Freund, Wernhart, hat mich Euch gesandt. Er meinte, Ihr könntet meine Hilfe gebrauchen. Da habe ich mir erlaubt, Euch aufzusuchen. Ich habe den Gang vom Haupthaus benutzt. Verzeiht mir, wenn ich Euch erschreckt habe.« Er deutete hinter sich auf eine offene Tür, die Bastian völlig entgangen war.

»Vom Haupthaus führt ein Gang zur Bibliothek?«, fragte er ungläubig.

»Ja, es ist eine Abkürzung, damit ihr Euch nicht durch die Bücherreihen quälen müsst.« Bruder Nikolaus' Augenlid zuckte unmerklich. »Hat Euch Bruder Paulus den Gang nicht gezeigt?«

Bevor Bastian einen Fluch ausstoßen konnte, sagte Balthasar: »Es ging ihm nicht gut. Wie Ihr wisst, hat er den leblosen Bruder Lorenz gefunden. Es ist ihm wohl durchgegangen. Ich dachte, der Gang wäre nicht mehr intakt.«

Bruder Nikolaus lächelte verständnisvoll. »Ach, lieber Balthasar. Ihr seid schon so lange fort. Benedikt hat die Reparatur in die Hand genommen. Der Abt wollte schneller in die Bibliothek gelangen können.« Er breitete die Arme aus. »Ihr möchtet gar nicht wissen, wie viele Werke Bruder Paulus in den letzten Jahren und

Monaten angeschafft hat. Ich habe ihm so oft beim Umsortieren geholfen, weil sonst alles aus den Nähten geplatzt wäre.«

»Habt Ihr denn von dem Buch über die schweigenden Mönche gehört?«, fragte Bastian hoffnungsvoll.

Als der Mönch nickte, machte sich Erleichterung in ihm breit.

»Folgt mir«, sagte Bruder Nikolaus. »Ich glaube, ich weiß ungefähr, wo es steht.«

* * *

Elias hockte auf seiner Schlafstätte und wischte mit dem Ärmel seiner Kutte ein paar Tränen weg. Wenn er Pause hatte, schaute er sich normalerweise in der Küche um. Aber im Augenblick war ihm überhaupt nicht danach. Er fühlte sich verletzt und auf seltsame Weise gekränkt. Wie konnte Bruder Paulus nur derartig gehässig sein? Er hatte ihn reingelegt und Elias war in seine Falle getappt. Er hätte wissen müssen, dass der Bibliothekar nicht einfach nachgeben würde. Wäre er bloß diese dämlichen Treppen hoch und runter gelaufen. Bruder Paulus hätte ihn in Ruhe gelassen. Aber er musste ihm ja unbedingt beweisen, wie schlau er war, und hatte es sich leicht gemacht. Schon in jenem Moment, als er Bruder Paulus unten am Treppenabsatz in Empfang genommen und das Funkeln in seinem Blick gesehen hatte, hätte ihm klar werden müssen, dass sein Verhalten ein Nachspiel haben würde.

Abermals quollen Tränen aus seinen Augen und

tropften auf seine Kutte. Wie sollte er dem Abt jemals wieder begegnen ohne Scham? Theodor von Grünwald hielt ihn nun für einen wollüstigen Sünder, der seine körperlichen Begierden nicht unter Kontrolle bekam. Dabei stand ihm nach diesen nackten Weibern, die er in dem Buch gesehen hatte, überhaupt nicht der Sinn. Sie erregten keinerlei Interesse in ihm. Zwischen seinen Beinen tat sich beim Anblick einer Frau gar nichts. Er fühlte sich zu großen, starken Männern hingezogen. Aber niemand durfte die wahre Natur seiner Gelüste jemals erfahren. Er musste sich von diesem Stadtsoldaten fernhalten, der ihm die Röte ins Gesicht trieb und der ihn an Dinge denken ließ, die alles andere als gottgefällig waren. Himmel! Was hätte er darum gegeben, nur einmal durch dieses blonde Haar zu fahren? Oder diese vollen Lippen zu berühren?

Elias schlug sich gegen die Schläfen, damit die sündigen Bilder aus seinem Kopf verschwanden.

»Nein, nein, nein«, flüsterte er und stellte sich stattdessen vor, wie der Abt ihn vor den anderen bloßstellte. Sofort legte sich seine Begierde und das Bild von Bastian Mühlenberg verblasste vorerst.

Er überlegte, zum Abt zu gehen und ihn zu überzeugen, dass er dieses verbotene Buch nicht bewusst in die Hand genommen hatte. Vielleicht würde er ihm Vertrauen entgegenbringen. Andererseits war Bruder Paulus einige Jahre älter als er und auch länger Mitglied dieses Ordens. Es stand Aussage gegen Aussage und warum sollte der Abt ihm, dem Jüngeren, Glauben schenken?

DAS VERBOT

Nein. So würde es nicht funktionieren. Doch was konnte er ansonsten tun? Er hatte bereits die Sünde der Völlerei begangen und konnte sich kein weiteres Vergehen erlauben. Damals hatte man ihm genau gesagt, was in diesem Fall passieren würde, und wenn Elias vor einer Sache mehr Angst hatte als vor der Hölle selbst, dann davor. Nicht noch einmal würde er ein solches Martyrium ertragen. Doch wie sollte er jetzt verhindern, dass ein falsches Licht auf ihn fiel? Es musste eine Möglichkeit geben, den Kopf aus der Schlinge zu ziehen. Insbesondere weil ihn überhaupt keine Schuld traf. Aber wie sollte er das anstellen? Er musste es unterbinden, dass ihn bald jeder Mönch dieses Klosters mit diesem sündigen Buch in Verbindung brachte. Es blieb ihm nur eines übrig: Er musste mit Bruder Paulus sprechen. Bloß wenn dieser die Sache richtigstellte, dann war er von dieser Sünde reingewaschen.

Allerdings war es wahrscheinlich genauso schwer, den Bibliothekar auf seine Seite zu ziehen wie den Abt. Bruder Paulus hatte überhaupt keinen Grund, seine Anschuldigungen zurückzunehmen. Wie also sollte er es anstellen?

Wieder kamen ihm die Tränen. Elias wischte sie nicht mehr ab, sondern faltete die Hände zum Gebet. Der Herr musste ihm helfen. Er brauchte eine Idee, wie er aus diesem Vorfall herauskam. Wenn nicht Gott, wer dann sollte dazu in der Lage sein?

* * *

Bastian betrachtete den vergoldeten Einband des Buches, das Bruder Nikolaus ihm in die Hand gedrückt hatte.

»Die schweigenden Mönche«, übersetzte er leise und fuhr mit dem Finger über das goldene T des lateinischen Worts *taciturnorum*.

»Wir haben an der falschen Stelle gesucht. Habt vielen Dank für Eure Hilfe, Bruder Nikolaus.«

»Das habe ich gerne getan. Falls Ihr noch etwas braucht, gebt mir Bescheid. Ich fürchte, die Pflicht ruft. Ich muss das Essen für morgen vorbereiten.« Der Mönch verabschiedete sich von ihnen und verschwand durch eine unscheinbare Tür, die in den Gang zum Haupthaus führte.

»Es tut mir leid, dass ich Euch von dem Gang nichts erzählt habe«, murmelte Balthasar und strich ebenfalls mit der Fingerspitze über das goldene T. »Dieses Buch sieht sehr wertvoll aus.«

»Das ist es, und ich hoffe, es bringt uns auf die Spur des Mörders«, antwortete Bastian und schaute sich um. Ein großes, auf die Wand gemaltes T hatte ihnen den Weg zur richtigen Regalreihe gewiesen. Warum hatte ihnen der Bibliothekar nicht ebenso schnell geholfen wie Bruder Nikolaus? Er verbrachte jeden Tag in diesen Gemäuern, und da musste erst Bruder Nikolaus aus der Klosterküche kommen, um das fragliche Werk herauszusuchen. Was hatte der Bibliothekar getrieben, nachdem der Abt ihm aufgegeben hatte, das Buch zu suchen? War er nur darauf aus gewesen, dem jungen

DAS VERBOT

Mönch hinterherzustellen? Und warum hatte Bruder Elias sich mit diesem sündigen Buch beschäftigt? Auch er hatte die Anweisungen des Abtes nicht befolgt. Was war bloß los in diesem Kloster? Bastian betrachtete gedankenverloren das große T an der Wand, das kunstvoll geschwungen und mit verschiedenen leuchtenden Farben ausgemalt war. Eine Schlange wand sich um den Buchstaben und streckte die gespaltene Zunge heraus. Eines musste Bastian dem Bibliothekar wirklich lassen: Er hatte die Bibliothek wunderbar gestaltet. Besser konnte man Bücher nicht aufbewahren.

Bastian schlug das Buch auf, das in lateinischer Sprache verfasst war, und überflog das erste Kapitel. Es berichtete über die Eingebungen Gottes, die ein Gläubiger erst dann erfuhr, wenn er mehrere Wochen geschwiegen hatte. Gottes Worte brauchten Ruhe, damit sie in den Geist vordringen konnten. Im zweiten Kapitel wurde ein Kloster in Frankreich vorgestellt und die strengen Regeln, die dort einzuhalten waren.

Balthasar schaute ihm über die Schulter und stöhnte nach einer Weile auf.

»Könnt Ihr nicht schneller blättern? Auf dieser Seite steht nicht ein einziges Wort über ein Vermächtnis.«

Bastian konnte Balthasars Ungeduld sehr gut nachvollziehen, auch er wollte endlich das Rätsel um die schweigenden Mönche lösen. Doch sein Verstand hielt ihn zu Gründlichkeit an. Sie wussten nicht, ob die Nachricht des Täters wörtlich aus diesem Buch stammte oder ob es nur im übertragenen Sinne um eine Passage aus dem langen Text ging. Bastian wollte kein Detail übersehen und zwang sich deshalb dazu, jede Zeile aufmerksam zu lesen. Allerdings würde er die nächsten Tage über diesen Seiten verbringen, wenn er nicht schneller wurde.

»In Ordnung, sehen wir nach, was im folgenden Kapitel geschrieben steht.« Bastian blätterte ein paar Seiten vor und gelangte zu einem kunstvoll illustrierten Text über die Heilpflanzenkunde, der sich fast bis zum Ende des Buches zog.

»Kein Wort über ein Vermächtnis«, schimpfte Balthasar und rieb sich die müde gewordenen Augen. »Dieses Buch hilft uns wahrscheinlich nicht weiter, um herauszufinden, was den Mörder antreibt. Auch Arsenik ist nicht erwähnt.«

»Und auch kein Pfeil oder Nagel. Weder sind Strafen aufgeführt noch Ausführungen zur Buße«, fügte Bastian hinzu.

»Die sieben Todsünden werden kurz im dritten Kapitel angerissen, aber die finden sich in vielen Büchern. Ich weiß nicht, was ich davon halten soll.« Balthasars Stimme klang enttäuscht. Genauso enttäuscht, wie Bastian sich fühlte. Er hatte so große Hoffnungen in dieses Buch gesetzt und jetzt stellte es sich mehr oder weniger als Pflanzenratgeber heraus.

»Beide Opfer waren der Pflanzenheilkunde nicht mächtig«, sagte Bastian nachdenklich. »Ob es noch ein weiteres Buch gibt? Oder will der Mörder uns an der Nase herumführen? Womöglich ist die ganze Botschaft nur ein Ablenkungsmanöver. Wir hocken hier herum. Wühlen uns durch Hunderte Seiten Pergament, und er kann unbehelligt tun, was er will.«

Balthasar starrte Bastian mit großen Augen an. »Himmel, wenn Ihr recht habt, ist vielleicht schon der nächste Mönch in Gefahr.«

»Das mag sein. Leider fehlt uns jeglicher Anhaltspunkt. Wir können dem Abt anbieten, die Wache an der Klosterpforte durch unsere Männer zu unterstützen. Doch wir wissen zu wenig über die Beweggründe des Täters, um ihn gezielt in die Falle zu locken.«

Balthasar seufzte. »Möglicherweise hängen die beiden Morde überhaupt nicht zusammen. Bruder Lorenz starb offenbar nicht an Arsenik. Vielleicht ist er in irgendeinen Hinterhalt geraten, als er sich auf den Weg zum Kloster Brauweiler begeben hat.«

Bastian hatte diese Möglichkeit bereits ebenfalls in Erwägung gezogen. Allerdings sofort wieder verworfen. Er schüttelte den Kopf.

»Wir sollten nicht engstirnig denken, Balthasar. Deshalb sind deine Überlegungen zutreffend. Aber Bruder Lorenz' Leichnam wurde hier im Kloster mit einer Botschaft abgelegt. Mit derselben, die auch an der Leiche von Bruder Gregor befestigt war. Es mag große Zufälle im Leben geben. Aber nicht nur die Botschaften sind identisch, auch die Handschrift, mit der sie verfasst wurden. Darum muss es ein und derselbe Täter sein. Eine andere Erklärung gibt es aus meiner Sicht nicht.«

»Richtig.« Balthasar griff sich an die Stirn. »Das hatte

ich bei meinen Überlegungen nicht bedacht. Die Botschaft ist das entscheidende Verbindungsstück.«

»Ja. Sie ist der Schlüssel zur Lösung dieser Mordfälle. Ich kann mir deshalb einfach nicht vorstellen, dass sie keinen Sinn ergibt. Es muss ein weiteres Buch geben oder wir haben etwas übersehen. Geh nach Hause und ruhe dich aus. Ich werde nochmals mit Pfarrer Johannes sprechen. Er hatte die Idee mit dem Buch. Womöglich entdeckt er einen Hinweis.«

* * *

Die Wolken hatten sich am Himmel zusammengeballt und schütteten dicke Regentropfen auf Bastian hinab. Ein greller Blitz durchzuckte die Nacht. Der Wetterhahn hoch oben auf dem Kirchturm drehte sich unablässig im Wind. Bastian sprang über eine tiefe Pfütze und eilte auf die Kirchenpforte zu. Im Inneren der Kirche brannten Kerzen, der Geruch nach Weihrauch war ihm nur allzu gut vertraut, genauso wie Pfarrer Johannes, der ihn von Kindesbeinen an wie ein zweiter Vater begleitete.

»Mein lieber Junge, es ist schön, Euch zu sehen«, rief der Pfarrer und eilte auf ihn zu. »Ihr kommt mir gerade recht.« Er deutete auf den Dachstuhl und Bastian errötete im selben Moment. Das Loch, durch das die Tauben schlüpften, hatte er ganz vergessen.

»Verzeiht mir. Ich war so sehr mit den Morden an Bruder Gregor und Bruder Lorenz beschäftigt, dass ich mein Versprechen gebrochen habe. Aber ich schaue jetzt sofort im Dachstuhl nach.«

»Nein, nein. Der werte Abt hat mir schon Bruder Benedikt geschickt und der gute Mann hat das Dach in weniger als einer Stunde repariert. Ich dachte erst, Ihr steckt dahinter, aber wie ich sehe, war es Theodor von Grünwald, der Euch wahrscheinlich entlasten wollte.«

Bastian fiel ein Stein vom Herzen. »Da bin ich aber froh.«

»Mein Junge, ich weiß doch, dass Euch die schlimmen Dinge, die im Kloster vorgefallen sind, großen Kummer bereiten. Ihr könnt nicht eher ruhen, bis Ihr den Mörder gefasst habt. Aber das ist gut so. Schließlich geht es um Menschenleben. Da ist ein Loch im Dach nicht so wichtig.«

»Ich brauche Eure Hilfe«, sagte Bastian bedrückt. »Ihr erinnert Euch an die Botschaft, die der Mörder an seinen Opfern befestigt hat?«

»Ja, sie lautet: Das Vermächtnis der schweigenden Mönche steckt tief in deinem Herzen.«

»Richtig. Wir haben in der Klosterbibliothek tatsächlich ein Buch gefunden.« Bastian zog es unter seinem Wams hervor und überreichte es dem Pfarrer. »Doch nichts darin deutet auch nur im Geringsten auf die Botschaft hin. Fast der gesamte Text berichtet von der Pflanzenheilkunde. Von einem Vermächtnis ist nirgendwo die Rede und ich weiß offen gestanden nicht mehr weiter.«

Der Pfarrer winkte Bastian mit sich. Sie setzten sich in den kleinen Raum hinter dem Altar. Johannes zündete zwei Kerzen an und begann in dem Buch zu blättern.

»In der Tat scheint es keinen Bezug zu einem Vermächtnis zu geben«, brummte er nach einer Weile. »Könnt Ihr mir die beiden Botschaften noch einmal zeigen? Ich kann nicht glauben, dass sie nichts zu bedeuten haben.«

Bastian kramte die Pergamente aus seinem Wams, die er sorgfältig zusammengerollt hatte. Pfarrer Johannes nahm sie ihm ab und hielt eines vor die Flamme einer Kerze.

»Es scheint keine Geheimschrift zu sein und durchgedrückte Buchstaben sehe ich auch nicht.«

Bastian rollte das zweite Pergament aus und prüfte es ebenfalls.

»Hier ist auch nichts«, sagte er verzweifelt.

»Aber es muss etwas geben«, beharrte Pfarrer Johannes und griff zu dem Vergrößerungsglas, das auf dem Tisch lag. Er las die Botschaft, die sie bei dem toten Bruder Gregor gefunden hatten, mehrmals und Buchstabe für Buchstabe durch. Danach wiederholte er die Prozedur mit dem anderen Pergamentstück.

»Mir fällt an dieser Schrift nur eines auf. Das T vom Wort *taciturnorum* ist verschnörkelt und die anderen Buchstaben sind es nicht.«

»Zeigt her«, bat Bastian und betrachtete den Buchstaben durch das Vergrößerungsglas.

»Ihr habt recht. Das ist mir bisher gar nicht aufgefallen.«

Tatsächlich erinnerte ihn die Art und Weise, wie der Buchstabe geschrieben war, an etwas. Fast so, als hätte er diese Handschrift schon einmal gesehen. Ihm fiel allerdings nicht mehr ein, wo.

»Möglicherweise hat es nichts zu bedeuten«, sagte Pfarrer Johannes und gähnte. »Wisst Ihr was, mein Junge? Lasst mir die Botschaften hier. Morgen bringe ich sie nach Stürzelberg. Dort lebt ein alter Freund von mir, der früher für den Erzbischof geheime Nachrichten geschrieben hat. Es gibt bestimmt noch andere Möglichkeiten. Er könnte uns vielleicht behilflich sein.«

»Macht das bitte, und ich hoffe, dass er etwas herausfindet. Ich gebe Euch recht. Diese Botschaft hat etwas zu bedeuten. Wir verstehen es im Augenblick nur noch nicht.«

Johannes tätschelte Bastians Schulter. »Ihr seht müde aus, mein Junge. Die Nacht hat längst begonnen. Geht nach Hause zu Eurem Weib und streckt Euch aus. Morgen ist ein neuer Tag.«

»Habt eine gute Nacht«, sagte Bastian, drückte den alten Pfarrer kurz an sich und verließ die Kirche.

* * *

Wenig später wälzte sich Bastian unruhig auf seinem Lager. Wieder und wieder ging er im Traum die Botschaft des Mörders durch. Er versuchte, sich sein Gesicht vorzustellen. Er musste ein kräftiger Mann sein, wenn er einen Mönch mühelos transportieren konnte. Es war Bastian ein Rätsel, wie er den toten Bruder Lorenz in den Keller der Bibliothek gebracht hatte. Bruder Paulus hätte ihn bemerken müssen. Irgendwie ergab alles keinen Sinn. Er flog von einem kleinen Teilchen zum nächsten und sie wollten sich einfach nicht zu einem Bild zusammenfügen. Das Schlimmste war die dunkle Vorahnung, die sich seiner bemächtigt hatte. Der Täter war noch nicht fertig. Er würde wieder töten, und Bastian hatte nicht die geringste Ahnung, wie er ihn aufhalten sollte.

Unerwartet erblickte er Anna, die Liebe seines Lebens. Sie hielt ein Kind auf dem Arm. Ein Mädchen, das ihr so ähnlich sah, dass Bastians Herzschlag für einen Moment aussetzte. Als die Kleine zu ihm aufschaute, erstrahlte seine ganze Welt, denn sie hatte seine dunkelbraunen Augen. Es war, als sähe er sein Spiegelbild.

»Anna«, sagte er sanft und strich ihr eine braune Locke aus der Stirn.

»Ich vermisse dich«, erwiderte sie und in ihren smaragdgrünen Augen schimmerten Tränen. Es tat ihm weh, sie leiden zu sehen. Wenn er könnte, würde er alles tun, um ihre Welten zusammenzubringen. Anna war vor vielen Jahren zum ersten Mal in seinen Träumen aufgetaucht. Und obwohl er sie nur in seinen Träumen traf, waren seine Gefühle für Anna so tief, als wäre sie lebendig. Sie würden eins sein, jetzt und für alle Ewigkeit. Er beugte sich zu ihr hinunter und küsste sie. Als er sie wieder ansah, hatte sich der Ausdruck in ihrem Gesicht verändert.

»Erinnere dich«, sagte sie ernst. »Du kennst diesen Buchstaben. Du hast ihn schon anderswo gesehen. Ein Mönch hat dich hingeführt.« Das Grün ihrer Augen

DAS VERBOT

blitzte und plötzlich verwandelten sich ihre Pupillen zu zwei länglichen schmalen Schlitzen. Bastian fuhr erschrocken hoch. Was zum Teufel war das gerade?

Er spürte, wie sein Herz raste, und schaute sich in der Schlafkammer um.

»Schlange!«, hörte er Anna aus der Ferne rufen.

Verwirrt sah er zur Tür. Doch niemand stand dort. Marie lag schlafend neben ihm im Bett, und die Nacht war so finster, dass nicht einmal der Mond sie durchbrechen konnte.

»Schlange«, fuhr es ihm erneut durch den Kopf, und plötzlich begriff er, was Anna gemeint hatte.

Er sprang auf und schlüpfte in seine Kleidung. Dann rannte er mit einer Fackel aus dem Haus, die Mühlenstraße entlang zum Kloster, wo er kräftig gegen die Pforte hämmerte. Doch niemand schien ihn zu hören. Abermals klopfte er an und lauschte. Vermutlich war Bruder Anselm wieder eingeschlafen. Bastian nahm einen Stein von der Straße auf und warf ihn über die Mauer, dorthin, wo er den Mönch vermutete.

Ein spitzer Schrei zerriss die Nacht.

»Bruder Anselm, so öffnet mir endlich die Pforte!«, rief Bastian und klopfte abermals.

Das kleine Guckfenster wurde aufgeschoben und Bruder Anselm blinzelte ihn an.

»Bastian Mühlenberg? Es ist mitten in der Nacht. Ist etwas passiert?«

»Ja. Ich muss dringend in die Bibliothek. Lasst mich ein.«

Bruder Anselm zögerte. »Ich weiß nicht. Ihr seid kein Mitglied dieses Ordens.«

»Seid Ihr von Sinnen?«, fragte Bastian wütend. »Habt Ihr vergessen, was ich für Euch getan habe?«

Bruder Anselm blinzelte verlegen. »Nein. Natürlich nicht. Wartet.«

Die Klosterpforte öffnete sich knarrend. Bastian blieb verdutzt stehen. Irgendetwas an Bruder Anselm hatte sich verändert.

»Seit wann tragt Ihr diesen Lederriemen über der Schulter?«, wollte er wissen und stellte fest, dass Anselm einen Köcher trug.

»Ich habe mich bewaffnet«, erklärte Bruder Anselm und deutete auf den Bogen, der an einem Baumstamm lehnte.

»Ihr könnt mit Pfeil und Bogen umgehen?«, fragte Bastian erstaunt.

Bruder Anselm grinste. »Ich war nicht immer ein Mönch.«

»Verstehe«, erwiderte Bastian und begab sich zur Bibliothek. Er würde später darüber nachdenken, was das zu bedeuten hatte.

Er stürmte die Treppen hinauf, die Fackel dabei fest in der Hand und blieb vor dem Regal stehen, in dem Bruder Nikolaus das Buch über die schweigenden Mönche gefunden hatte. Doch er interessierte sich nicht für die Bücher, sondern für den verspielten Buchstaben, der neben dem Regal auf die Wand gemalt war.

»Tatsächlich eine Schlange«, dachte Bastian.

Er tastete den Buchstaben ab und spürte eine kaum

merkliche Unebenheit. Er stieß den Finger in die Delle und brachte damit einen Mechanismus in Gang. Eine kleine Tür in Höhe seiner Knie sprang auf. Bastian ging in die Hocke und erblickte ein Fach in der Wand, in dem ein hölzernes Kästchen lag. Mit klopfendem Herzen nahm er es heraus. Ein verschnörkeltes T war kunstvoll in den Deckel geschnitzt. Er holte tief Luft und öffnete es.

X

GEGENWART

»Hast du was entdeckt?«, fragte Klaus hoffnungsvoll und erhob sich ebenfalls.

»Ich bin mir nicht sicher. Aber wir sollten uns selbst in Christine Hoffmeyers Wohnung umschauen.«

Innerhalb von zwanzig Minuten erreichten sie die Wohnung und durchbrachen die Versiegelung an der Tür. Oliver eilte ins Arbeitszimmer und blieb vor dem vollgestopften Bücherregal stehen. In der Hand hielt er das Smartphone mit einer Fotografie der Botschaft.

»Siehst du den Buchstaben auf dem Holzkästchen?«, fragte er Klaus und deutete auf das verschnörkelte T im Deckel.

»Wow, das wäre mir nie aufgefallen. Das ist exakt dasselbe T wie auf der Nachricht des Killers.« Klaus streifte sich Handschuhe über und hob den Deckel vorsichtig an.

»Was ist denn das? Schau dir das an«, sagte er und überreichte Oliver einen schmalen Papierstreifen. »Da steht dieselbe lateinische Botschaft wie in dem Brief.«

»Dann hat der Täter also dieses Kästchen in der Wohnung des Opfers platziert«, erwiderte Oliver. »Was ist noch drin?«

»Ein Stück Pergament und ein Schlüssel«, brummte Klaus.

»Der Schlüssel sieht alt aus«, stellte Oliver fest und betrachtete nachdenklich den Fund. Der Schlüssel schien aus einer anderen Zeit zu stammen. Er war aus Gold, oder zumindest goldfarben, mit einer Patina, die nur das Alter oder jahrelange Benutzung hinterlassen konnte.

»Wozu könnte der passen?« Er schaute sich in dem Arbeitszimmer um, in dem jedoch nicht mal ein Schrank stand. Selbst die Schubladen des Schreibtischs hatten keine Schlösser.

Oliver sah in den anderen Zimmern nach. Der Schrank im Schlafzimmer besaß keine abschließbaren Türen. In der Küche sah es nicht anders aus, und auch im Wohnzimmer konnte er nichts entdecken, was nur annähernd wie ein Schlüsselloch aussah. In den Zimmertüren steckten einfache Metallschlüssel. Die Wohnungstür war mit einem Sicherheitsschloss versehen. Vielleicht gab es noch einen Keller zur Wohnung, doch er konnte sich nicht vorstellen, dass der goldene Schlüssel dafür vorgesehen war.

»Schau dir das Pergament an. Das ist interessant!«,

rief Klaus aus dem Arbeitszimmer. Oliver kehrte um. Klaus hielt ihm das vergilbte Pergament entgegen.

»Das sind Noten.«

»Zeig mal.« Oliver schaute sich das Schriftstück an. »Ich kann leider keine Noten lesen, aber dass es welche sind, daran besteht kein Zweifel.«

»Das ist ein Lied. Ein Lied und ein Schlüssel. Was will uns der Täter damit sagen?«, fragte Klaus, während er eine skeptische Miene aufsetzte. »Vermutlich haben wir es mit einem Verrückten zu tun. Einem Ritualmörder oder Ähnlichem.«

»Das hat Emily auch schon vermutet. Dass es um ein Ritual geht. Wir haben ja nicht nur das Lied und den Schlüssel. Das Opfer wurde mit Gift getötet und hatte beide Arme wie zur Kreuzigung ausgebreitet. Die ganze Tat ist vollgestopft mit Symbolen.«

Klaus schlug sein Notizbuch auf und schrieb vier Worte hinein.

»Wir haben also ein Lied, einen Schlüssel, Arsen und ein Kreuz.« Er kaute auf seinem Kugelschreiber herum. »Also mir fällt dazu nichts ein, außer durchgeknallt. Und dir?«

»Es gibt noch eine fünfte Sache, die wir nicht vergessen dürfen. Das ist die Botschaft. In der geht es um das Vermächtnis der schweigenden Mönche.« Oliver grübelte über seinen letzten Satz und zuckte schließlich mit den Achseln. »Vielleicht spuckt die Suchmaschine etwas aus, wenn wir alle Begriffe dort eingeben.« Er sah sich abermals Klaus' Notizen an. »Wenn ich mir unsere drei Verdächtigen vor Augen führe, sehe ich auf Anhieb eine Verbindung zu Julian Roth. Der Chorleiter kann auf jeden Fall Noten lesen, und hinzu kommt, dass er offenbar die Wohnung des Opfers beobachtet hat.« Oliver ging zum Fenster und schaute die Straße hinunter. »Roth wohnt ja nicht weit weg. Vielleicht statten wir ihm gleich mal einen Besuch ab.«

»Gute Idee«, erwiderte Klaus.

Auf der Treppe blieb Oliver stehen.

»Klaus, meinst du, der Täter beobachtet uns?«

Klaus nahm die Hand wieder von der Türklinke der Haustür. »Wie meinst du das?«

»Ich habe das Gefühl, er hat uns hierhergeschickt, damit wir dieses Kästchen finden. Deshalb hat er den Brief erst abgeschickt, nachdem die Spurensicherung fertig war. Er wusste, dass die mit dem Holzkästchen nichts anfangen können. Wie auch? Ohne die Botschaft an mich. Und wenn der Täter das alles bewusst gemacht hat, wäre es doch nachvollziehbar, dass er dieses Haus im Auge behält.« Olivers Herz pochte plötzlich schneller. Er schaute sich um und suchte die Wände des Treppenhauses nach einem Kameraauge ab.

»Also ich wäre mir da nicht so sicher«, brummte Klaus wenig überzeugt. »Er könnte uns auch einfach nur an der Nase herumführen, damit wir in sein Kästchen mehr hineininterpretieren, als tatsächlich nötig ist. Vielleicht will er unsere Ermittlungen blockieren und uns in die falsche Richtung locken.«

Klaus' Einwand konnte Oliver nicht widerlegen. Sie durften keine voreiligen Schlüsse ziehen. Fest stand jedenfalls, dass der Täter dieses Kästchen für sie in

Christine Hoffmeyers Wohnung hinterlassen hatte, anderenfalls machte die Botschaft keinen Sinn.

Als sie sich kurze Zeit später dem Gebäude näherten, in dem der Chorleiter wohnte, sah Oliver mehrfach zurück.

»Ich gehe jede Wette ein, dass Julian Roth mit einem Fernrohr aus seinem Fenster direkt ins Arbeitszimmer von Christine Hoffmeyer sehen kann«, sagte er und versuchte, die Distanz abzuschätzen.

Klaus zog die Augenbrauen hoch. »Immerhin kann er nicht in ihr Schlafzimmer schauen. Das liegt nach hinten raus.« Er grinste und klopfte Oliver auf die Schulter.

»Nimm es mir nicht übel, Partner. Du liegst mit deiner Annahme wahrscheinlich richtig. Der Kerl beobachtet uns vermutlich genau in diesem Augenblick.«

Oliver überprüfte unauffällig die Umgebung. »Wie kommt es zu diesem Sinneswandel?«

Klaus schaute sich unruhig um. »Keine Ahnung. Ich kann es nicht beweisen.« Er tippte sich auf den Bauch. »Aber der hier irrt sich eigentlich nie.«

Mit einem mulmigen Gefühl ging Oliver weiter. Am Hauseingang überließ er Klaus das Klingeln und beobachtete die Straße. Eine Mutter schob ihren Kinderwagen vor sich her. Ein Mann in schwarzem Anzug eilte an ihr vorbei. Ein roter Kleinwagen rollte im Schneckentempo die Straße entlang. Die blonde Frau am Steuer schien eine bestimmte Hausnummer zu suchen. Oliver dachte schon, sie würde neben ihnen anhalten, aber plötzlich gab sie Gas und brauste davon.

Aus der Gegensprechanlage ertönte die Stimme des Chorleiters:

»Hallo? Wer ist da?«

»Klaus Gruber und Oliver Bergmann von der Kriminalpolizei Neuss. Wir hätten noch ein paar Fragen an Sie. Dürfen wir hereinkommen?«

Statt einer Antwort brummte der Türsummer. Sie begaben sich in die zweite Etage. Julian Roth erwartete sie vor der Wohnungstür. Sein Gesicht wirkte lädiert. Das linke Auge und die Nase waren stark geschwollen.

»Was ist denn mit Ihnen passiert?«, fragte Oliver, obwohl er den Grund kannte.

Der Chorleiter winkte ab. »Ein Patient von Christine Hoffmeyer hat mich auf offener Straße angegriffen.« Er deutete auf seine Nase. »Zum Glück ist sie nicht gebrochen. Es tut trotzdem ziemlich weh. Ich habe mich für heute und morgen krankschreiben lassen und muss gleich wieder einen Eisbeutel auf die Schwellung packen. Aber kommen Sie doch erst mal rein.«

Oliver warf einen schnellen Blick in die Küche. Direkt vor dem Fenster stand ein kleiner Esstisch. Von hier wäre es Roth durchaus möglich gewesen, die Wohnung von Christine Hoffmeyer zu beobachten. Roth führte sie durch einen schmalen Flur in sein Wohnzimmer, das sich nicht auf der Straßenseite befand, sondern zur Rückseite hinaus lag.

»Nehmen Sie Platz«, bat er und räumte ein paar Notenblätter von der Couch. »Ich habe für unseren großen Auftritt geübt. Erst konnten wir die Generalprobe nicht richtig durchführen und heute musste ich den Ersatztermin streichen.« Er deutete auf sein ramponiertes Gesicht. »Es geht wirklich nicht. Jeder Ton tut weh.«

»Das kann ich gut verstehen«, entgegnete Oliver und setzte sich neben Klaus. »Warum hat dieser Patient Sie denn angegriffen?«

Julian Roth schob unschlüssig die Unterlippe vor. »Ich weiß es nicht. Ich kenne den Jungen kaum. Er singt nicht im Chor und ich habe noch nie ein Wort mit ihm gewechselt.«

»Das ist seltsam«, brummte Klaus. »Hat er Sie vielleicht verwechselt?«

»Möglich. Aber da fragen Sie ihn besser selbst. Ich habe übrigens Anzeige erstattet. Wenn die Polizistin mir nicht zu Hilfe geeilt wäre, lieber Gott, wer weiß, wie ich dann aussehen würde.«

»Können Sie uns den Namen des Jungen nennen?«

»Natürlich. Er heißt Lukas Brandner. Er wohnt am anderen Ende von Zons, mit seiner Mutter. Die arme Frau hat mit ihm viel um die Ohren. Er macht immer wieder Ärger und deshalb hat sie ihn zu Christine geschickt.« Roth winkte ab. »So richtig erfolgreich war die Behandlung jedenfalls nicht. Sonst hätte sich Lukas vielleicht beherrschen können.«

»Entschuldigen Sie«, warf Oliver ein. »Sie kennen ihn aber schon ein bisschen mehr als nur flüchtig, oder?«

»Jeder hier im Ort kennt Lukas Brandner. Der hat bereits als Sechsjähriger Fensterscheiben eingeschmissen. Er gehört zu der Sorte von Jungs, die wild und ungezogen sind und denen man besser aus dem Weg geht.«

»Und Sie haben noch nie ein Wort mit ihm gesprochen?«

»Okay, ich korrigiere mich. Ich habe bisher keine längere Unterhaltung mit ihm geführt. Vielleicht habe ich ihn mal gegrüßt oder so. Mehr war da nicht.«

»Wir hatten Sie gebeten, uns aufzuschreiben, wo Sie seit Donnerstagabend letzter Woche überall waren. Haben Sie die Liste fertig?«

Julian Roth wurde blass. »Nein. Entschuldigen Sie. Ich ... ich habe gar nicht mehr daran gedacht. Auch wegen des Vorfalls.« Er tippte sich abermals an die Nase.

»Wir könnten die Tage kurz zusammen durchgehen«, sagte Oliver und zückte seinen Stift.

»Wie Sie sehen, lebe ich alleine. Ich war eigentlich an allen Abenden und das gesamte Wochenende hier. Normalerweise bin ich häufig bei meiner Freundin. Sie wohnt in Dormagen. Aber derzeit ist sie auf Studienreise. Wir haben allerdings jeden Abend miteinander telefoniert. Meist sogar eine Stunde lang. Sie könnte zumindest bezeugen, dass ich hier war oder jedenfalls nicht an einem belebten Ort. Ich gehe nicht gerne ohne sie aus und ich habe ja wegen unseres Auftritts in der nächsten Woche auch alle Hände voll zu tun.«

»Kann einer Ihrer Nachbarn bestätigen, dass Sie zu Hause waren?«, fragte Oliver.

»Ich könnte nachfragen. Es ist nicht auszuschließen. Frau Krause im Erdgeschoss links bekommt recht viel mit und nimmt oft Pakete für mich an, wenn ich nicht da bin.«

Oliver ließ sich den Namen und die Adresse von Julian Roths Freundin geben. Sie würden die Telefonate überprüfen. Dann zog er die Asservatentüte aus der Tasche, die das Pergament mit den Noten enthielt, und zeigte es dem Chorleiter.

»Kennen Sie das?«

»Was meinen Sie? Das Papier oder die Noten?«, fragte Roth und nahm die Tüte in die Hand. Er las die Noten und summte leise eine Melodie.

»Das ist ein kurzer Teil eines Liedes, das wir für unseren Auftritt proben. Woher haben Sie es?«

Oliver antwortete nicht. Er fixierte den Mann, konnte jedoch in seiner Mimik keine Anzeichen von Überraschung, Angst oder sonstiger Regungen erkennen. Vielleicht lag das an seinem geschwollenen Auge und der lädierten Nase.

»Nutzen Sie derartiges Papier oder besser gesagt Pergament?«, fragte er.

»Pergament? Nein. Ich kenne die Noten, aber ich habe sie nicht geschrieben.«

»Sind Sie sicher?«, hakte Klaus nach.

Julian Roths Adamsapfel hüpfte und ein roter Fleck erschien an seinem Hals.

»Ja. Das ist keines meiner Notenblätter. Ich arbeite mit diesen hier.« Er zeigte ihnen die Notenblätter, die er zuvor von der Couch geräumt hatte. »Ich habe ein Computerprogramm und drucke sie aus. Meine Handschrift ist nicht gerade die beste.«

Oliver sah sich im Wohnzimmer um. Gegenüber hing ein kleiner Fernseher an der Wand. Die Fläche daneben schien merkwürdig leer. Er schaute genauer hin und registrierte eine leicht gelbliche Verfärbung.

»Haben Sie Ihre Möbel verkauft?«

Der Chorleiter blickte ihn verständnislos an.

Oliver zeigte auf die Wand. »Es sieht so aus, als hätte dort bis vor Kurzem noch eine Kommode oder etwas Ähnliches gestanden.«

Julian Roth griff sich an die Stirn. »Jetzt verstehe ich, was Sie meinen. Da stand mein Klavier. Ich habe es tatsächlich verkauft.«

»Können Sie uns zum Abschluss noch sagen, ob Christine Hoffmeyer irgendwelche Probleme hatte?«

Roth schüttelte energisch den Kopf. »Nein. Ganz bestimmt nicht. Sie war eine ausgesprochen nette Person und eine hervorragende Sängerin. Sie fehlt uns sehr.«

Oliver erhob sich von der Couch und Klaus tat es ihm gleich.

»Das waren fürs Erste unsere Fragen. Wir werden Ihre Angaben überprüfen. Sollten Sie später noch Hinweise für uns haben, rufen Sie mich bitte an.« Er folgte Klaus hinaus auf den Flur. Auf der schmalen Kommode stapelte sich die Post. Oliver erkannte auf den drei oberen Briefen das Logo einer bekannten Bank und drehte sich noch einmal zu Julian Roth um.

»Vielen Dank. Wir finden alleine raus.«

* * *

Lukas schwänzte schon wieder die Schule. Sein Mund fühlte sich trocken an. Es war, als saugte die Lüge jegliche Flüssigkeit aus ihm heraus. Der misstrauische Blick seiner Mutter ging ihm nicht aus dem Kopf. Er hatte sogar das Handy vor der Schule versteckt, für den Fall, dass sie ihn trackte. Normalerweise würde sie das nicht tun. Sie respektierte seine Privatsphäre. Doch er wusste selbst, dass er in letzter Zeit zu viel Mist gebaut hatte. Er konnte es ihr nicht verübeln.

Immerhin sorgte sie sich jetzt wieder um ihn. Dass Frau Hoffmeyer ermordet worden war, hatte sie wirklich schockiert. Seitdem wuselte sie ständig um ihn herum. Sie hatte ihn nicht mal richtig ausgeschimpft wegen der Prügelei. Sie hatte ihn sogar verteidigt, als sie bei der Polizei saßen und die Angelegenheit zu Protokoll geben mussten. Zum ersten Mal seit einer Ewigkeit spürte Lukas, dass er seiner Mutter wichtig war. Mehr noch, sie liebte ihn offenbar. Wann hatte er das zuletzt wahrgenommen? Und trotzdem war er gerade dabei, sie wieder zu enttäuschen. Er wusste selbst nicht, warum. Seine Möglichkeiten waren begrenzt. Längst war er aus dem Alter raus, wo er an Superhelden und Superkräfte geglaubt hatte. Im Internet hatte er inzwischen mehr über Christines Tod erfahren. Jemand hatte sie in der Praxis überfallen. Vermutlich bereits letzte Woche. Seitdem hatte sie tot auf ihrem Schreibtisch gelegen und kein Mensch hatte sie vermisst. Wie konnte es sein, dass ihr Fehlen niemandem aufgefallen war? Über das gesamte Wochenende hinweg.

Er hatte nicht gewusst, wie einsam sie gewesen sein

musste. Vielleicht hätte er sie retten können, wenn er am Freitag nach ihr geschaut hätte. Aber er war selbst nicht besser als ihre Verwandtschaft, die sich nicht um sie gekümmert hatte. Das halbe Wochenende hatte er vor der Spielekonsole verbracht und ein sinnloses Spiel nach dem anderen gezockt. Sofern er an Christine gedacht hatte, dann höchstens an ihre Brüste oder ihr schönes Lächeln. Liebe bedeutete jedoch nicht nur Lust, das wusste er. Liebe hieß, für den anderen da zu sein. Er hatte nichts dergleichen getan. Und das war der Grund, warum er nun wieder in ihrer Straße lauerte, statt im Klassenraum zu sitzen und fürs Abitur zu lernen. Er war es ihr schuldig. Er hatte sich nicht um sie gekümmert, als sie noch lebte. Das Mindeste, was er tun konnte, war, jetzt nach der Wahrheit zu suchen.

Eines hatte er immerhin herausgefunden: Der verdammte Chorleiter hatte es auf Christine abgesehen. Nie würde er den Blick vergessen, mit dem er zu ihrer Wohnung hinaufgesehen hatte. Darin war etwas Feindliches gewesen. Er konnte es nicht erklären, doch dieser Mann hasste Christine. Deshalb hatte er zugeschlagen. Vielleicht war der Kerl Christines Mörder. Warum sonst stand er dort und lungerte unter ihrem Fenster herum? Es kam häufig vor, dass ein Killer an den Tatort zurückkehrte, um sich noch einmal an seine Grausamkeiten zu erinnern. Natürlich konnte er falschliegen. Aber die Wahrscheinlichkeit hielt er für gering.

Er lehnte sich an die Mauer und starrte auf das Haus. Die Tür ging auf und zwei Männer traten heraus. Lukas blinzelte mehrmals. Den großen Dunkelhaarigen mit dem markanten Kinn hatte er schon mal gesehen. Und jetzt fiel es ihm auch wieder ein. Er war Polizist. Er war aus Christines Praxis gekommen, kurz bevor der Leichenwagen eintraf. Lukas erinnerte sich ganz genau. Der Kerl gehörte zur Polizei und der Grauhaarige neben ihm vermutlich ebenfalls. Klar, die beiden waren Partner. Offenbar hatten sie ein bestimmtes Ziel. Sie liefen mit energischen Schritten schräg über die Straße auf das Haus zu, in dem dieser verdammte Chorleiter wohnte. Was hatten sie vor? Es war seine Idee gewesen, mit dem Kerl zu sprechen.

Lukas sprang hinter der Mauer hervor und verfolgte die Beamten. Tatsächlich klingelten sie an der Haustür und kurz darauf verschwanden sie im Hausflur. Sein Magen verwandelte sich in einen Klumpen aus Lava. Er hatte recht. Dieser Kerl war der Mörder. Er hatte Christine auf dem Gewissen. Hätte er doch bloß viel härter zugeschlagen. Er hätte Christine rächen können, aber er hatte versagt. Wie so oft, und jetzt nahmen ihm diese beiden Polizisten jegliche Chance auf Vergeltung. Sie würden den Chorleiter verhaften und ihm kein Haar krümmen. Seine Hände ballten sich zu Fäusten. Er atmete ein und aus. Tief in seinem Kopf hörte er eine warme Stimme. Er biss sich auf die Unterlippe, bis es schmerzte. Dann lockerte er die Finger und beruhigte sich.

Christine hätte nicht gewollt, dass er ihren Tod rächte. Jedenfalls nicht mit Gewalt. Er seufzte und sah ihr Gesicht vor sich. Nichts konnte sie zurückbringen. Auch der Tod ihres Mörders nicht. Er wollte nicht, dass sie schlecht über ihn dachte. Er musste seine Gefühle unter Kontrolle bekommen. Aggression fühlte sich echt mies an. Er atmete, bis die Hitze in seinem Magen verschwunden war.

Er hatte keine Ahnung, wie lange er so dastand und auf die Tür starrte. Sie ging auf, und er schaffte es gerade rechtzeitig, sich hinter der Ecke des Nachbarhauses zu verstecken.

»Wie heißt der Junge noch mal?«, fragte der große Dunkelhaarige.

»Lukas Brandner«, brummte sein Partner.

»Der sollte jetzt in der Schule sein. Lass uns dort vorbeischauen.«

Lukas traute seinen Ohren nicht. Verdammt, wenn die Polizei ihn in der Schule nicht fand, würde seine Mutter sofort erfahren, dass er wieder geschwänzt hatte. Er musste vor ihnen da sein. Er wartete, bis der Wagen mit den beiden Polizisten vorbeibrauste, und rannte zu seinem Fahrrad. Er kannte sich gut aus und fuhr, als wäre der Teufel hinter ihm her. Endlich erreichte er das Schulgebäude und stellte erleichtert fest, dass die Polizei noch nicht eingetroffen war.

Sie hatten im Lehrerzimmer Platz genommen, das im Augenblick leer war, weil der Unterricht vor zehn Minuten wieder begonnen hatte. Vor Oliver und Klaus saß ein pickliger Junge, der eher wie sechzehn statt achtzehn Jahre wirkte, und schaute sie aus großen braunen Augen an.

»Sie heißen Lukas Brandner, sind achtzehn Jahre alt, wohnen in Zons und waren bei Christine Hoffmeyer in psychologischer Behandlung«, fasste Oliver zusammen.

Lukas Brandner nickte. Auf seiner Stirn schimmerten ein paar Schweißperlen. Oliver musterte den Jungen eingehend und bemerkte Schlammspritzer auf seiner Hose, die noch nicht eingetrocknet waren.

»Fahren Sie mit dem Rad zu Schule?«, fragte er.

»Meistens ja.«

»Und heute waren Sie spät dran?«

»Nein, wieso?« Lukas Brandner lief rot an. Seine Stimme hatte eine Oktave höher angenommen.

»Es ist gleich Mittag.« Oliver deutete auf die Uhr. Er wollte dem Jungen keine Vorwürfe machen, fragte sich jedoch, wo er den ganzen Vormittag gesteckt hatte.

»Na und? Ich sehe auch, dass es bald zwölf ist. Warum sollte ich deswegen spät dran sein?«

Lukas war ein offenes Buch. Es stand ihm deutlich ins Gesicht geschrieben, dass er etwas verbarg.

»Wir haben erfahren, dass Sie eben erst in der Schule eingetroffen sind«, schoss Oliver ins Blaue hinein. »Könnten Sie uns erzählen, was Sie vorher getan haben?«

»Mist«, fluchte Lukas. »Ich hatte noch was zu erledigen.«

»Könnten Sie uns das genauer erklären?«

Auf der Stirn des Teenagers erschien eine Falte

zwischen den Augenbrauen. Er blickte unruhig von Oliver zu Klaus.

»Erfährt meine Mutter von diesem Gespräch?«, fragte er schließlich.

Oliver lächelte. »Wir behandeln dieses Gespräch absolut vertraulich und werden Ihrer Mutter sicherlich nicht erzählen, dass Sie heute erst sehr spät zur Schule gegangen sind. Ich hoffe, diese Antwort beruhigt Sie.«

Lukas raufte sich die Haare und nickte. »Wäre wichtig für mich. Ich hatte ihr versprochen, pünktlich zu sein, und es würde sie aufregen, wenn sie erfährt, dass ... na ja, Sie wissen schon, was ich meine.«

»Und was haben Sie nun heute Vormittag gemacht?«

»Ich wollte mit Julian Roth sprechen und mich bei ihm entschuldigen.«

»Aber das haben Sie nicht getan, richtig?«

Lukas schüttelte den Kopf. »Ich habe es nicht hinbekommen.«

»Und warum nicht?«

»Ich wollte erst herausfinden, ob er etwas mit dem Tod von Christine Hoffmeyer zu tun hat.«

Oliver ging ein Licht auf und er fragte: »Sie haben den Mann beobachtet?«

Lukas nickte. »Ihn und die Wohnung von Frau Hoffmeyer.«

»Ist Ihnen denn etwas aufgefallen?«

Lukas Brandner sah ihn an, als hätte er ihn nicht richtig verstanden. Doch dann erhellte sich seine Miene. »Ich habe mitbekommen, wie Roth die Wohnung von Frau Hoffmeyer ausgespäht hat. Er kam, kurz nachdem die Polizei abgefahren ist, und ich glaube, er wollte dort einbrechen.«

»Und weiter?«

Lukas verdrehte die Augen. »Ich bin durchgedreht. Tut mir leid. Ich habe mich nicht immer unter Kontrolle. Deshalb war ich ja auch bei Frau Hoffmeyer in Behandlung. Als Roth vor dem Haus stand, da wollte ich sie rächen. Wie konnte er ihr das antun?«

»Woran machen Sie denn Ihren Verdacht fest?«

Lukas wirkte plötzlich wie ein hilfloses Grundschulkind. Er brach den Blickkontakt zu Oliver ab und ließ den Kopf hängen.

»Ist nur so ein Gefühl gewesen«, murmelte er leise. »Es war die Art, wie er da stand und hinaufsah. In seinem Blick lag etwas Böses. Ich wusste in diesem Moment einfach, dass er es war.«

»Wie oft haben Sie die Wohnung denn beobachtet?«, fragte Klaus dazwischen.

»Bloß gestern und heute.«

»Ist Ihnen noch etwas anderes aufgefallen?«

»Nein. Der Roth war der Einzige, der vor Frau Hoffmeyers Haus rumgelungert hat.«

»Wirkte Frau Hoffmeyer aus Ihrer Sicht in letzter Zeit nervös oder verändert?«

Lukas Brandner schüttelte traurig den Kopf. »Ich habe nichts Außergewöhnliches bemerkt. Sonst hätte ich versucht, ihr zu helfen. Das können Sie mir glauben.«

Wieder schoss ihm die Röte ins Gesicht. Offenbar

hatte der Junge eine starke Bindung zu seiner Therapeutin aufgebaut.

»Sie sollten sich noch heute bei Herrn Roth entschuldigen. Es könnte dazu führen, dass Ihre Strafe milder ausfällt«, sagte Oliver und erhob sich.

»Melden Sie sich bei uns, falls es Schwierigkeiten geben sollte oder Ihnen noch etwas einfällt. Wir möchten den Mörder von Frau Hoffmeyer genauso dringend finden wie Sie.« Oliver reichte Lukas Brandner die Hand und verabschiedete sich.

Als er mit Klaus wieder im Dienstwagen saß, klingelte sein Telefon.

»Wir haben eine Leiche in Zons«, meldete die Polizistin von der Zentrale und nannte ihm die Adresse. »Bitte begeben Sie sich sofort dorthin.«

XI

VOR FÜNFHUNDERT JAHREN

Bastian betrachtete den goldenen Schlüssel von allen Seiten. Solch einen Fund hatte er in der Bibliothek nicht erwartet. Der lange und schlanke Schaft endete in einem kunstvoll gearbeiteten Bart mit einem komplizierten asymmetrischen Muster. Er passte mit Sicherheit nicht in ein gewöhnliches Schloss. Auch der Griff zeigte meisterhafte Verzierungen, die an Ranken und Blätter erinnerten. Der Schlüssel fühlte sich schwer in der Hand an, und Bastian fragte sich, welches Schloss er wohl öffnete. Er drehte den Schlüssel im Licht seiner Fackel. Die Goldtöne funkelten sanft, als könnten sie ihm das Geheimnis zuflüstern und verraten, wo sich die Tür befand, hinter der vielleicht die Antworten auf seine Fragen warteten. Führte ihn dieser Schlüssel zu dem Vermächtnis der schweigenden Mönche?

DAS VERBOT

Bastian legte ihn zurück in das Kästchen und verbarg es unter seinem Wams. Er würde diesen Fund vorerst für sich behalten. Er drückte die Tür des geheimen Faches zu. Es knackte und der Mechanismus schien wieder zu greifen. Ob Bruder Paulus dieses Geheimfach kannte? Was verschwieg ihnen der Bibliothekar? Hatte er Bruder Gregor und Bruder Lorenz auf dem Gewissen?

Bastian suchte die restliche Bibliothek ab und entdeckte bald noch einen verschnörkelten Buchstaben an der gegenüberliegenden Wand. Er tastete eine Weile nach einer unebenen Stelle, einem Knopf oder einem Hebel, der einen Öffnungsmechanismus auslösen könnte. Doch er fand nichts dergleichen. Er überprüfte die Tür, die zu dem Gang in Richtung Haupthaus führte. Der Schlüssel passte nicht in das Schloss. Nicht ein einziger Schrank befand sich auf diesem Stockwerk. Er lief hinauf ins Dachgeschoss und inspizierte schnell sämtliche Ecken und Wände. Hier gab es jedoch ebenfalls kein passendes Schloss und auch auf der untersten Etage und im Keller, wo sie Bruder Lorenz' Leichnam entdeckt hatten, wurde er nicht fündig.

Bastian rannte ins Freie. Im dunklen Klosterhof überlegte er, wo er weitersuchen könnte. Das Schloss der Klosterpforte kam nicht infrage, denn sie wurde lediglich mit einem Eisenriegel gesichert. Er schaute sich die schmale Eisentür zum Kräutergarten an. Wie erwartet war der goldene Schlüssel viel zu filigran, um in das grobe Schloss zu passen. Nachdenklich ging er zum Haupthaus und öffnete leise die schwere Eingangstür, zu der ebenfalls nur ein großer Schlüssel passte. Er begab sich zur Küche und zum Speisesaal, wo er sämtliche Türen und Schränke überprüfte. Auch den Keller ließ er nicht aus. Nirgendwo fand er ein passendes Schloss. Oben in den Schlafgemächern der Mönche gab es gleichfalls keine Tür, in die der Schlüssel gepasst hätte.

Vor der Zelle des Abtes blieb Bastian kurz stehen und überlegte, ob er Theodor von Grünwald aufwecken sollte. Doch er nahm davon Abstand. Der Abt war nicht mehr der Jüngste und Bastian wollte ihn nicht ein weiteres Mal um den Schlaf bringen. Was immer es mit dem Schlüssel auf sich hatte, es konnte bis morgen warten. Er gähnte und begab sich zur Klosterpforte, wo Bruder Anselm schon wieder eingeschlafen war. Der Mönch lehnte friedlich an einem Holzpfosten und schnarchte, was das Zeug hielt. Pfeil und Bogen lagen dicht bei ihm. Seltsam, dass Bruder Anselm mit dieser Waffe umgehen konnte. Bastian schloss die Pforte und schlich müde zur Schloßstraße. Dort wandte er sich dem Feldtor zu, neben dem sich die Mühle und sein Haus befanden.

Marie schien von seinem nächtlichen Ausflug nichts bemerkt zu haben. Sie schlief immer noch in derselben Position, in der er sie vor einer Weile zurückgelassen hatte. Er küsste sie sanft auf die Stirn und verfiel kurz darauf in einen tiefen Schlaf.

* * *

»Bruder Paulus, wacht auf!«, bat Elias leise und rüttelte an der Schulter des Bibliothekars. Vergebens. Paulus stieß ein pfeifendes Geräusch aus und drehte sich zur anderen Seite.

»Bitte, Bruder Paulus, so wacht doch auf. Ich muss mit Euch sprechen.« Er berührte Paulus am Oberarm. Der Bibliothekar musste ihm helfen. Er hatte ihm die Suppe eingebrockt und nur er konnte ihn wieder reinwaschen. Er würde ihm seine Silbermünze geben, die er in seinem Schuh versteckte. Sie war viel wert, er hatte sie vor Jahren von seiner Großmutter bekommen. Elias hoffte, dass Paulus sie annehmen würde und ihm im Gegenzug half. Er hatte überlegt, den nächsten Tag abzuwarten. Doch er konnte kein Auge zutun, solange diese Angelegenheit nicht geklärt war. Er musste handeln, bevor sich Gerüchte über ihn verbreiteten und er in noch größere Schwierigkeiten geriet. Schwierigkeiten, die ihn am Ende womöglich das Leben kosteten.

Elias beugte sich dicht über Bruder Paulus' Ohr. »Aufwachen!«, zischte er und ein erneutes Pfeifen ertönte aus dem Mund des schlafenden Bibliothekars.

»Ihr müsst mir helfen«, flüsterte Elias verzweifelt, und obwohl er wusste, dass der Bibliothekar ihn nicht hörte. »In meinem Schuh steckt eine wertvolle Silbermünze. Ich gebe sie Euch, wenn Ihr dem Abt nur erzählt, dass ich nicht in dem sündigen Buch gelesen habe.«

Der Bibliothekar grunzte und drehte sich wieder auf die andere Seite. Sein Atem ging tief und gleichmäßig.

Er träumte vermutlich von Büchern oder davon, wie er Elias durch seine Bibliothek hetzte. Vom Aufwachen schien er jedenfalls meilenweit entfernt. Doch er musste ihn unbedingt anhören. Unverrichteter Dinge würde Elias nicht an seinen Schlafplatz zurückkehren. Er griff in seine Kutte und holte die Feder hervor. Ganz vorsichtig strich er damit über Bruder Paulus' Nasenspitze. Endlich hörte das tiefe Atmen auf. Allerdings nur für einen Moment. Der Bibliothekar öffnete den Mund, leckte sich über die Lippen und wälzte sich erneut zur anderen Seite.

»Bitte, wacht auf«, flehte Elias und kam sich plötzlich dumm vor. Was erwartete er eigentlich, wenn er Bruder Paulus aus dem Schlaf holte? Vielleicht schrie er laut auf und dann hielt man ihn womöglich für einen Eindringling. Aber er musste es wagen, wenn er seinen guten Ruf beim Abt wiedererlangen wollte. Abermals rüttelte er an der Schulter des Bibliothekars. Dieses Mal so kräftig, dass er unmöglich weiterschlafen konnte. Doch Bruder Paulus schlug die Augen einfach nicht auf.

Elias wischte sich eine Träne aus dem Augenwinkel. Es hatte keinen Sinn. Er würde bis morgen warten müssen. Gott stellte seine Geduld auf eine harte Probe. Mehr konnte er jedenfalls heute nicht tun. Langsam richtete er sich auf und erhob sich. Das Mondlicht warf ein wenig Licht durch das Fenster des Schlafgemachs. Sechs Mönche ruhten in diesem Saal. Einige schnarchten, andere grunzten, niemand war aufgewacht. Vermutlich war es besser so. Elias wandte sich zur Tür, als plötzlich jemand seinen Knöchel packte.

Er stürzte der Länge nach hin und unterdrückte im letzten Moment einen Schrei.

»Pst. Bursche! Was treibt Ihr hier mitten in der Nacht?«

Spitze Finger bohrten sich schmerzhaft in Elias' Rippen.

»Seid Ihr des Wahnsinns?«, zischte Bruder Paulus.

»Ihr müsst mir helfen«, flehte Elias. »Bitte stellt ...« Weiter kam er nicht, weil der Bibliothekar ihm die Luft mit seinen kräftigen Fingern abdrückte.

»Ich werde Euch jetzt mal was sagen, Bruder Elias. Solltet Ihr Euch noch einmal des Nachts in mein Schlafgemach schleichen, werde ich es dem Abt erzählen. Verstanden?«

»Aber ...«, wollte Elias protestieren, doch der Bibliothekar brachte ihn mit einer barschen Geste zum Schweigen.

»Ich will nicht ein Wort mehr aus Eurem Mund hören. Schert Euch davon und sucht mich bei Tagesanbruch auf. Wir reden ein ernstes Wörtchen!« Er sprang auf und holte Elias mit einem einzigen Griff auf die Füße.

»Raus hier jetzt«, zischte er, und Elias blieb nichts anderes übrig, als zu verschwinden. Als er wieder unter seiner Decke lag, klopfte sein Herz so heftig, dass er dachte, es könnte ihm aus der Brust springen. Die Angst erfüllte ihn durch und durch. Er betete, dass sich am nächsten Tag die Dinge klären würden.

* * *

Bastian spähte aus der Tür und vergewisserte sich, dass sie niemand belauschte. Er schloss die Tür und setzte sich zu Theodor von Grünwald an den Holztisch. Die Sonne schien hell durch das Fenster herein und verbreitete eine Stimmung, die Bastian tief in seinem Herzen nicht teilen konnte. Zwei Menschen waren tot und er hatte immer noch keine brauchbare Spur zum Täter. Er breitete die Botschaften des Mörders vor dem Abt auf dem Tisch aus und legte das Holzkästchen dazu.

»Schwört mir, zu niemandem ein Wörtchen darüber zu verlieren«, bat er den Abt und deutete auf den Buchstaben, der den Holzdeckel verzierte. »Seht Ihr dieses T?«

Als der Abt nickte, tippte Bastian auf den ersten Buchstaben des Wortes *taciturnorum* in der Botschaft, die er bei dem ermordeten Bruder Gregor gefunden hatte, und anschließend auf das T in der zweiten Botschaft.

»Was könnt Ihr erkennen?«, fragte er den Abt, weil er inzwischen selbst zweifelte, ob er die Dinge richtig deutete.

Der Abt kräuselte die Stirn und betrachtete die Botschaften und das Kästchen ausgiebig.

»Nun, viel kann ich nicht dazu sagen«, verkündete er schließlich. »Mir fällt auf, dass der erste Buchstabe des Wortes *taciturnorum* überall gleich aussieht. Das T ist ungewöhnlich verschnörkelt.« Der Abt strich über die geschwungenen Linien auf dem Holzkästchen. »Die Schnörkel bilden exakt dieselbe Form. Als hätte jemand

DAS VERBOT

das T von diesem Kästchen nachgemacht.« Theodor von Grünwald warf Bastian einen durchdringenden Blick zu. »Wer auch immer die beiden Botschaften geschrieben hat, der besaß auch dieses Kästchen. Vielleicht hat er sogar das T in den Deckel geschnitzt. Der Besitzer dieses Kästchens ist der Mörder von Bruder Gregor und Bruder Lorenz. Sagt mir also, lieber Bastian Mühlenberg, bei wem Ihr es gefunden habt, und ich werde dafür sorgen, dass er die gerechte Strafe erhält.«

Bastian seufzte. »So einfach liegen die Dinge leider nicht. Ich habe es letzte Nacht in einem geheimen Fach in der Bibliothek entdeckt.«

Die Augen des Abtes weiteten sich überrascht. »In der Bibliothek? Ich kenne diese Räumlichkeiten in- und auswendig. Nie ist mir dort ein geheimes Fach begegnet.«

»Es ist neben dem Regal mit dem Buchstaben T verborgen«, erklärte Bastian »Am Fuß des Buchstabens versteckt sich ein Knopf, der eine kleine Tür aufspringen lässt. Ich habe sie wieder verschlossen, nachdem ich das Kästchen an mich genommen habe. Vielleicht könnten wir die Bibliothek überwachen, denn sobald jemand das Fach öffnet, könnte er sich als der Schuldige offenbaren.«

»Dafür werde ich gerne sorgen. Ich schicke einen meiner engsten Vertrauten. Er soll den ganzen Tag dort verbringen und das Fach beobachten«, erwiderte Theodor von Grünwald. »Richtig, das T an der Wand ist genauso verschnörkelt. Deshalb ist es Euch aufgefallen.

Ich bewundere Euch, mein lieber Bastian Mühlenberg. Eure Augen sind ebenso scharf wie Euer Verstand.«

Bastian öffnete das Kästchen und beförderte den goldenen Schlüssel zutage.

»Wisst Ihr, was sich damit öffnen lässt?«, fragte er.

Der Abt nahm den Schlüssel und inspizierte ihn von allen Seiten. Dann legte er ihn in das Kästchen zurück.

»Ein Schlüssel kann Dinge öffnen. Türen, Truhen, alles Mögliche. Er könnte aber auch als Symbol verstanden werden. Habt Ihr Euch den Bart angeschaut? Das Schloss, zu dem er passt, ist höchst kompliziert aufgebaut. Möglicherweise zu kompliziert.«

»Ihr meint, es gibt kein passendes Schloss?«

Der Abt nahm den Schlüssel noch einmal in die Hand und drehte ihn. »Wo sollte er hineinpassen? Mir fällt absolut nichts ein, jedenfalls nicht in unserem Kloster. Vielleicht öffnet er die Schatulle eines hohen Fürsten oder eines Königs.«

»Dann suchen wir einen Schatz?«, fragte Bastian verwirrt. »Ich weiß nicht. Wie sollte ein Schatz mit dem Tod zweier Mönche zusammenhängen?«

»Leider habe ich keine Antwort, lieber Bastian. Ich kann Euch nur eines versichern: Hier, in meinem Kloster, findet sich wahrscheinlich kein zu diesem Schlüssel passendes Schloss.«

»Aber Ihr kanntet auch das geheime Fach nicht«, gab Bastian zu bedenken. »Euer Kloster hütet Geheimnisse, die offenbar selbst vor Euch verborgen sind.«

Theodor von Grünwald sah Bastian nachdenklich an.

»Da habt Ihr wohl recht, mein guter Junge. Völlig recht. Hier gehen Dinge vor sich, die mehr als rätselhaft sind. Ich werde erst einmal dafür Sorge tragen, dass jemand die Bibliothek beobachtet, und zwar unauffällig. Wir sollten den Täter nicht aufschrecken.« Der Abt legte die Hand auf die Brust und blickte ihn besorgt an. »Ich fürchte, der Bösewicht könnte direkt aus unseren Reihen kommen.«

Elias hatte kaum geschlafen und sein Magen knurrte gewaltig. So war es immer, wenn er sich allzu großen Sorgen hingab. Sie fraßen ihm ein Loch in den Bauch und er musste es mit Nahrung stopfen. Er strich die Kutte glatt und schaute an sich hinunter. Obwohl er auf die ein oder andere Mahlzeit verzichtet hatte, schien er zugenommen zu haben. Verdammt! Das war der Kummer. Er blähte ihn auf und ließ ihn fetter aussehen, als er eigentlich war. Er musste seinen Bauchumfang vor den anderen verbergen. Elias spannte die Muskeln an und band die Kordel fest um seine Körpermitte. Dann zupfte er am Stoff seiner Kutte, bis die Falten seinen Makel überdeckten.

Im Speisesaal rührte er nur eine Scheibe Brot an, obwohl Bruder Nikolaus ihm eine zweite angeboten hatte. Sehnsüchtig blickte er zu seinen Mitbrüdern, die ihr Brot in Honig tränkten. Das Wasser lief ihm im Mund zusammen. Er streckte den Arm nach einem

Honigtöpfchen aus und zog ihn gleich wieder zurück, als er einen prüfenden Blick auf sich gewahrte.

Bruder Paulus starrte ihn an.

Der hagere Mönch durchbohrte ihn mit seinem strengen Blick. Elias zuckte zusammen und ließ die trockene Brotscheibe auf den Teller fallen. Paulus winkte ihn zu sich, und Elias hätte am liebsten so getan, als sähe er die Geste nicht. Doch er war derjenige, der mit Bruder Paulus sprechen wollte. Also nahm er all seinen Mut zusammen und erhob sich mit zitternden Beinen. Wie gelähmt schleppte er sich um den Tisch. Alles in ihm sträubte sich. Der Bibliothekar hockte auf seinem Platz und grinste. In seiner dunklen Kutte kam er Elias plötzlich wie das Böse selbst vor. Was hatte er sich nur dabei gedacht? Vielleicht wäre es vernünftiger gewesen, beim Abt um Vergebung zu bitten. Bruder Paulus hatte nichts Gutes vor. Elias spürte es mit jeder Faser seines Körpers. Doch da war diese schreckliche Angst in ihm. Er wollte nicht sterben und musste dringend einen Weg finden, um alle vermeintlichen Gerüchte aus der Welt zu schaffen. Also setzte er einen Fuß vor den anderen und nahm auf dem freien Schemel neben dem Bibliothekar Platz.

»Ihr folgt mir jetzt in die Bibliothek. Wir reden im Keller. Dort, wo Ihr Bruder Lorenz gefunden habt.« Ein gehässiges Grinsen huschte über Bruder Paulus' Gesicht.

Elias ahnte, dass er verloren war.

Trotzdem ging er dem Mönch hinterher und ließ sogar die Brotscheibe auf seinem Teller zurück.

»Was wollt Ihr von mir?«, fragte Bruder Paulus, als sie unten ankamen, und stemmte die Arme in die Hüften.

»Bitte erzählt dem Abt die Wahrheit. Ich habe nicht voller Wollust in dem Buch gelesen. Ich habe es nur aus Versehen in den Händen gehabt. Bitte helft mir, meinen Ruf wieder reinzuwaschen. Ich bemühe mich, gottgefällig zu leben.«

Der Bibliothekar starrte auf seinen Bauch und hob zweifelnd die Augenbrauen.

»Bemühen genügt manchmal nicht. Ihr dürft Euren Gelüsten nicht nachgeben – egal, welcher Natur sie sind. Es ist Sünde, egal, ob sie von der Wollust herrührten oder der Völlerei.«

Elias fühlte sich ertappt. Vermutlich sah Bruder Paulus seinen dicken Bauch. Und wenn er es bemerkte, dann taten es auch die anderen. Elias schnappte entsetzt nach Luft und fiel auf die Knie.

»Bitte! So lasst doch Gnade walten. Ich gestehe, dass ich mich der Völlerei schuldig gemacht habe, jedoch nicht der Wollust. Ich habe keine Weiber betrachtet und mich an ihrer Nacktheit ergötzt. Es ist mir fürchterlich unangenehm, dass der Abt nun schlecht von mir denkt. Ihr kennt die Wahrheit, und ich werde Euch meine wertvolle Silbermünze überlassen, wenn Ihr mir helft.«

Der Bibliothekar kniff abschätzend die Augen zusammen.

»Zeigt her«, befahl er mit gierigem Blick.

Elias zog seinen rechten Schuh aus und tastete darin nach der Münze. Doch sie war fort. Ungläubig drehte er den Schuh um und schlug ihn mehrfach auf den Boden. Da war keine Münze mehr. Er befühlte abermals das Innere des Schuhs, ohne Erfolg. Er wusste genau, dass er die Münze in der Nacht noch hatte.

»Sie ist nicht mehr da«, keuchte er entgeistert.

»Elender Lügner«, stieß Bruder Paulus aus, und schon sauste sein Ledergürtel auf ihn nieder.

* * *

Bastian gab Bruder Benedikt das leere Gefäß zurück, in dem der heilkundige Mönch für gewöhnlich Arsenik aufbewahrte.

»Verschließt Ihr diesen Schrank nicht?«, fragte er und versuchte sich vorzustellen, wie der Täter das Gift daraus entwendet hatte.

»Nein. Bisher habe ich es nicht getan, aber auf Anweisung des Abtes habe ich beim Schmied in Zons einen Riegel und ein Schloss bestellt, damit niemand mehr diesen Schrank plündern kann. Es tut mir unendlich leid, dass meine Nachlässigkeit Bruder Gregor und vielleicht auch Bruder Lorenz das Leben gekostet hat. Noch nie hat jemand etwas aus dem Kräutergarten gestohlen. Noch nie.« Bruder Benedikt schüttelte betrübt den Kopf.

»Habt Ihr eine Vorstellung, wer es genommen haben könnte?«, fragte Bastian.

»Das hätte ich Euch längst mitgeteilt. Einer Eurer Männer, Wernhart, war bereits hier und hat mich ausgefragt. Ich konnte ihm leider nicht weiterhelfen. Seitdem habe ich mir den Kopf zerbrochen und überlegt, ob hinter den Morden einer unserer Brüder stecken könnte. Doch ehrlich gesagt traue ich es keinem von ihnen zu. Warum auch? Wir sind eine Gemeinschaft und aufeinander angewiesen.«

»Warum habt Ihr das Arsenik nicht wieder aufgefüllt?«, wollte Bastian wissen.

»Das habe ich, allerdings benutze ich nunmehr ein anderes Gefäß.« Er senkte seine Stimme zu einem Flüstern. »Ich habe es versteckt. Schaut her.«

Bruder Benedikt ging zu dem Schrank und machte ihn auf. Er kniete sich hin, zog aus dem untersten Regal eine Kiste heraus und öffnete sie. Ein rundes Gefäß kam zum Vorschein. »Hier drin verwahre ich es. So lange, bis ich den Schrank abschließen kann, werde ich keinem davon erzählen. Nur der Abt weiß Bescheid und Ihr. Aber behaltet es für Euch.«

»Selbstverständlich«, versprach Bastian und spürte, wie sich seine Nackenhaare aufstellten. Bruder Benedikt hatte das neue Tongefäß nicht beschriftet. Wer immer unwissentlich mit dem Inhalt in Berührung kam, war des Todes.

»Mühlenberg?«, rief plötzlich jemand und hämmerte gegen die Tür der kleinen Hütte im hinteren Teil des Kräutergartens.

»Ich bin hier drin«, antwortete Bastian.

Ein junger Novize stürmte herein.

»Der Abt schickt mich«, sagte er atemlos. »Ihr sollt sofort in die Bibliothek kommen. Es ist von äußerster Dringlichkeit.«

Bastian ließ Bruder Benedikt und den Novizen wortlos zurück. Mit klopfendem Herzen rannte er über den Klostergrund. Aus der Bibliothek ertönte die aufgebrachte Stimme von Bruder Paulus.

Jetzt haben wir den Mörder!, dachte Bastian und riss die schwere Tür auf.

XII

GEGENWART

Oliver betrat das Apartment im Obergeschoss eines zweistöckigen Hauses, das sich im Westen von Zons, nahe des Krötschenturms, befand. Mitarbeiter der Spurensicherung huschten an ihm und Klaus vorbei. Ingrid Scholten erwartete sie schon. Obwohl es bereits mittags war, wirkte die Leiterin der Spurensicherung wie aus dem Ei gepellt. Ihre Frisur sah aus, als hätte sie die letzten Stunden beim Friseur und nicht am Fundort eines Mordopfers verbracht.

»Kommen Sie. Ich habe veranlasst, dass der Leichnam noch nicht gedreht wurde. Sie müssen unbedingt einen Blick darauf werfen. In all meinen Jahren der Berufstätigkeit habe ich bisher nichts Vergleichbares gesehen.«

Oliver schluckte und folgte Ingrid Scholten in das Schlafzimmer. Auf dem Bett lag eine tote Frau mit ausgebreiteten Armen auf dem Rücken. Erst bei genauerem Hinsehen wurde Oliver klar, was Ingrid Scholten meinte. Im Gesicht und im Hals steckten Scherben. Er trat näher ans Bett heran und inspizierte die Leiche.

»Leonie Fiedler, sechsundzwanzig Jahre alt, arbeitete in einem Kosmetikstudio in Zons und wurde seit drei Tagen vermisst. Ihr Freund hat es bei der Polizei gemeldet. Vor ein paar Stunden wollte er etwas aus der Wohnung holen und hat die Leiche entdeckt. Er sitzt in der Küche und steht unter Schock. Eine Kollegin ist bei ihm, um ihn ein wenig zu beruhigen. Vielleicht rufen Sie noch einen Arzt dazu«, erklärte Scholten, während Oliver das Gesicht des Opfers betrachtete.

Aus der Stirn ragte eine vier Zentimeter lange und ungefähr zwei Zentimeter breite Scherbe mit unregelmäßigen Zacken an den Rändern, so als ob sie aus einem Spiegel herausgebrochen wäre. Auch in den Wangen, dem Kinn und im Hals hatten sich Spiegelscherben wie Granatsplitter in die Haut der Toten eingegraben. Ihre Augen waren geschlossen, ebenso der Mund. Der Ausdruck in ihrem Gesicht schien merkwürdig friedlich, als ob der Tod ihr nicht besonders viel ausgemacht hätte. Trotzdem war sie alles andere als gewaltlos gestorben, denn ihre Brust und der Bauch waren ebenfalls mit Scherben übersät. Blutflecken hatten sich auf ihrer Bluse ausgebreitet. Und auch ihre Beine, die in einer blauen Jeanshose steckten, waren nicht von Scherben verschont geblieben. Oliver betrachtete die Lage des Opfers auf dem Bett und versuchte sich vorzustellen, wie sie zu Tode gekommen war. Doch es gelang ihm nicht. Die Frau musste geradezu in eine Explosion geraten sein oder war sie irgendwie in einen Spiegel gestürzt oder gefallen?

»Na prima«, brummte Klaus, der sich ebenfalls umgesehen hatte, und verzog das Gesicht. »Jetzt haben wir gleich zwei Fälle am Hals. Sollen wir uns klonen oder wie stellt Steuermark sich das vor? Ich finde, um diesen Täter hier sollte sich ein anderes Team kümmern.«

»Ich weiß nicht«, sagte Oliver und deutete auf die Tote. »Sie ist ein bisschen jünger als die Kinderpsychologin, aber es ist eine Frau und sie wohnt höchstens dreihundert Meter entfernt.«

»Dieses Opfer ist jedoch garantiert nicht vergiftet worden. Sie wurde regelrecht abgestochen. Das ist doch an Brutalität nicht zu toppen. Christine Hoffmeyer hatte kaum äußere Verletzungen. Der Täter hat bei ihr fast keine Gewalt angewandt. Nein, also für mich passen diese beiden Morde nicht übereinander«, gab Klaus zu bedenken.

»Sieh dir ihre Körperhaltung an«, fuhr Oliver fort. Für ihn waren die Parallelen offensichtlich.

»Hoffmeyer saß am Schreibtisch und das neue Opfer liegt im Bett. Auch da gibt es keine Gemeinsamkeiten«, fügte Klaus hinzu.

Oliver breitete demonstrativ seine Arme aus, um die Haltung nachzuahmen. Klaus betrachtete ihn mit einem skeptischen Blick. »Das könnte einfach Zufall sein.«

»Auch dieses Opfer wurde offenbar nicht hier am Fundort getötet«, argumentierte Oliver weiter. »Auf dem

Bett sind weder Blutflecken noch Scherben. In der ganzen Wohnung scheint nichts zerbrochen zu sein. Christine Hoffmeyer wurde ebenfalls nicht in ihrer Praxis ermordet.«

Klaus ließ die Schultern hängen. »Kumpel, wir haben im Fall Hoffmeyer bisher drei Verdächtige und keiner sticht wirklich heraus. Wir haben also genug zu tun. Es wäre besser, wenn ein anderes Team sich um diese Sauerei hier kümmert.«

»Wenn ich Ihre Diskussion kurz unterbrechen darf«, sagte Ingrid Scholten und setzte ein wissendes Lächeln auf. »Im Wohnzimmer auf dem Couchtisch liegt ein Brief, der an Oliver Bergmann adressiert ist. Ich denke, damit wäre die Zuständigkeit dann klar.«

Oliver lief sofort hinüber und nahm den Brief an sich. Die Handschrift erkannte er auf den ersten Blick. Sie war zierlich und formschön. Die Briefmarke fehlte und auf der Rückseite standen der Name und die Anschrift von Leonie Fiedler.

»Bitte schön«, sagte Ingrid Scholten, die ihm gefolgt war, und reichte ihm einen Brieföffner.

Oliver schlitzte den Brief vorsichtig auf und holte ein Blatt Papier heraus. Wie beim ersten Mal war derselbe Satz in lateinischer Sprache darauf zu lesen. Er überprüfte den Umschlag, doch er enthielt nichts weiter.

»Wir müssen Leonie Fiedler auf eine Verbindung zu einem Kloster überprüfen. Vielleicht stoßen wir bei ihr auf irgendetwas, was wir bisher übersehen haben.« Er blickte zu Klaus, der missmutig im Türrahmen lehnte.

»Ich fürchte, wir haben es mit einem Serientäter zu

tun. Es macht jedenfalls keinen Sinn, diesen Fall abzugeben.«

»Sieht so aus«, brummte Klaus und nahm ihm die Nachricht aus der Hand. »Hereditas monachorum taciturnorum altum in corde tuo inest«, las er vor und rieb sich das Kinn. »Dieses Vermächtnis hat meines Erachtens etwas mit der Auswahl der Opfer zu tun. Vielleicht verhalten sie falsch und verstoßen gegen das Vermächtnis der schweigenden Mönche. Das ist dann ihr Todesurteil.«

»Wäre möglich«, erwiderte Oliver. »Ich habe Emily gebeten, in dieser Sache zu recherchieren. Was das Mittelalter angeht, ist sie eine Expertin.«

»Gute Idee«, stimmte Klaus ihm zu und sah eine Reihe von Büchern durch, die im Regal neben dem Fernseher standen. »Für Geschichte hat sich Leonie Fiedler jedenfalls nicht interessiert. Scheint so, als wäre sie von Fantasy-Romanen fasziniert gewesen. Hier steht nichts anderes im Regal, noch nicht mal ein Reiseführer oder Ähnliches.«

»Was sind das für Blätter auf der Kommode?«, wollte Oliver wissen.

Klaus nahm die erste Seite und betrachtete sie. »Du wirst es nicht glauben, aber das sind Notenblätter. Und zwar nicht irgendwelche.« Er übergab ihm den ganzen Stapel und tippte auf das oberste Blatt. »Offenbar hat Leonie Fiedler ebenfalls in dem Kirchenchor gesungen.«

»Sie ist mir bei der Generalprobe gar nicht aufgefallen«, murmelte Oliver und musterte die Blätter, die aus einem handelsüblichen Drucker zu stammen schienen. Vermutlich dem von Julian Roth.

»Der Chorleiter hat kein Alibi für den Zeitraum, in dem Christine Hoffmeyer entführt und ermordet wurde. Wie sieht es mit Leonie Fiedler aus?«, fragte Klaus.

»Lass mich mal nachdenken«, erwiderte Oliver. »Wenn ich richtig zurückrechne, ist das neue Opfer am Montag verschwunden, zu dem Zeitpunkt, als wir Christine Hoffmeyer tot in ihrer Praxis aufgefunden haben.«

»Er holt sich also eine Frau nach der anderen«, stellte Klaus fest. »Und dieses Mal hat er sich sogar die Briefmarke gespart«, fügte er sarkastisch hinzu. »Er wusste, dass wir hierherkommen.«

»Den ersten Brief hat er viel später abgeschickt. Ich frage mich, warum?« Oliver seufzte resigniert.

»Vermutlich hat er ausspioniert, wer von der Kripo Neuss den Fall übernimmt«, mutmaßte Ingrid Scholten und verfrachtete die Botschaft in eine Asservatentüte. »Man weiß ja nie. Auf dem ersten Brief gab es keine Fingerabdrücke und keine DNA. Aber jeder macht mal einen Fehler.«

»Sie könnten recht haben mit Ihrer Idee, dass er uns ausspioniert hat«, sagte Oliver. »Trotzdem ist es eine erhebliche Abweichung, dass er den Brief hier direkt am Fundort platziert. Es fühlt sich an wie eine Machtdemonstration.«

»Genau«, stimmte Klaus zu. »Der Kerl macht uns klar, dass er uns immer einen Schritt voraus ist und er genau weiß, wo wir stehen.«

»Das ist überhaupt nicht gut«, seufzte Oliver. »Und

wenn er weitermacht wie bisher, dann hat er jetzt in diesem Augenblick bereits sein nächstes Opfer im Visier.«

* * *

Er lächelte zufrieden und schlenderte langsam an dem Haus in der Hubertusstraße vorbei, das beinahe wie ein Ameisenhaufen wirkte. Ständig kam jemand heraus oder ging hinein. Es herrschte Geschäftigkeit und das freute ihn. Die Blaulichter des Polizeiwagens ließen seine Nackenhaare hochstehen. Er liebte das Gefühl, der Gefahr so nahe zu kommen. Es gab ihm wirklich einen Kick. Was sollte daran also falsch sein? In diesem Moment spürte er die Anwesenheit Gottes so intensiv, dass er mit allem, was er tat, nur richtigliegen konnte.

Im Leben ging es um Liebe, um ein anständiges Miteinander und um Regeln. Alle drei Punkte zusammen ergaben die Grundlage für eine funktionierende Gemeinschaft. Hielten sich die Menschen nicht mehr an die Regeln, führte dies unmittelbar ins Chaos. Fehlte die Liebe, zerfiel der Zusammenhalt, und ohne Respekt vor dem anderen regierte bloß noch der Stärkere. Er würde dafür sorgen, dass die Menschen diese drei Punkte in den Mittelpunkt ihres Daseins rückten.

Er ging weiter und ließ das Haus hinter sich. In einem kurzen Moment des Bedauerns überlegte er, umzukehren und erneut am Ort des Geschehens vorbeizulaufen. Doch das wäre zu gefährlich. Die Polizei kannte die Gelüste nach einem Mord. Sie wussten, dass ein Mensch einen Höhepunkt wieder und wieder erleben wollte. Dazu brauchte er eine Verbindung zu dem Ort oder einem Objekt, das eine wichtige Rolle gespielt hatte. Doch er hatte andere Mittel, um in diesen Genuss zu kommen, als noch einmal dieses Haus in Augenschein zu nehmen. Abermals huschte ein Lächeln über sein Gesicht und er stieg in seinen Wagen. Gemächlich steuerte er ihn durch die engen Gassen von Zons und nickte einer Frau zu, die ihn zwar nicht kannte, aber trotzdem freundlich grüßte. Gut so. Wer sich ordentlich benahm, landete nicht auf seiner Liste. Er war kein Ungeheuer. Ganz im Gegenteil. Er stellte im Grunde genommen nur eine einzige Regel auf, die mehr als leicht einzuhalten war. Er war gar kein Mörder, sondern es waren die Menschen selbst, die sich ihres Lebens beraubten. Sie missachteten schlicht sein Verbot.

Er bog um ein paar Ecken und erreichte die ruhige Seitenstraße, an deren Ende er eine Wohnung angemietet hatte. Er parkte und sprang dann schnell die Treppen hinauf ins oberste Geschoss.

In seiner Wohnung trank er zuerst einen großen Schluck Wasser. Anschließend setzte er sich an den Schreibtisch und schaltete den Computer ein. Er öffnete ein Programm, mit dem er Videos bearbeiten konnte, und klickte eine Datei an, die er vor drei Tagen angelegt hatte. Ein Fenster erschien und zeigte einen Raum, in dem eine junge Frau mit langen dunklen Haaren auf dem Boden saß. Sie wirkte eigentlich recht entspannt. Zumindest in Anbetracht der Tatsache, dass er sie eine Stunde vorher aus ihrer Wohnung gelockt, betäubt und in den Kofferraum seines Wagens verfrachtet hatte. Die Frau vor ihr war bei Weitem nicht so ruhig geblieben. Sie hatte ständig geschrien und gegen die Wände und die Tür gehämmert. Dabei hatte er ihr erklärt, dass das völlig zwecklos wäre. Manche Menschen hörten einfach nicht zu.

Leonie Fiedler hingegen hatte sich gut gemacht. Eine lange Zeit hatte er geglaubt, sie könnte diese Prüfung bestehen. Aber es war anders gekommen. Zunächst hatte sie ruhig dagesessen, die Arme um den Oberkörper gelegt und die Augen geschlossen. Sie hielt sich an das, was er ihr gesagt hatte. Doch zu diesem Zeitpunkt war sie auch gerade erst angekommen. Wie es wirklich um ihre Geduld stand, wusste er ein paar Stunden später. Er spulte zu der Stelle vor, an der sie die Nerven verlor, und schüttelte bedauernd den Kopf. Bis zu diesem Zeitpunkt hatte er an sie geglaubt. Er hatte ihr Mut zugesprochen. Sogar für sie gebetet. Doch dann war sie völlig unerwartet aufgesprungen und zu dem Spiegel gegangen, den er extra für sie verhängt hatte.

Natürlich war sie wunderschön. Das war ihm nicht entgangen. Sie besaß Charme, und er musste unumwunden zugeben, dass er ihre Nähe mied, weil er das Verlangen spürte, ihr zu vergeben. Doch was er dachte, spielte keine Rolle. Sie war diejenige, die das Tuch wegriss und sich im Spiegel betrachtete. Daraufhin bemerkte sie den Dreck an ihrer Hose. Er hatte ihre Kleidung vorher mit einer hässlichen grünen Farbe besprüht. Unwillkürlich musste er grinsen. Ihr Hinterteil sah aus, als wäre sie in einen großen Topf voller

Spinat gefallen. Sie schrie entsetzt auf und klopfte auf ihrem Hintern herum, als ob sie dadurch die Farbe wegbekäme. Sie entdeckte auf ihrem Oberteil, einer stylishen langärmligen Bluse, ebenfalls Flecken. Hierfür hatte er ein natürliches Braun gewählt. Es sah aus, als wäre sie mit der Bluse im Kuhstall gewesen und hätte beim Ausmisten geholfen. Leonie Fiedler litt wie erwartet unter dem Makel an ihrer Kleidung und verbrachte die nächsten Stunden damit, an den Flecken zu rubbeln, ohne sich dabei auszuziehen. Er hatte ihr Waschmittel, einen Lappen und eine Holzschüssel hingestellt. Natürlich auch etwas zum Essen und Getränke. Doch das schien sie völlig vergessen zu haben. Er fragte sich, ob dieses Verhalten ihre Art war, die Panik in den Griff zu bekommen. Schließlich befand sie sich an einem fremden Ort. Sie war eingesperrt und ein vermummter Mann hatte ihr Anweisungen erteilt. Sie würde vielleicht nicht bestehen, doch weil sie so gut aussah, trotz ihrer ruinierten Kleidung, schaltete er den Mechanismus noch nicht scharf. Er war schließlich kein Unmensch.

Am nächsten Morgen zeigte er ihr seinen guten Willen. Er brachte ihr Kaffee und Croissants. Es sollte ihr gut gehen und vielleicht gab seine Geste ihr Kraft. Er verhängte den Spiegel erneut und sagte:

»Du weißt, es gibt nur ein einziges Verbot. Sieh dich nicht im Spiegel an.« Er sprach mit großer Ruhe und versuchte, seine Stimme freundlich klingen zu lassen. Er wollte zu ihr durchdringen, ihr helfen, ihr Schicksal anzunehmen. Und für die nächsten Stunden wuchs sein

Optimismus, bis er später am Abend doch eines Besseren belehrt wurde.

Sie hätte wissen müssen, dass die Umgehung seines Verbotes Konsequenzen hatte. Glaubte sie wirklich, er würde sie nicht beobachten und nicht mitbekommen, was sie tat?

Er spulte das Video zur entscheidenden Stelle vor und seufzte. Leonie Fiedler war nicht nur eitel, sondern offenbar auch überheblich. Glaubte sie tatsächlich, sie könnte ihn überlisten, indem sie das Tuch bloß ein Stückchen zur Seite schob?

Er hatte ihr das Verbot unmissverständlich genannt. Wie konnte sie so arrogant sein und es ignorieren? Hochmut kam vor dem Fall. Sein Mechanismus sprang zuverlässig an. Der Spiegel explodierte und zersprang in tausend Stücke. Er hielt das Video an und betrachtete die Szene, in der ein scharfkantiges Stück ihre Halsschlagader zerfetzte.

Was sollte er sagen? Das kleine Miststück hatte es nicht anders verdient. Er hatte eine Mission und er würde sie weiterverfolgen. Er beendete das Video, nahm den Stift zur Hand und begann die Details seines nächsten Plans auszuarbeiten.

Sie hatten gemeinsam mit der Spurensicherung die letzten Stunden damit zugebracht, jeden Zentimeter von Leonie Fiedlers Wohnung zu durchforsten. Oliver suchte nach einem weiteren Holzkästchen, einem

Schlüssel oder vielleicht einem Buch, das der Täter hinterlassen haben könnte. Doch in der ganzen Wohnung war nichts dergleichen zu finden. Warum hatte der Täter beim ersten Opfer einen goldenen Schlüssel hinterlegt und beim zweiten nicht? Was sollte er mit diesem Schlüssel anfangen? Er hatte auch die Wohnung von Leonie Fiedler nach möglichen Schlössern durchsucht. Die Frau besaß allerdings von einem abschließbaren Schmuckkästchen einmal abgesehen nichts, das nur annähernd in Betracht kam. Sie hatten Fingerabdrücke sichergestellt, die nicht zum Opfer passten. Vermutlich gehörten sie dem Freund, der einen Zweitschlüssel zu der Wohnung hatte und der mit rot geweinten Augen in der Küche saß und Oliver verzweifelt anblickte.

»Sie kennen also niemanden, dem Sie so etwas zutrauen würden?«

»Nein. Jedenfalls nicht aus dem wahren Leben.«

Oliver hakte nach. »Wie meinen Sie das?«

»Leonie hatte einen Beauty-Blog und war auf allen bekannten Social-Media-Plattformen unterwegs. Sie hat Tipps fürs Schminken und so gegeben. War ein Frauending. Mich hat es nicht sonderlich interessiert. Aber sie hat damit einen ordentlichen Batzen Geld im Monat verdient. Das fand ich richtig cool. Jedenfalls hat jeder, der im Netz aktiv ist, auch Hater. Das sind Menschen, denen nicht gefällt, was du tust. Und Leonie hatte da ein paar schräge Tanten, die ihr böse Nachrichten geschrieben haben. So nach dem Motto: Du siehst aus wie eine Hure. Warum verkaufst du dich so billig? Du bist eine Schande für jede Frau. Na ja, ich könnte das endlos fortführen.«

»Und hat sie sich deswegen Sorgen gemacht?«

»Nein. Nicht besonders. Sie meinte, es wäre normal, und je bekannter sie würde, desto mehr solcher Anfeindungen gäbe es. Sie sah es als Zeichen ihres Erfolges. Und schauen Sie doch mal in ihren Kleiderschrank. Da hängen total edle Klamotten drin und die sind alle geschenkt. Sie musste sie nur tragen und ein paar Videoclips damit drehen.«

Oliver nickte. »Und wie sieht es mit Ihnen aus? Hatten Sie keine Sorge um Ihre Freundin? Es ist doch vermutlich nicht so schwer, ihre Adresse herauszubekommen.«

Fabian Schmidt winkte ab. »Leonie ist tough. Die lässt sich nichts gefallen. Ich meine ...« Er geriet ins Stocken und schon schossen ihm wieder Tränen in die Augen. »Verdammt. Sie war tough. Wirklich. Ich verstehe überhaupt nicht, wieso sie mich nicht angerufen hat. Da gab es doch bestimmt eine Möglichkeit. Ich hätte sie retten können.«

»Glauben Sie mir, das hätten Sie nicht«, versuchte Oliver ihn zu beruhigen. »Wir haben es hier mit einem Täter zu tun, der Erfahrung mitbringt. Ihre Freundin hatte leider keine Chance.«

»Aber wenn ich wenigstens bei ihr gewesen wäre, könnte sie noch leben.«

»Wir gehen davon aus, dass sie beobachtet wurde. Sie hätten doch nicht vierundzwanzig Stunden am Tag an ihrer Seite verbringen können. Irgendwann hätten

Sie arbeiten oder einkaufen müssen. Dann hätte der Täter zugeschlagen. Wie gesagt, Sie hätten es nicht verhindern können. Ihre Freundin wurde aus einem bestimmten Grund ausgesucht, und wir versuchen herauszufinden, welcher das sein könnte. Wissen Sie, ob Leonie Kontakt zu einem Kloster hatte oder zu Mönchen?«

Fabian Schmidt sah ihn unsicher an. »Nein. Nicht, dass ich wüsste.«

»Wie gut kennen Sie die Familie? Ist jemand von ihnen Mitglied in einem Orden?«

»Das kann ich nicht sagen. Wir sind erst seit sechs Monaten zusammen. Sie hat mir erzählt, was ihre Verwandten so machen, aber Mönche oder ein Kloster waren nicht dabei. Wobei Leonie gerne in die Kirche ging. Hauptsächlich wegen des Chors. Sie fand es praktisch, dass sie zu Fuß dorthin gehen konnte.«

Es klopfte an der Küchentür und Ingrid Scholten erschien. In ihrem Blick stand etwas, das Oliver alarmierte. Er sprang auf und eilte zur Tür.

»Die Technik hat es geschafft, die zuletzt gelöschten Nachrichten auf Christine Hoffmeyers Anrufbeantworter wiederherzustellen. Es hat eine Weile gedauert, aber dafür hat es sich gelohnt«, flüsterte Scholten.

Oliver sah sie fragend an.

»Sie wurde erpresst. Kommen Sie!«

XIII

VOR FÜNFHUNDERT JAHREN

»Könnt Ihr denn die Wahrheit nicht sehen?«, schrie der Bibliothekar und baute sich vor Bastian auf. »Hinter allem steckt Bruder Elias. Erst gestern hat er sich in mein Schlafgemach geschlichen und mir aufgelauert. Mitten in der Nacht. Er wollte mir das Leben nehmen. So wie er es schon bei Bruder Gregor und Bruder Lorenz getan hat.«

Bastian hielt den Mönch mit der flachen Hand auf Abstand. Augenblicklich wich Paulus zurück.

»Bruder Paulus, wir haben Euch mit Bruder Elias in der Bibliothek angetroffen. Ihr habt ihn die Treppen hinaufgezerrt und gegen die Wand geschleudert.«

»Richtig. Dabei ist dieses Fach aufgegangen, und ich schwöre bei Gott, dem Allmächtigen, dass ich hiervon vorher nichts wusste. Bruder Elias steckt dahinter. Warum glaubt Ihr mir nicht?«

Bastian sah sich Hilfe suchend zum Abt um, der

ruhelos hinter ihm hin und her lief. Die Befragung entwickelte sich völlig anders, als er es sich vorgestellt hatte. Ein rasches Geständnis konnte er vergessen. Theodor von Grünwald hatte wie versprochen die Bibliothek beobachten lassen. Es hatte keine Stunde gedauert, bis das geheime Fach von Bruder Paulus und Bruder Elias geöffnet worden war.

Was sollte Bastian davon halten? Man hatte Bruder Paulus mit einem Gürtel in der Hand gefunden, mit dem er unablässig auf den jüngeren Elias einprügelte. Der Bibliothekar hatte den jungen Mönch vor sich hergetrieben wie ein Stück Vieh. Sie kamen aus dem Keller und endeten vor dem Regal, in dem die Buchtitel mit T begannen. Bruder Paulus stieß den jungen Elias gegen die Wand und der Mechanismus wurde ausgelöst. Der Abt persönlich hatte wenig später eingreifen müssen, um die Streithähne auseinanderzubringen. Bruder Elias ließ seine Wunden von Bruder Benedikt behandeln, der sie mit einer klostereigenen Heilsalbe versorgte. Den Bibliothekar hingegen hatten sie in eines der Verliese im Keller des Haupthauses gesperrt.

»Bruder Elias hat mich um eine wertvolle Silbermünze betrogen. Deshalb habe ich ihn gezüchtigt. Was ist daran falsch? Die Lüge auf den Lippen dieses Burschen ist Sünde und muss aus ihm herausgeprügelt werden.« Bruder Paulus hielt Abstand von Bastian, funkelte ihn jedoch zornig an.

»Wie könnte ein junger Mönch wie Bruder Elias in den Besitz einer so wertvollen Münze gelangen?«, fragte Bastian, der dem Bibliothekar kein Wort glaubte.

Dieser Mann war nicht nur brutal, er hatte ihm auch das Buch über die schweigenden Mönche vorenthalten. Er verfolgte seine eigenen Ziele und nun wollte er Bruder Elias die zwei Morde in die Schuhe schieben.

»Das kann ich Euch sagen. Er hat sie von Bruder Gregor gestohlen. Gregor stammte aus einer wohlhabenden Familie. Er besaß wertvolle Dinge. Vieles hat er dem Kloster gestiftet. Einige Schmuckstücke behielt er jedoch. Und jetzt ist er tot und Bruder Elias besitzt wie aus dem Nichts eine silberne Münze.« Der Bibliothekar tippte sich an die Stirn.

»Eure Worte sind nicht von der Hand zu weisen«, sagte der Abt, der sich neben Bastian gestellt hatte.

»Trotzdem seid Ihr es, werter Bruder Paulus, der ständig in der Bibliothek tätig ist. Es verwundert schon sehr, dass Ihr von diesem Fach nichts gewusst haben wollt. In den letzten Monaten habt Ihr die Bibliothek beständig weiter ausgestattet und verschönert. Es schien mir ganz, als würdet Ihr jeden noch so kleinen Winkel kennen.«

»Natürlich kenne ich jeden Winkel. Aber bitte bedenkt, dass Bruder Benedikt die handwerklichen Aufgaben erledigt hat. Ich habe zwei linke Hände, was das betrifft. Glaubt Ihr wirklich, ich könnte eine Tür oder eine Klappe in eine Wand einlassen? Meine Liebe gilt den Büchern. Ich lese und bilde mich unablässig fort. Doch ich kann keinen Stein auf den anderen setzen.«

Die Befragung hatte keinen Sinn. Bastian brauchte ein Geständnis.

»Ich frage Euch geradeheraus: Habt Ihr Bruder

Gregor und Bruder Lorenz umgebracht?«, fragte er deshalb, um die Sache zu beenden.

»Nein«, stieß Bruder Paulus aus und verschränkte trotzig die Arme vor der Brust.

»Haltet still. Ich will Euch durchsuchen«, sagte Bastian streng und tastete den Bibliothekar von oben bis unten ab.

»Ich habe nichts in meinen Taschen«, jammerte Bruder Paulus.

»Keine Waffe und keine Münze«, bestätigte Bastian und sah zum Abt. »Was habt Ihr nun mit ihm vor?«

Theodor von Grünwald stieß einen tiefen Seufzer aus.

»Bruder Paulus, Ihr bleibt für einen Tag bei Wasser und Brot hier im Verlies. Seht es als Buße dafür, dass Ihr Bruder Elias ohne meine Erlaubnis geschlagen habt.« Die Stimme des Abtes senkte sich zu einem wütenden Zischen. »Und falls Ihr etwas mit den Morden zu tun habt, erwarte ich Euer Geständnis.«

»Nein! Lasst mich nicht allein hier unten mit den Ratten. Bitte! Ich flehe Euch an.«

Doch Theodor von Grünwald hatte sich bereits abgewandt und die Zelle verlassen. Bastian schloss ab und folgte ihm.

»Ich werde aus dem Bibliothekar nicht schlau«, gestand er dem Abt, als sie wieder vor dem Haupthaus des Klosters standen.

»Ich auch nicht, mein lieber Bastian Mühlenberg. Bruder Paulus ist für seinen Jähzorn bekannt, keine Frage. Doch er lebt seit vielen Jahren mit uns, und mir fällt kein Grund ein, warum er plötzlich zum Mörder werden sollte. Es stimmt, dass er mit Bruder Lorenz hin und wieder schimpfte, weil er faul war. Doch auf Bruder Gregor hielt er große Stücke, abgesehen davon, dass Gregor es manchmal mit seinem Ehrgeiz übertrieb. Er schielte immer neidisch auf Bruder Paulus' Arbeiten, doch dieser ließ ihn trotzdem gewähren.« Der Abt verzog das Gesicht und hob die Hände zum Himmel. »Möge Gott uns den richtigen Weg weisen.«

»Ich werde weiter nach einem Schloss für den goldenen Schlüssel suchen. Aber zunächst möchte ich mit Bruder Elias sprechen, wenn Ihr erlaubt.«

»Natürlich. Tut alles, was nötig ist.« Der Abt lächelte traurig und begab sich zur Kapelle, während Bastian sich zum Kräutergarten aufmachte, wo Bruder Benedikt den jungen Mönch versorgte.

Er betrat zum zweiten Mal an diesem Tag die kleine Holzhütte. Bruder Elias stand mit freiem Oberkörper da und zuckte zusammen, als er ihn bemerkte. Der junge Mönch lief im Gesicht puterrot an und griff hastig zu seiner Kutte.

»Nicht doch, Bruder Elias! Ihr verschmiert die kostbare Salbe!«, schimpfte Bruder Benedikt und riss ihm die Kutte aus der Hand. »Die Salbe muss erst vollständig einziehen, sonst hilft sie nicht.« Er ging einmal um Elias herum und überprüfte kopfschüttelnd den Schaden.

»Ach Bruder Elias, ich fürchte, wir müssen noch einmal von vorn anfangen. Stellt Euch gerade hin und haltet still. Anderenfalls wird Euer Rücken demnächst von Narben übersät sein.« Bruder Benedikt wandte sich zu Bastian. »Ist es nicht schrecklich, wie Bruder Paulus unseren Elias zugerichtet hat? Ich hoffe, er wird dafür bestraft.«

»Er verbringt den Tag bei Wasser und Brot im Verlies«, erwiderte Bastian und betrachtete die blutigen Striemen auf dem Körper des jungen Mönches.

»Tut es sehr weh?«, fragte er mitfühlend.

Bruder Elias senkte den Blick und nickte schüchtern. Der arme Junge konnte ihm nicht eine Minute in die Augen schauen.

»Unter anderen Umständen würde ich später wiederkommen«, erklärte Bastian. »Ich verstehe, dass Euch diese Situation unangenehm ist, aber ich habe einige dringende Fragen.«

»Das ist schon in Ordnung«, antwortete Bruder Elias. »Ich bin es nur nicht gewohnt, halb nackt vor einem Stadtsoldaten zu stehen.« Sein großer Kehlkopf hüpfte hoch und runter. Er machte Anstalten, die Arme vor dem Oberkörper zu verschränken, doch Bruder Benedikt hielt ihn mit einer schnellen Bewegung davon ab.

»Denkt an die Narben. Ihr habt noch eine makellose Haut. Versuchen wir, sie zu retten.«

»Erzählt mir von der silbernen Münze, Bruder Elias«, bat Bastian.

»Ich habe sie verbotenerweise behalten«, gestand Bruder Elias leise. »Sie war die ganze Zeit, seit ich hierhergekommen bin, in meinem rechten Schuh. Ich wollte sie Bruder Paulus überlassen, damit er meinen Ruf beim Abt wiederherstellt. Aber als ich sie ihm geben wollte, war sie verschwunden. Gestern Nacht hatte ich sie noch. Da bin ich sicher.«

»Was ist denn mit Eurem Ruf geschehen?«, fragte Bruder Benedikt neugierig. Er hatte offenbar von der Angelegenheit mit dem sündigen Buch nichts mitbekommen.

Bruder Elias zögerte mit einer Antwort. Er stand stocksteif da, und Bastian beschloss, ihm zu Hilfe zu kommen.

»Bruder Elias sollte für den Abt ein Buch über Schweigemönche heraussuchen. Er hat jedoch zu einem anderen, falschen Buch gegriffen, das Bruder Paulus ihm wohl untergeschoben hat. Der Abt war nicht begeistert, weil er dachte, Bruder Elias befolgt seine Anweisungen nicht.«

Bruder Elias nickte eifrig. »Ganz genau so ist es vorgefallen.«

»Verstehe«, sagte Bruder Benedikt gelangweilt und betupfte die letzten Stellen auf Elias' Rücken mit der Salbe.

»Und warum habt Ihr dem Bibliothekar in der Nacht an seiner Schlafstätte aufgelauert?«, wollte Bastian wissen.

Bruder Benedikt hielt mit seiner Arbeit inne. »Ihr wart in unserem Schlafgemach? Wirklich? Das habe ich nicht mitbekommen.«

Er blickte zu Bastian und erklärte: »Bruder Anselm, Bruder Clemens, Nikolaus und meine Wenigkeit teilen sich mit Bruder Paulus einen Saal.«

»Ich wollte mit ihm reden und ihm dort bereits die

Münze geben, aber er hat mich hinausgeworfen und wollte nicht gestört werden.«

Bastian musterte den jungen Mönch. Er schien ihm aufrichtig zu sein, doch die Tatsache, dass er mitten in der Nacht durchs Kloster schlich, erschien ihm merkwürdig. Bastian überlegte, was ihm sein Freund Wernhart zu Bruder Elias berichtet hatte. Aber es fiel ihm im Moment nicht mehr ein.

»Seid Ihr des Öfteren nachts im Kloster unterwegs?«, fragte er daher.

Bruder Elias schüttelte energisch den Kopf, sodass Bruder Benedikt erneut mit ihm schimpfte.

»So haltet doch endlich still!«

»Wer könnte denn aus Eurer Sicht zu zwei Morden fähig sein?«, wollte Bastian wissen.

»Das weiß ich nicht. Jedenfalls ist es keiner von uns.«

»Da muss ich Bruder Elias zustimmen. Von uns ist es niemand«, bestätigte Bruder Benedikt.

Bastian verstand, dass die Mönche so dachten. Er allerdings zweifelte daran. Der Täter hatte Arsenik aus dem Kräutergarten gestohlen. Das bedeutete, er hatte Zugang zum Kloster oder er lebte hier. Keinesfalls durfte Bastian die Mönche als mögliche Täter ausschließen. Und im Gegensatz zum Abt traute er dem Bibliothekar einiges zu. Er zog in Betracht, die beiden Mönche nach dem goldenen Schlüssel zu fragen, verzichtete jedoch darauf. Je weniger Personen davon wussten, desto besser.

»Übermittelt mir eine Nachricht, falls Euch irgendetwas einfällt oder zu Ohren kommt«, sagte er und ließ Bruder Elias und Bruder Benedikt allein.

* * *

Bastian hatte sich mit Pfarrer Johannes in den kleinen Raum hinter dem Altar der Kirche begeben und streckte ihm den goldenen Schlüssel entgegen.

»Kennt Ihr diesen Schlüssel oder habt Ihr eine Ahnung, wozu er passen könnte?«

Pfarrer Johannes nahm den Schlüssel und betrachtete ihn sorgfältig. Sein Blick verweilte auf den feinen Verzierungen, und er runzelte nachdenklich die Stirn.

»Dieser Schlüssel ist sehr alt, nicht wahr? Leider kann ich Euch nicht sagen, wozu er passt.«

Der Pfarrer gab ihm den Schlüssel wieder und lehnte sich in seinem Stuhl zurück.

»Aber es gibt verschiedene Möglichkeiten, die Ihr prüfen könnt. Ein Kloster hat unzählige Türen und einige dürften so alt wie dieser Schlüssel sein. Falls es also eine Tür ist, dann sucht nach etwas Altem. Dieser Schlüssel könnte jedoch ebenso gut in eine Truhe passen. Erinnert Ihr Euch an die Truhe der Schützenbruderschaft? Drei Schlüssel waren nötig, um sie zu öffnen. Seht Euch also im Kloster nach einer Truhe um oder nach einem Schrank. Übrig bliebe daneben noch die Möglichkeit, dass dieser Schlüssel symbolischer Natur ist und es kein entsprechendes Gegenstück gibt.«

Pfarrer Johannes erhob sich und holte das Buch über

den Orden der schweigenden Mönche, das Bastian ihm anvertraut hatte, aus dem Regal.

»Wir haben in diesem Buch nichts über ein Vermächtnis entdeckt. Vielleicht müssen wir nach einem Schlüssel suchen.«

»Das könnte die Lösung sein«, sagte Bastian aufgeregt und schlug das Buch auf.

Er überflog mit Pfarrer Johannes Seite für Seite, doch je länger er blätterte, desto mutloser wurde er. Nachdem er die letzten Seiten durchgesehen hatte, klappte er das Buch enttäuscht zu.

»Anscheinend hat der Orden der schweigenden Mönche weder etwas mit einem Vermächtnis noch mit einem goldenen Schlüssel zu tun. Doch aus welchem Grund hat der Täter seinen Opfern dann diese Botschaft mitgegeben? Was verstehe ich daran bloß nicht?« Er fuhr sich ratlos durch die Haare und blickte Pfarrer Johannes Hilfe suchend an.

»Ich gräme mich ebenfalls, mein lieber Junge. Ihr habt recht. Es muss einen Zusammenhang geben. Wir sind blind. Aber warum?« Pfarrer Johannes legte abermals die Stirn in Falten und grübelte weiter.

Bastian durchforstete erneut das Buch. Er nahm das Holzkästchen und betrachtete den Schlüssel darin. Dann klopfte er das Kästchen vorsichtig von allen Seiten ab und lauschte nach einem Hohlraum. Doch er fand nichts. Er dachte an den Bibliothekar, der bei Wasser und Brot im Verlies ausharrte. War Bruder Paulus der Mörder, nach dem er suchte? Plötzlich fiel ihm wieder etwas ein.

DAS VERBOT

»Pfarrer Johannes, habt Ihr die Liste von Zonser Bewohnern zusammengestellt, die der lateinischen Sprache mächtig sind?«

Johannes verzog die Mundwinkel. »Die Liste bringt uns nicht weiter. Mir sind nur drei Personen eingefallen und keine von ihnen würde jemanden töten.«

»Wer sind diese Leute?«

»Es sind der Gerichtsschreiber, der Zöllner und der Arzt.«

»Nun, Josef Hesemann können wir streichen«, stieß Bastian aus.

Pfarrer Johannes nickte zustimmend. »Der Gerichtsschreiber Martin Aldenhoven ist ein Greis und der Zöllner lag in der letzten Woche mit Gliederschmerzen im Bett. Ich weiß das, weil ich ihn besucht habe, um ihm beizustehen. Die Gicht hat sich seines Körpers bemächtigt.«

»Und sonst kennt Ihr niemanden?«

Johannes schüttelte den Kopf. »Nein, von uns beiden und den Mönchen einmal abgesehen. Wir sollten jedoch nicht hier herumsitzen und Trübsal blasen. Machen wir damit weiter, die Türen des Klosters zu überprüfen. Wir nehmen uns zuerst alle vor, die älter als zehn Jahre sind.«

Bastian winkte ab. »Das habe ich bereits getan. Der Schlüssel passt nirgendwo und auch der Abt wusste keinen Rat. Deshalb bin ich zu Euch gekommen.«

Der rundliche Pfarrer musterte ihn. Nach einer Weile fragte er: »Habt Ihr eigentlich schon in der Klosterkapelle nachgeschaut? Ich erinnere mich an meine

Zeit im Kloster Brauweiler. Damals wurden in der Krypta auch Reliquienschreine aufbewahrt. Dazu könnte der goldene Schlüssel vielleicht passen.«

»Ich weihe Wernhart ein. Er soll uns helfen, die Krypta zu durchsuchen.« Bastian sprang auf und rannte los.

»Ich hole Euch auf dem Weg zum Kloster ein«, rief er, als er die Kirchentür erreichte, und schlüpfte hinaus.

Bastian eilte zum Feldtor, wo er Wernhart schon von Weitem sah, und winkte ihm zu.

»Wernhart, komm. Überlass Heinrich die Wache. Ich brauche dich im Kloster.«

Wernhart folgte ihm im Laufschritt durch die Schloßstraße. »Was ist los? Ist noch ein Mönch ermordet worden?«

»Nein. Aber du musst mir und Pfarrer Johannes helfen, nach etwas zu suchen. Ich erkläre es dir, sobald wir da sind.«

Sie holten Pfarrer Johannes kurz vor dem Kloster am Juddeturm ein. Zu dritt schritten sie auf die Klosterpforte zu und Bastian klopfte dagegen. Das kleine Fenster öffnete sich und Bruder Anselm schaute heraus.

»Ihr schon wieder?«, fragte er überrascht. »Wollt Ihr bald unserem Orden beitreten?«

»Nichts für ungut, Bruder Anselm, aber wir müssen dringend zur Kapelle.«

»Zur Kapelle? So, so ... und weiß der Abt darüber Bescheid?« Bruder Anselm hatte die Augen zu schmalen Schlitzen zusammengezogen. »Ihr wisst, ich stehe momentan nicht sonderlich in seiner Gunst. Ich lasse Euch nur ein, wenn der Abt einverstanden ist.«

»Das ist er. Darauf gebe ich Euch mein Wort, und nun lasst uns ein, Bruder Anselm.«

Die schwere Klosterpforte öffnete sich knarrend. Der Mönch nickte ihnen zu und ließ sie eintreten. Bastian bemerkte, dass er wie zuvor einen Köcher mit Pfeilen um seinen breiten Oberkörper trug.

»Wir danken Euch«, sagte er und ging voraus auf die Kapelle zu, die sich mitten auf dem Klostergelände erhob. Noch hatten sie ein wenig Sonnenlicht. Bald jedoch würden sie Fackeln benötigen.

In der Kapelle begab sich Bastian hinter den kunstvoll geschnitzten Altar und öffnete die kleine, hölzerne Tür. Pfarrer Johannes und Wernhart folgten ihm die schmalen Stufen hinab. Sie mussten dabei die Köpfe einziehen, um nicht an die niedrige Decke zu stoßen. Mit jedem Schritt wurde die Luft kühler und feuchter. Als sie unten ankamen, umhüllte sie die Stille wie ein dichter Mantel. Es roch nach Erde und altem Gestein. Ein paar Kerzen spendeten spärliches Licht.

Bastian sah sich um.

»Am besten, wir teilen uns auf«, sagte er leise. »Wernhart, du schaust dich ganz hinten nach einer Tür, einer Truhe oder einem Schloss um, in das dieser goldene Schlüssel passen könnte.« Er zog vorsichtig das Holzkästchen unter seinem Wams hervor und öffnete es.

»Ich dachte, wir suchen nach einem Buch«, stieß Wernhart überrascht aus und schlug sich sogleich erschrocken die Hand vor den Mund, weil seine Worte in der Krypta widerhallten.

»Aber wie ich höre, ist es jetzt ein Schloss«, flüsterte er und verschwand ans linke Ende der Krypta, um mit der Suche zu beginnen.

Pfarrer Johannes wandte sich nach rechts und Bastian übernahm den Mittelteil. Er ging an uralten Grabstätten vorbei, in denen längst verstorbene Mönche und Äbte des Klosters ihre ewige Ruhe gefunden hatten. Genau in der Mitte der Krypta stand ein Reliquienschrein, der fast so groß wie ein Schrank war und mehrere abschließbare Fächer besaß. Gespannt nahm Bastian den Schlüssel und probierte jedes der zehn Schlösser aus, doch keines ließ sich öffnen. Er sah sich nach Pfarrer Johannes um, der sich an der Wand zu schaffen machte.

»Habt Ihr etwas gefunden?«

Johannes richtete sich ächzend auf und schüttelte den Kopf.

»Nein. Ich glaubte zuerst, ein Stein im Mauerwerk sei locker, aber es war eine Täuschung. Hier auf meiner Seite ist absolut nichts, was uns weiterbringt.«

Bastian rief nach Wernhart und erkannte dessen Antwort bereits in seinem Blick, bevor er zu sprechen begann.

»Hier sind nur Steinsärge und die nackte Wand. Nichts, wo ein Schlüssel hineinpassen könnte. Gibt es noch einen anderen Ort, an dem wir suchen könnten?«

Bastian ließ enttäuscht die Schultern hängen.

»Ich habe in der Bibliothek, im Haupthaus und in

der Hütte im Kräutergarten wirklich jedes Schloss überprüft. Nirgendwo passt der Schlüssel. Es existiert hier bloß ein Ort, an dem ich bisher nicht richtig nachgesehen habe, und dort gehen wir jetzt hin.«

Vor seinem inneren Auge tauchte das Gesicht des Bibliothekars auf. Vielleicht wurden sie in den Tiefen des Klosterverlieses fündig.

XIV

GEGENWART

Den Freund des Opfers hatten sie nach Hause geschickt, nachdem Oliver zum Schluss gekommen war, dass er als Täter ausschied. Fabian Schmidt war mit Freunden auf einem Ausflug gewesen, eine Tatsache, die mehrere Zeugen bestätigten. Anders verhielt es sich bei Julian Roth, mit dem Leonie Fiedler jeden Montag im Chor sang, und das seit fast zwei Jahren. Roth kannte beide Opfer. Zudem stammten die Noten aus dem Holzkästchen, das sie in der Wohnung von Christine Hoffmeyer gefunden hatten, von einem Musikstück, das er für den nächsten Chorauftritt ausgewählt hatte. Für die Zeitpunkte, zu denen die Opfer verschwunden und ermordet worden waren, konnte Roth kein Alibi vorweisen. Hinzu kam, dass Lukas Brandner, ein achtzehnjähriger Schüler, beobachtet hatte, wie Roth Christine Hoffmeyers Wohnung ausspionierte. Jetzt verstanden sie auch den Grund dafür.

Die Leiterin der Spurensicherung hatte es sich auf Klaus' Bürostuhl bequem gemacht und spielte ihnen eine wiederhergestellte Nachricht von Christine Hoffmeyers Anrufbeantworter vor, die ihnen den Atem verschlug.

»Wenn das nicht für einen Haftbefehl reicht, fresse ich einen Besen«, brummte Klaus.

Oliver stimmte ihm zu, fragte sich jedoch trotzdem, wie all dies mit dem zweiten Opfer zusammenhing. Möglicherweise hatte Julian Roth nach seinem ersten Mord einfach Gefallen am Töten gefunden und in der attraktiven Leonie Fiedler aus seinem Chor ein leichtes Opfer gesehen.

»Lasst uns die Nachricht noch einmal hören«, sagte Oliver und sofort drückte Ingrid Scholten die Wiedergabetaste auf dem Computer erneut. Julian Roths Stimme erklang:

»Hallo, Christine, hier ist Julian. Hör mal, ich brauche das Geld, und eigentlich dachte ich, du würdest es mir freiwillig geben. Aber da du dich weigerst, muss ich jetzt leider deutlicher werden. Ich weiß von deiner Affäre mit Hendrik Rast, und wenn du mir die dreitausend Euro nicht gibst, mache ich es öffentlich. Du kannst dann deinen Platz im Chor vergessen. Niemand will etwas mit einer geschiedenen Frau zu tun haben, die sich an einen unbescholtenen Familienvater heranmacht. Ich komme am Donnerstag vorbei, um das Geld abzuholen!«

Ingrid Scholten setzte wieder ihren wissenden Blick auf. »Die Sache ist ziemlich eindeutig. Der Kerl hat das erste Opfer erpresst. Als sie sich weigerte zu zahlen, hat er sie getötet.«

Oliver nickte nachdenklich. »Pfarrer Althaus hat sich demnach doch nicht geirrt, als er andeutete, dass Roth bei Christine Hoffmeyer am Donnerstagabend vorbeischauen wollte.«

»Genau«, sagte Klaus. »Geld ist eines der häufigsten Mordmotive.«

»Aber wieso platziert er dieses Kästchen mit dem goldenen Schlüssel in Hoffmeyers Wohnung? Und was hat die Botschaft zu bedeuten?«

»Durchgeknallt«, stieß Klaus aus. »Hast du den Kerl noch vor Augen? Mit seiner grünen Hornbrille und den dunklen Locken sieht er aus, als käme er aus einer anderen Zeit. Wer läuft denn so rum?«

»Er mag unsympathisch sein, doch das tut nichts zur Sache. Es gibt jedoch etliche Punkte, die gegen ihn sprechen«, entgegnete Oliver.

Gleichzeitig störten ihn die unbeantworteten Fragen. Er glaubte, dass mehr hinter diesen Botschaften und dem Schlüssel steckte. Aber was? Unruhig schaute er auf die Uhr. Emily müsste jeden Augenblick mit den Ergebnissen ihrer Recherche bei ihnen eintreffen. Bevor sie Roth verhaften konnten, mussten sie so viel Material wie möglich sammeln. Hans Steuermark hatte ihn wegen des angeblichen Vorfalls mit Christine Hoffmeyers Ex-Mann sowieso schon auf dem Kieker. Er brauchte handfeste Beweise und gründliche Recherchen, damit er seinen Chef von einem Haftbefehl überzeugen konnte.

»Ich frage mich, warum der Täter Hoffmeyer vergiftet hat und bei Leonie Fiedler ganz anders vorgegangen ist. Haben Sie inzwischen nachgestellt, wie sie genau zu Tode gekommen ist?«, wollte Oliver wissen.

Ingrid Scholten winkte ab. »Wir arbeiten zügig, aber Wunder können wir nicht vollbringen. Unser Experte beginnt morgen mit der Rekonstruktion der Ereignisse. Nach erster Einschätzung geht er davon aus, dass Leonie Fiedler nicht gefallen sein kann, weil die Scherben in ihren Knien nicht tiefer eingedrungen sind als in die anderen Körperstellen.« Sie ging demonstrativ in die Knie und simulierte einen Fall. »Bei einem Sturz würden die Scherben durch die Wucht tiefer in die Haut eindringen. Doch es scheint, als wären sie gleichmäßig über den Körper verteilt. Es könnte eine Art Explosion gewesen sein, die von vorn kam, denn der Rücken des Opfers ist völlig unversehrt.«

»Die Rechtsmedizin hat übrigens gerade geschrieben, dass ihre Halsschlagader durchtrennt wurde. Diese Verletzung wird momentan als Todesursache angesehen, natürlich vorbehaltlich der Laborergebnisse. Es lässt jedoch nichts auf eine Arsenvergiftung schließen«, erklärte Klaus.

»Vermutlich haben wir es mit einem Fall extremer Mordlust zu tun«, erwiderte Oliver, als die Tür des Büros aufschwang und Emily eintrat.

»Darf ich?«, fragte sie und blitzte Oliver aus ihren nussbraunen Augen an.

»Immer herein. Wir warten schon auf dich.« Oliver ging zu ihr und drückte ihr einen flüchtigen Kuss auf die Wange. Emily begrüßte auch Ingrid Scholten und Klaus. Sie setzte sich auf Olivers Bürostuhl und lud einen Aktenordner auf seinem Schreibtisch ab.

»Ich hoffe, ich bin mit meinen Ergebnissen nicht zu spät«, sagte sie.

»Nein. Ganz und gar nicht«, antwortete Oliver. »Leg los und lass uns wissen, was du zu den schweigenden Mönchen herausgefunden hast.«

Emily schlug den Ordner auf.

»Schweigen gehört in den Tagesablauf jedes Mönches, um das vorwegzusagen. Es gibt jedoch einen Orden, den der heilige Bruno von Köln im elften Jahrhundert in den abgelegenen französischen Alpen gegründet hat. Die Region heißt *Chartreuse* und daher hat der Orden auch seinen Namen, nämlich Kartäuserorden. Er gilt als der strengste in der katholischen Kirche und ist für die schweigenden Mönche bekannt. Die Mönche dieses Ordens versuchen im Schweigen und in der Einsamkeit Gott zu finden.« Emily schaute auf, als befürchtete sie, dass ihr niemand mehr zuhörte.

Oliver nickte ihr aufmunternd zu und sie fuhr fort: »Die Mönche wollen durch ihre Gebete Kontakt mit Gott aufnehmen und so der Menschheit helfen. Sie verzichten auf die Seelsorge und versorgen sich komplett autonom. Unter ihnen sind Gelehrte, aber auch Handwerker und Künstler. Da es ein sehr strenger Orden ist, werden natürlich auch die heiligen Schriften sehr streng ausgelegt. Ich vermute, dass diese Strenge etwas ist, was der Täter in seiner Botschaft mit dem Begriff Vermächtnis andeutet. So verbringen die Mönche beispielsweise den Tag einsam in ihrer Zelle. Nur dreimal am Tag, zu festgelegten Zeiten, treffen sie sich zum gemeinsamen Gebet. Private Gespräche davor oder danach sind verboten. Vielleicht wollte der Täter seine Opfer zum Schweigen bringen und ihnen so eine direkte Nähe zu Gott verschaffen.« Emily hielt inne und blickte zerknirscht in die Runde.

»Über den goldenen Schlüssel habe ich mir wirklich den Kopf zerbrochen«, erklärte sie. »Die Kartäusermönche haben im Laufe der Zeit Tausende Schriften angefertigt. Zu allen möglichen Themen. Doch ich konnte nirgendwo etwas zu einem goldenen Schlüssel finden. Vermutlich symbolisiert er etwas. Vielleicht soll er den Opfern das Himmelstor öffnen. Dazu könnten auch die Noten passen, die Teil eines uralten Kirchenliedes sind.« Emily zuckte mit den Schultern. »Es tut mir leid, dass ich hierzu nichts gefunden habe. Ich schaue mir das aber auf jeden Fall noch einmal an.«

»Und in Zons oder in der Nähe gibt es wahrscheinlich keine schweigenden Mönche?«, fragte Klaus.

»Nein. Heute existiert nur noch ein Kartäuserkloster im Süden Deutschlands. Es wurde 1964 als Ersatz für das Kloster in Düsseldorf gegründet, weil dieses dem Flughafen weichen musste. Aber in der Klosterbibliothek in Zons gab es Aufzeichnungen zu den Schweigemönchen aus Frankreich. Leider sind sie über die Jahrhunderte verloren gegangen, heute existiert nur noch der Registereintrag. Außerdem gibt es inzwischen einige Klöster, die Schweigen als Achtsamkeitsübung für Besucher anbieten, also für Menschen, die keine Ordensmitglieder sind. Aber das sind keine Kartäuser. Das ist eher ein neuer Trend, der vermutlich weder etwas mit der Botschaft noch dem goldenen Schlüssel zu tun hat.«

Oliver rieb sich die Schläfen. »Der Täter könnte also jemand sein, der die Opfer zum Schweigen bringt, damit sie näher zu Gott kommen. Und diese Nähe demonstriert er durch den goldenen Schlüssel, der die Pforte zum Himmelreich öffnen könnte. Kommt das in etwa hin?«

Emily grinste. »Ja, genau so meinte ich es.«

»Es könnte aber auch eine Bestrafung sein, oder?«, mischte sich Ingrid Scholten ein. »Ich meine, zum Schweigen bringen kann man ja auch jemanden, dem man den Mund zubindet oder den man knebelt. Dafür müsste man nicht unbedingt töten.«

Emily dachte kurz nach. »Da die Schweigemönche sehr strengen Regeln folgen, ist das ebenfalls gut möglich. Vielleicht haben die Opfer etwas falsch gemacht oder gesündigt.«

»Was könnten eine Kinderpsychologin und eine Kosmetikerin schon falsch machen?«, fragte Oliver grübelnd. »Gerade Christine Hoffmeyer schien sehr beliebt gewesen zu sein.«

»Was, wenn es etwas mit dem Chor zu tun hat?«, warf Klaus ein. »Ich muss da an Julian Roth denken. Womit hätten die beiden Opfer ihn ärgern können?«

»Bei Christine Hoffmeyer liegt es auf der Hand«, antwortete Oliver. »Sie hat seine Nachricht auf ihrem

Anrufbeantworter gelöscht und wollte ihm offenbar kein Geld geben. Wenn ihr mich fragt, steckt dieser Kerl finanziell ganz schön in der Klemme. Als wir ihn befragt haben, erzählte er, dass er vor Kurzem sein Klavier verkauft hat. Beim Rausgehen habe ich im Flur mehrere Briefe von seiner Bank gesehen. Wer weiß, wie viele Schulden er hat.«

»Und was ist mit Opfer Nummer zwei?«

»Vielleicht hat er sie auch um Geld gebeten oder besser gesagt erpresst. Ihr Freund hat uns doch berichtet, dass Leonie Fiedler im Netz beschimpft wurde. Ich könnte mir vorstellen, dass Roth etwas über sie wusste, womit er sie erpressen konnte«, erwiderte Oliver.

Klaus sprang auf. »Das sollte ausreichen. Lass uns mit Hans Steuermark sprechen, bevor Feierabend ist. Schon die Erpressung sollte für einen Haftbefehl und Durchsuchungsbeschluss genügen.«

* * *

Die Dunkelheit hatte die Welt in Beschlag genommen und sich wie ein Tuch über sie gelegt. Nur die Scheinwerfer der Autos, die ihnen auf der Autobahn entgegenkamen, durchbrachen die Schwärze der Nacht. Klaus trat das Gaspedal durch, während Oliver die Kollegen der Dormagener Streife telefonisch um Unterstützung bat. Das Überraschungsmoment lag zwar auf ihrer Seite, aber Steuermark wollte kein Risiko eingehen. Oliver konnte gut damit leben. Immerhin hatten sie die Erlaubnis erhalten, Julian Roth zu verhaften. Eine Richterin hatte kurzfristig zugestimmt, und nun waren sie auf dem Weg nach Zons zur Wohnung des Chorleiters. Sie parkten etwas weiter entfernt, während die Streifenpolizei die Straße an beiden Enden blockierte. Oliver sprang aus dem Dienstwagen und klingelte bereits, als Klaus neben ihm auftauchte.

Die Gegensprechanlage blieb stumm, also probierte es Oliver nach kurzer Zeit erneut. Doch es tat sich nichts. Er ging ein paar Schritte zurück und blickte nach oben zu Roths Wohnung. Die Fenster waren unbeleuchtet. Vielleicht war er gar nicht zu Hause. Klaus drückte noch einmal auf den Klingelknopf und schüttelte nach einer Weile ebenfalls den Kopf.

»Da haben wir wohl Pech gehabt«, murmelte er.

»Probiere es im Erdgeschoss links«, schlug Oliver vor, weil er sich an die Nachbarin erinnerte, die wegen Roths Alibi befragt worden war und die regelmäßig dessen Pakete annahm.

Klaus klingelte bei ihr und der Türsummer brummte keine Sekunde später.

»Frau Krause, guten Abend. Ich bin Klaus Gruber und das ist mein Partner Oliver Bergmann von der Kripo Neuss. Wir sind auf der Suche nach Herrn Roth, aber er hat uns leider nicht geöffnet.«

Die Frau stand mit zusammengekniffenen Augen auf dem Treppenabsatz und musterte sie kritisch. Erst als ihr Klaus seinen Dienstausweis hinhielt, hellte sich ihre Miene auf.

»Die Polizei hat mich letztens schon nach Julian befragt. Hat er denn etwas ausgefressen? Ich konnte mich nämlich wirklich nicht erinnern, ob er an dem Tag zu Hause war oder nicht. Mein Kreislauf ist in letzter Zeit nicht so gut und da muss ich mich öfter mal hinlegen. Der Arzt hat mir Schlaftabletten aufgeschrieben und ausgerechnet an dem Wochenende hatte ich eine genommen.«

Oliver wollte an Frau Krause vorbeigehen, um direkt an Roths Tür zu klopfen.

»Warten Sie. Julian ist nicht da. Er ist beim Pfarrer in der Kirche.« Sie schaute auf ihre Armbanduhr und sagte voller Stolz: »Seit Ihre Kollegen hier waren, bin ich aufmerksamer. Er ist vor einer halben Stunde losgegangen. Ich habe gerade den Müll rausgebracht, und da kam er runter und erzählte mir, wo er hinwill.«

»Danke«, sagte Oliver und drückte Frau Krause seine Visitenkarte in die Hand. »Sollte Ihnen noch etwas auffallen, zögern Sie nicht, mich anzurufen.«

»Das mache ich«, versprach die Nachbarin mit einem Lächeln auf den Lippen.

Oliver und Klaus ließen den Wagen stehen. Bis zur Kirche waren es höchstens zweihundert Meter. Sie informierten die Streifen, die sich auf ihre Anweisung hin an den beiden Ausfahrtsstraßen am Feldtor und am Zolltor positionierten, und eilten durch die dunklen, engen Gassen von Zons. In der Kirche brannte noch Licht. Als sie die Tür öffneten, kam ihnen der neue Pfarrer entgegen.

»Guten Abend, die Herren. Wir wollten gerade die Tore schließen, aber natürlich dürfen Sie noch hereinkommen. Wie kann ich Ihnen helfen? Ich hoffe, es ist nichts Ernstes.«

»Wir sind auf der Suche nach Julian Roth. Seine Nachbarin erzählte uns, er wäre hier.«

Der Pfarrer runzelte die Stirn. »Ich fürchte, hier ist niemand mehr außer mir und Pfarrer Althausen. Es ist schon spät.«

»Sind Sie sicher, Pfarrer Herrmann?«, fragte Oliver überrascht.

Der Pfarrer fuhr sich unsicher durchs Haar. »Ich habe ihn nicht gesehen, aber lassen Sie uns sicherheitshalber Pfarrer Althausen fragen.« Er führte sie zu einem kleinen Nebenraum hinter dem Altar.

»Wir haben Besuch von der Kriminalpolizei. Die Herren möchten mit Herrn Roth sprechen und glauben, er wäre hier.«

Pfarrer Althausen sah sie verwundert an. »Heute ist keine Chorprobe. Warum sollte er hier sein?«

Oliver seufzte. »Sie haben ihn also nicht gesehen?«

»Ganz gewiss nicht, aber sobald er hier auftauchen sollte, kann ich Ihnen gerne Bescheid geben.«

»Danke«, sagte Oliver und verabschiedete sich gleich wieder.

»Wir sollten sofort eine Fahndung rausgeben«, rief er Klaus zu, als sie zurück zum Wagen eilten, und gab der Streife neue Anweisungen. »Der Kerl ist möglicherweise untergetaucht. Lass uns bei seiner Freundin vorbeifahren. Vielleicht ist er dort.«

* * *

Lukas hielt sich die Ohren zu. Er wusste, dass es nicht richtig war, aber er konnte die schrille Stimme seiner Mutter nicht mehr ertragen.

»Du hast es versprochen«, kreischte sie und sah ihn vorwurfsvoll an. »Wie kannst du nur deine Zukunft aufs Spiel setzen?«

Er antwortete nicht. Was hätte er auch sagen sollen? Dass sie völlig recht hatte? Vermutlich war es so, aber er schuldete es Christine einfach. Doch wie sollte er das seiner Mutter erklären? Was, wenn sie bemerkte, dass mehr hinter seinen Gefühlen steckte als Trauer? Sie würde bestimmt nicht damit klarkommen, dass er in eine ältere Frau verliebt war. Und sie würde befürchten, dass es später wieder passierte. Dann läge sie ihm ständig deswegen in den Ohren. Er brauchte einfach nur seine Ruhe.

»Es tut mir leid«, murmelte er deshalb und hoffte, dass es sie beruhigte.

»Lukas, du kannst mit mir reden.«

Er verdrehte die Augen. Merkte sie nicht, dass sie ihn anschrie? Wie stellte sie sich denn ein Gespräch vor? Er wollte nicht mit ihr reden, wenn sie ihm bloß Vorschriften machte. Was sollte das bringen? Er wusste doch, dass er nicht schwänzen sollte. Aber er hatte sich bewusst dafür entschieden, weil ihm Christine wichtiger war als die Schule. Ja, er war bereit, seine Zukunft aufs Spiel zu setzen, da er nämlich keine hatte, wenn er die Sache nicht klärte. Wie sollte er denn sonst weiterleben? Er hatte sich nicht um Christine gekümmert und jetzt war sie tot. Es war auch seine Schuld. Aber seine Mutter würde das nie verstehen.

»Bitte, Schätzchen, rede mit mir. Ich sehe dir an, dass dich etwas belastet. Warum hast du mir denn nicht erzählt, dass die Kripo in der Schule war? Musste mich erst der Direktor anrufen? Ist dir eigentlich klar, wie unangenehm es ist, wenn man nicht informiert ist? Ich habe mich lächerlich gemacht.« Sie setzte sich neben ihn und nahm ihn in den Arm. »Du bist mir sehr wichtig und ich liebe dich, Lukas. Aber ich kann dir nur helfen, wenn du mir erzählst, was dich bewegt.«

Seine Barriere schrumpfte. Ein Schluchzen entschlüpfte seinen Lippen, obwohl er es nicht wollte.

»Es tut mir leid«, jammerte er und sog ihren Duft ein. Sie roch nach Sicherheit. Er drückte sich enger an sie. Ihre Hand strich ihm über den Rücken und für einen Moment schien die Welt wieder in Ordnung.

»Mein Schatz«, flüsterte sie und wiegte ihn wie ein kleines Kind in den Armen. »Es tut mir auch sehr leid, was mit Frau Hoffmeyer passiert ist.«

Aus ihrem Mund klang Christines Name so fremd. Als ob es sie nichts anginge. Als könnte er einfach so weitermachen, als wäre nichts geschehen.

»Ich fand sie sehr nett«, brach es aus ihm heraus.

»Das weiß ich doch.«

»Derjenige, der ihr das angetan hat, muss ins Gefängnis.«

»Natürlich, mein Schatz. Er wird nicht ungestraft davonkommen. Die Polizei ist ihm sicher schon auf der Spur.«

Lukas bezweifelte es. Schließlich waren die Polizisten zu ihm gekommen, um Antworten zu finden, die weder er noch sie hatten. Sie wussten nicht, wer Christine ermordet hatte. Und sie glaubten auch nicht, dass es der Chorleiter gewesen war. Er musste ihnen also Beweise liefern. Mehr als eine Beobachtung. Dann würden sie ihn festnehmen. Ganz bestimmt.

»Ich schwänze die Schule nicht mehr, Mama. Ich war nur durcheinander. Mach dir keine Sorgen um mich, okay?« Er löste sich aus ihrer Umarmung und wischte sich Tränen aus dem Gesicht.

»Ich muss jetzt zur Arbeit. Heute habe ich Nachtschicht im Krankenhaus. Ruf mich an, falls du dich schlecht fühlst. Ich kann mich krankmelden.«

»Musst du nicht. Mach dir keine Sorgen. Es geht mir gut«, log er und sah ihr hinterher, als sie sein Kinderzimmer verließ. Er wollte ihr keinen Kummer machen. Wirklich nicht. Aber der Mord an Christine klebte an ihm wie Blut. Er fühlte sich verantwortlich, ja, sogar schuldig.

»Tschüss, bis morgen!«, rief seine Mutter und schon schlug die Wohnungstür hinter ihr zu.

Lukas ließ sich zurück in die Kissen auf seinem Bett fallen und atmete schwer. Er fühlte sich, als lägen Felsbrocken auf seiner Brust. Langsam richtete er sich wieder auf und sah aus dem Fenster. Draußen war es bereits stockdunkel. Er überlegte, ob er Julian Roth aufsuchen sollte. Vielleicht würde er mit ihm reden. Lukas war schließlich kein Polizist und Verbrecher prahlten oft mit ihren Taten. Wenn er Roths Geständnis mit dem Handy aufnahm, hätte er einen Beweis für die Polizei.

Der Piepton seines Handys riss ihn aus den Gedanken. Er entsperrte das Display und fand eine neue Nachricht vor.

Wenn du wissen willst, was mit Christine passiert ist, komm zum Krötschenturm.

Sein Herz begann zu rasen. Er las die Nachricht noch einmal. Wer zur Hölle schrieb ihm da? Die Nummer kannte er nicht.

Wann?, tippte er hastig ein.

Jetzt, kam ein paar Sekunden später zurück.

Lukas sprang vom Bett, schlüpfte in seine Schuhe und rannte zur Tür hinaus. Er eilte die Treppen hinunter nach draußen. Als er um die Ecke bog, spürte er einen Schlag auf dem Hinterkopf. Benommen sackte er zusammen und nahm nur noch wahr, wie er an den Oberarmen gepackt wurde.

XV

VOR FÜNFHUNDERT JAHREN

Die dunklen Kellergänge im Haupthaus des Klosters waren viel weitläufiger, als Bastian es in Erinnerung hatte. Er trug eine Fackel und Wernhart und Pfarrer Johannes folgten ihm auf dem Fuß.

»Vielleicht sollten wir uns aufteilen?«, schlug Wernhart vor. »So warte doch, Bastian, hier rechts geht ein Gang ab.«

Bastian hielt an und leuchtete in den schmalen, unscheinbaren Gang, den er gerade übersehen hatte.

»Wir haben nur einen Schlüssel. Da hat es wenig Sinn, wenn jeder von uns einen anderen Weg nimmt. Wir müssen zusammen ausprobieren, ob der Schlüssel irgendwo passt«, sagte Bastian.

»Dann gehen wir beide hier entlang und Ihr, Herr Pfarrer, wartet unterdessen.«

Johannes nickte. »Lauft, Eure Beine sind jung.«

Bastian und Wernhart schlüpften in den Gang, der so schmal war, dass sie hintereinander gehen mussten. Von der Decke tropfte Wasser und um sie herum schien es nichts zu geben als Felsen.

»Wohin führt dieser Weg nur?«, fragte Wernhart hinter ihm. »Ich finde es wirklich etwas unheimlich.«

Bastian hatte keine Antwort. Er ging unbeirrt weiter und zog hin und wieder den Kopf ein, damit er sich nicht an der niedrigen Decke stieß. Im flackernden Licht der Fackel tauchte eine Felswand vor ihm auf. Erstaunt stellte er fest, dass der Gang plötzlich endete.

»Verflucht, hier ist überhaupt nichts«, brummte er und prallte mit Wernhart zusammen, als er sich umdrehte.

»Wie meinst du das?«

»Sieh doch, es geht nicht weiter.«

Wernhart nahm Bastian die Fackel ab und betrachtete die felsige Wand.

»Vielleicht lässt sich eine Tür öffnen«, mutmaßte er und tastete die rauen Steine ab.

Bastian half ihm, aber nach einer Weile gab er auf.

»Hier ist nichts, lasst uns umkehren. Pfarrer Johannes wartet. Er ist ganz allein im Dunkeln.«

»Warum schlagen die Mönche einen Gang in den Felsen, der nirgendwohin führt?«, fragte Wernhart und lief diesmal mit der Fackel voraus.

»Das könnte allerlei Gründe haben. Diese Mauern sind viele Jahre alt. Vielleicht war es ein Fehler oder der Felsen war so hart, dass sie aufgeben mussten.« Bastian hatte keine abschließende Erklärung, und vermutlich wusste nicht einmal der Abt, warum die Kellergewölbe aus so vielen verschlungenen Pfaden bestanden. Wahrscheinlich diente es dem Schutz der Mönche in finsteren Zeiten, denn hier unten konnten sich sämtliche Klosterbewohner über Wochen versteckt halten, ohne entdeckt zu werden. Sie würden ewig brauchen, um jeden Winkel zu ergründen, und niemand wusste, ob ihre Mühen letztendlich von Erfolg gekrönt sein würden.

»Habt Ihr etwas gefunden?«, fragte Pfarrer Johannes hoffnungsvoll, als sie wieder den Anfang des schmalen Ganges erreichten.

»Nein. Der Tunnel endet auf einmal. Es scheint sinnlos, hier unten nach einem Schloss zu suchen. Wenn der Bibliothekar hinter den Morden steckt, wäre es einfacher, ihn zum Reden zu bringen«, schlug Bastian vor.

Wernhart rieb sich die Hände. »Nichts lieber als das, mein Freund. Ich habe sowieso keine Lust mehr, wie eine schäbige Ratte durch den Dreck zu kriechen.«

Sie machten sich auf den Rückweg, während Bastian unablässig an den goldenen Schlüssel und das Vermächtnis der schweigenden Mönche denken musste. Womöglich lag der Abt am Ende richtig und er jagte einem Symbol hinterher, zu dem es gar kein Schloss gab. Hatte er irgendetwas übersehen?

Sie gelangten in einen breiteren Gang, von dem aus rechts und links die Verliese abgingen. In früheren Zeiten hatten hier Mönche ausgeharrt, die sich nicht an die Klosterregeln gehalten hatten. Heute wurden die Zellen viel seltener genutzt. Bastian schrieb dies Theodor von Grünwald zu. Der freundliche Abt brachte die Mönche dazu, ihm zu folgen und sich gottesgefällig zu verhalten. Kaum jemand musste noch hier unten ausharren.

Nur Bruder Paulus hockte momentan stumm in der hintersten Ecke einer Zelle. Neben ihm an der Felswand steckte eine Fackel in einer Halterung. Darunter standen ein Wasserkrug und ein Teller mit Brot, das er bisher nicht angerührt hatte. Der Bibliothekar sah Bastian mit leerem Blick an, als er zu ihm ans Gitter trat, während Wernhart und Pfarrer Johannes ein Stück entfernt stehen blieben.

»Wie geht es Euch?«, fragte Bastian und erntete ein trauriges Kopfschütteln.

Bruder Paulus faltete die Hände wie zum Gebet.

»Seid Ihr gekommen, um mich herauszulassen?« Sein Blick huschte zwischen ihnen hin und her und ein tiefer Seufzer drang aus seinem Mund. »Der Abt ist nicht hier«, stellte Bruder Paulus tonlos fest. »Dann führt Euch wohl ein anderer Grund zu mir.«

»Ich möchte Euch erneut befragen«, sagte Bastian und ließ sich an den Gitterstäben auf den kalten Boden nieder.

»Ich habe Euch doch bereits alles gesagt, was ich weiß. Ich habe Bruder Gregor und Bruder Lorenz nicht getötet.« Etwas in Bruder Paulus' Stimme ließ Bastian aufhorchen. Er sprach anders als noch am Tag zuvor. Die Selbstsicherheit schien aus ihm gewichen. Er klang wie ein gebrochener Mann.

»Nun, wenn dem so ist«, antwortete Bastian, »dann helft mir, den wahren Schuldigen zu finden.«

Bruder Paulus hob schwach den Kopf. »Wie sollte ich das anstellen? Ich habe den Mörder nicht gesehen. Ich war noch nicht einmal in der Nähe, als es passierte.«

»Warum habt Ihr mir das Buch über die schweigenden Mönche nicht gleich beschafft?«, fragte Bastian leise.

Der Bibliothekar senkte den Blick und bekreuzigte sich. »Ich war zu sehr auf Bruder Elias konzentriert. Der Bursche befindet sich auf dem falschen Pfad. Er denkt unablässig ans Essen und er versteckt seinen fetten Bauch unter seiner Kutte.« Bruder Paulus rieb sich übers Kinn. »Er hat versucht, mich auszutricksen, und statt Euch zu helfen, war mein Geist vernebelt von dem Gedanken an Vergeltung. Ich weiß, das ist Sünde, und ich bereue es zutiefst. Aber im Grunde meines Herzens wollte ich Bruder Elias nur auf den Pfad der Tugend zurückführen. Seht mich an. Die vielen Treppen der Bibliothek verhelfen mir zu einem starken Körper, und ich wollte nur, dass Bruder Elias sich bewegt.«

»Wisst Ihr, was in dem geheimen Fach verborgen war?«

Bruder Paulus schüttelte den Kopf. »Ich wusste doch nicht einmal, dass es dieses Fach gibt.«

Bastian war für einen Moment geneigt, ihm das Kästchen mit dem goldenen Schlüssel zu zeigen, aber er entschied sich dagegen. Wenn Bruder Paulus die Wahrheit sprach, dann kannte er es nicht, und falls er log, würde es ihn auch nicht weiterbringen.

»Fangen wir noch einmal von vorne an«, schlug Bastian deshalb vor. »Ihr erinnert Euch sicherlich an die

Nacht, als Bruder Gregor tot vor den Toren des Klosters aufgefunden wurde. Jemand hatte ihn mit Arsenik vergiftet. Wer war in den Tagen zuvor im Kräutergarten gewesen?«

»Warum fragt Ihr das nicht Bruder Benedikt? Ich verbringe die meiste Zeit in der Bibliothek.« Er tippte sich plötzlich an die Stirn. »Ah, jetzt verstehe ich Eure Frage. Ihr denkt an die Fenster in der Bibliothek, die zum Kräutergarten hinausgehen?«

Bastian nickte. Bruder Paulus war wesentlich klüger, als er angenommen hatte. Er musste vorsichtig sein. Wernhart hatte Bruder Benedikt längst befragt. Allerdings bekam der heilkundige Mönch sehr häufig Besuch von den Bewohnern des Klosters, die seinen Rat suchten. Bruder Benedikt konnte nicht genau sagen, wer ihn an welchem Tag um Hilfe gebeten hatte.

»Ich schaue tatsächlich ab und an hinaus«, murmelte Bruder Paulus nachdenklich, brach etwas von dem Brot ab und schob es sich zwischen die trockenen Lippen.

»Ihr habt einen guten Blick von oben«, erwiderte Bastian. »Und wenn Ihr die Treppen der Bibliothek so oft benutzt, könnt Ihr mir bestimmt sagen, wer Eurer Mitbrüder sich an jenem Tag im Kräutergarten aufgehalten hat. Er könnte das Arsenik gestohlen haben.«

»Ich muss überlegen«, brummte Bruder Paulus und stopfte sich sein Stück Brot in den Mund. »Ich sehe Bruder Nikolaus täglich im Kräutergarten. Er ist unser Koch und holt sich dort Gemüse und Kräuter. Ich denke jedoch, wir suchen jemanden, der dort nicht jeden Tag ein und aus geht.« Plötzlich weiteten sich seine Augen.

»Mir fällt es gerade ein. Bruder Anselm war dort. Er hat sich eine Salbe für die Striemen auf seinem Rücken besorgt.«

Bastian erinnerte sich. Er hatte Anselm zunächst für einen gealterten Mann gehalten, weil er so stark gebeugt ging. Schuld daran war jedoch offenbar nicht sein Alter gewesen, sondern ein Streit mit Bruder Gregor. Daraufhin musste Bruder Anselm Buße tun und hatte sich selbst gegeißelt.

»Was genau habt Ihr gesehen?«

»Im Grunde genommen nur, wie er den Garten betrat und dann mit Bruder Benedikt in der Holzhütte verschwand, wo die Salben aufbewahrt werden.«

»Habt Ihr ihn wieder herauskommen sehen?«

»Ich bin mir nicht sicher. Ich habe auf alle Fälle nicht mehr sehr lange aus dem Fenster geschaut. Halt! Doch, ein wenig später verließ Bruder Benedikt den Garten. Es war um die Mittagszeit.«

»Und Bruder Anselm? Blieb er allein zurück?«

Der Bibliothekar hob unschlüssig die Achseln. »Es tut mir wirklich leid, Bastian Mühlenberg, aber ich kann es nicht mit Sicherheit sagen. Wahrscheinlich habe ich den Augenblick, als Bruder Anselm den Garten verließ, einfach verpasst.«

»Lasst uns zu Bruder Lorenz kommen«, sagte Bastian. »Wart Ihr dabei, als er zum Kloster Brauweiler abreiste?«

»Nein. Doch, ich war in der Küche, als Bruder Nikolaus ihm Brot und ein paar Würstchen für unterwegs einpackte. Bruder Lorenz kam kurz darauf, um sich den

Proviant abzuholen. Ich glaube, das war das letzte Mal, dass ich ihn sah.«

»Und wie wirkte Bruder Lorenz auf Euch?«

»Eigentlich wie immer. Ich denke, er war froh, dem Kloster für einige Zeit zu entkommen. Dabei wäre uns seine Hilfe sehr willkommen gewesen. Aber wie ich Euch schon vor ein paar Tagen berichtete, fand Bruder Lorenz nicht viel Freude an der Abschrift von Texten – ganz im Gegensatz zu Bruder Gregor – und auch sonst gab er sich lieber dem Müßiggang hin.«

»Ihr scheint ein Auge auf die Mönche dieses Klosters zu haben«, stellte Bastian fest, denn nicht nur die beiden ermordeten Mönche, sondern auch Bruder Elias wurde vom Bibliothekar akribisch beobachtet.

»Ich tue meine Pflicht. Als Bibliothekar komme ich naturgemäß mit all meinen Mitbrüdern häufig in Kontakt und kann mir ein Urteil über sie bilden. Der Abt bespricht mit mir regelmäßig ihre Fortschritte.«

»Und trotzdem sitzt Ihr jetzt hier in der Dunkelheit bei Brot und Wasser, weil Ihr Bruder Elias gezüchtigt habt«, gab Bastian scharf zurück, denn er wollte nicht, dass der Bibliothekar sich einfach so herausredete.

»Ich weiß, ich habe es übertrieben, doch ich werde es wiedergutmachen, sobald man mich hier herauslässt.«

»Ich danke Euch für Eure Mithilfe, Bruder Paulus«, sagte Bastian, erhob sich und ließ den Bibliothekar allein in der Zelle zurück.

»Was haltet Ihr von Bruder Paulus?«, fragte Bastian Pfarrer Johannes, als sie außer Hörweite waren.

»Nun, Bruder Paulus ist ein Mann der Bücher. Auch wenn er seinen Körper ertüchtigt, wäre er meines Erachtens außerstande, einen Menschen zu ermorden.«

»Aber er hat Bruder Elias schwer verletzt«, gab Bastian zu bedenken.

»Und er hat uns nicht bei der Suche nach dem Buch geholfen«, fügte Wernhart hinzu. »Sein Blick ist irgendwie listig. Ich kann es nicht genau sagen, aber dieser Mönch ist mir unheimlich.«

Pfarrer Johannes nickte. »Trotzdem dürfen wir nicht vom Äußeren eines Menschen auf sein Inneres schließen. Ich kenne Bruder Paulus lange, und ich habe bisher nie etwas Schlechtes über ihn gehört, außer dass er jähzornig ist und seine Mitbrüder hin und wieder schikaniert.«

»Ist das nicht eine Menge?«, warf Bastian ein.

»Es macht ihn jedenfalls noch nicht zu einem Mörder, mein lieber Junge.« Pfarrer Johannes blieb stehen und sah ihn mit ernsten Augen an. »Wenn Ihr mich fragt, so fehlt ihm für den Mord an Bruder Gregor der Anlass. Augenscheinlich mochte er Bruder Gregor, insbesondere seine Abschriften, die er für ihn gefertigt hat. Sein Tod reißt ein Loch in sein Leben.«

Bastian musste dem Pfarrer zustimmen. Allerdings schien ihm der Bibliothekar trotzdem verdächtig. Immerhin hatten sie das Holzkästchen mit dem goldenen Schlüssel in der Bibliothek gefunden. Bastian glaubte Bruder Paulus einfach nicht.

»Wernhart, meinst du, es ergäbe Sinn, Bruder Benedikt erneut zu befragen? Wenn er sich nun vielleicht doch an den Dieb des Arseniks erinnert, dann hätten wir den Täter.«

»Ich glaube nicht. Ich habe eine ganze Stunde mit ihm gesprochen und schon in dieser Zeit ging es im Kräutergarten zu wie im Taubenschlag. Aber wie wäre es mit dem Koch? Ich habe Bruder Nikolaus zwar auch befragt, aber nicht hinsichtlich des Kräutergartens. Wenn er jeden Tag dort ist, womöglich hat er etwas Wichtiges bemerkt.«

Pfarrer Johannes verabschiedete sich von ihnen und kehrte zurück in seine Kirche, während Bastian und Wernhart die Klosterküche aufsuchten.

Bruder Nikolaus schälte Möhren, als sie eintraten. Er blickte auf, legte das Messer zur Seite und wusch sich die Hände.

»Wie kann ich Euch behilflich sein?«

»Wir haben gehört, dass Ihr täglich im Kräutergarten seid. An jenem Tag, als man spätabends den Leichnam von Bruder Gregor fand, war da noch jemand außer Euch im Kräutergarten?«

Bruder Nikolaus kratzte sich am Kopf. »Ich gehe jeden Morgen dorthin, weil ich frisches Gemüse brauche. Bruder Anselm war ebenfalls dort. Ich erinnere mich genau, weil sich die Haut auf seinem Rücken in Fetzen löste. Er hatte sich selbst gegeißelt und es mit der Wucht seiner Schläge übertrieben. Als ich eintraf, lag er in der Hütte auf dem Stroh und durfte sich nicht rühren, da die Salbe einziehen sollte.«

»Und habt Ihr auch Bruder Benedikt gesehen?«

Bruder Nikolaus schüttelte den Kopf. »Nein, der war

bei unserem Abt. Ich hatte diesem zuvor eine Kanne Tee gebracht. Er hatte Magenbeschwerden und ließ deshalb gleich darauf nach Benedikt rufen. Wir sind uns draußen über den Weg gelaufen.«

»Habt Dank«, sagte Bastian nachdenklich und verließ mit Wernhart die Küche.

Bruder Anselm war also eine Zeit lang allein in der Holzhütte des Kräutergartens gewesen. Er hätte ausreichend Gelegenheit gehabt, um das Arsenik zu stehlen. Und er hatte Streit wegen eines Amuletts mit Bruder Gregor. Doch wie sah es mit Bruder Lorenz aus? Die beiden hatten sich nicht gestritten, zumindest wusste niemand davon.

Bastian stieß die Tür auf und hastete gedankenverloren aus dem Gebäude, wo er mit einem Mönch zusammenprallte, der einen vollen Wassereimer schleppte. Der Eimer glitt ihm aus der Hand und das Wasser ergoss sich auf dem Boden. Das Holzkästchen, das Bastian unter seinem Wams verbarg, rutschte hervor und landete auf der nassen Erde. Der Deckel schlug auf und der goldene Schlüssel fiel heraus.

»Es tut mir so leid! Verzeiht mir. Ich habe Euch nicht kommen sehen!« Der Mönch warf sich auf den Boden und sammelte den Schlüssel und das Kästchen ein, noch bevor Bastian reagieren konnte.

»Ist schon gut, Bruder Elias«, sagte Bastian.

»Soll ich Euch frisches Wasser holen?«, bot Wernhart an.

Doch der junge Mönch antwortete nicht. Mit weit aufgerissenen Augen starrte er auf das Kästchen. Er strich über den eingravierten Buchstaben. Für einen Moment glaubte Bastian, Bruder Elias zitterte, aber schon fing er sich. Elias rappelte sich auf und reichte ihm das Kästchen.

»Es tut mir wirklich leid«, nuschelte er mit hochrotem Kopf. »Ich war so in die Arbeit vertieft, dass ich Euch nicht gesehen habe.«

»Es ist ja nichts passiert«, erwiderte Bastian und schob das Kästchen wieder unter sein Wams.

»Elias? Wo bleibt Ihr denn mit dem Wasser?«, rief Bruder Nikolaus, der plötzlich in der Tür stand.

»O nein«, stieß er aus, als er den Schlamm an Bastians Kleidung bemerkte. »Soll ich Euch ein Tuch bringen? Ihr seht aus, als hätte es ein Missgeschick gegeben.«

Bruder Nikolaus' Blick blieb an Bruder Elias hängen, der sofort den Kopf senkte und murmelte: »Es tut mir leid. Ich habe das Wasser verschüttet.«

»Hier ist ein voller Eimer«, erklärte Wernhart, der in diesem Moment vom Brunnen zurückkehrte. »Grämt Euch nicht, Bruder Elias. Mein Freund ist manchmal ein wenig schnell unterwegs.«

Bruder Nikolaus runzelte die Stirn und blickte zwischen ihnen hin und her. Da aber offenbar niemand eine Anschuldigung gegen Bruder Elias vorbrachte, winkte er ihn mit sich und verschwand wieder im Haus. Bruder Elias nahm Wernhart erleichtert den vollen Eimer ab.

»Habt Dank!«, keuchte er und rannte Bruder Nikolaus hinterher.

DAS VERBOT

Als die Tür zugefallen war, fragte Wernhart: »Warum hattest du es so eilig?«

»Ich denke, wir müssen noch einmal mit Bruder Anselm sprechen. Ist dir aufgefallen, dass er plötzlich mit Pfeil und Bogen bewaffnet an der Klosterpforte Wache hält?«

Wernhart zuckte mit den Schultern. »Na und? Zwei Mönche wurden ermordet. Ich kann es gut nachvollziehen, wenn er sich schützen will.«

Bastian nickte. »Das dachte ich anfangs auch, aber die wenigsten Mönche können mit Pfeil und Bogen umgehen. Zudem wurde Bruder Gregor von einem Pfeil durchbohrt. Ich hege ebenfalls keine große Sympathie für den Bibliothekar, doch eines ist bei mir hängen geblieben: Er hat Bruder Anselm im Kräutergarten gesehen, bevor das Arsenik entwendet wurde. Bruder Anselm wachte an der Klosterpforte, als Bruder Gregor genau dort tot aufgefunden wurde. Und als Bruder Lorenz sich auf den Weg zum Kloster Brauweiler machte, war es ebenfalls Bruder Anselm, der ihn zuletzt sah.«

In Wernharts Augen blitzte es. »So, wie du die Dinge betrachtest, könnte tatsächlich Bruder Anselm der Täter sein. Zudem wäre er in der Lage, eine Botschaft auf Latein zu verfassen, und er hatte sich mit Bruder Gregor wegen des Amuletts gestritten. Womöglich ist uns bisher nur nicht zu Ohren gekommen, dass er mit Bruder Lorenz ebenfalls im Zwist lag.«

»Genau das habe ich mir auch gedacht«, sagte Bastian und schritt energisch Richtung Klosterpforte.

Als sie dort ankamen, begrüßte sie ein anderer Mönch.

»Wo ist Bruder Anselm?«, fragte Bastian.

»Dem ging es nicht so gut. Er litt unter stechendem Kopfschmerz und hat sich auf sein Lager zurückgezogen.«

Bastian machte auf dem Absatz kehrt und begab sich mit Wernhart zurück zum Haupthaus. In der oberen Etage stieß Bastian die Tür zu dem Schlafsaal auf, den Bruder Anselm sich mit Benedikt, Nikolaus, Clemens und dem Bibliothekar teilte.

»Verdammt, der Saal ist leer«, fluchte er und eilte zu Bruder Anselms Schlafstätte. Er ging in die Knie und berührte das Stroh.

»Es ist kalt. Hier hat seit ein paar Stunden niemand mehr geruht.«

»Der Mistkerl hat sich aus dem Staub gemacht«, sagte Wernhart und schaute aus dem Fenster. »Draußen sehe ich ihn nicht. Wir sollten einen Suchtrupp zusammenstellen und verhindern, dass er die Stadt verlässt.«

»Das sollten wir tun«, erwiderte Bastian und hob Anselms Kopfkissen an. Was er darunter fand, ließ sein Herz schneller schlagen.

Eine silberne Münze lag auf einem Stück Pergament. Die Münze entsprach genau der Beschreibung von Bruder Elias.

»Haltet noch ein, Wernhart«, rief Bastian und nahm die wertvolle Silbermünze in die Hand. »Ich glaube, Bruder Anselm hat die Münze von Bruder Elias gestohlen.«

Bastian hob nun auch das Pergament auf. Die zierliche Schrift jagte ihm einen Schauer über den Rücken.

»Seht, was Habgier anrichten kann!«, las er vor und schaute seinen Freund an.

»Wir müssen ihn aufhalten!«, brüllte Bastian und stürmte mit Wernhart zur Tür hinaus.

XVI

GEGENWART

Sie bezogen Stellung in einer kleinen Seitenstraße am Stadtrand. In der Wohnung im dritten Stock brannte kein Licht. Oliver hoffte trotzdem, dass sie Julian Roth bei seiner Freundin antreffen würden. Sie hatten sich gründlich über den Mann informiert. Er schien sonst niemanden in der Nähe zu haben, wo er Unterschlupf finden konnte.

Wie bereits in Zons positionierten sich zwei Streifenwagen an beiden Enden der Straße, um eine mögliche Flucht von Julian Roth zu verhindern. Oliver sorgte sich jedoch um den großen Spielplatz hinter dem Haus – ein potenzieller Fluchtweg für den Verdächtigen, da sie kurzfristig keine zusätzlichen Einsatzkräfte mobilisieren konnten. Sie mussten sich damit begnügen. Immerhin lag der Vorteil des Überraschungsmoments noch auf ihrer Seite. Roth konnte nicht wissen, dass sie seine Nachricht auf dem Anrufbeantworter des ersten Opfers wiederhergestellt hatten.

Nachdem sie die Lage ungefähr fünf Minuten beobachtet hatten und sich keine Menschenseele auf der Straße rührte, beschlossen sie, zuzugreifen. Klaus stieg als Erster aus dem Wagen und eilte mit schnellen Schritten auf den Eingang des Wohnblocks zu. Die Sonne war längst untergegangen und am Himmel standen Hunderte Sterne. Oliver hätte einen romantischen Abend mit Emily verbringen können. Stattdessen jagte er einen verrückten Serienkiller, der sich hinter einem historischen Vermächtnis von Klostermönchen versteckte. Er seufzte und folgte Klaus, der ihn angrinste, weil die Haustür nicht verschlossen war.

Sie hasteten die Treppen in die dritte Etage hinauf und blieben vor der rechten Wohnungstür stehen. *Frieda Kreiling* stand über der Klingel und Oliver zögerte nicht lange und drückte den Knopf. Als sich nichts rührte, presste er das Ohr an die Tür und lauschte. Er hörte, wie etwas zu Boden fiel und dann jemand mit schlurfenden Schritten näher kam. Der Schlüssel drehte sich im Schloss und eine Frau von ungefähr fünfundzwanzig Jahren mit blassem Gesicht tauchte im Türrahmen auf.

»Ja, bitte?«, fragte sie heiser und räusperte sich. Sie trug einen dunkelroten Bademantel und hatte die Lippen kirschrot angemalt. Ihre Augen wirkten trotz der üppigen Schminke übermüdet. Oliver wusste, dass sie gerade erst von einer Studienreise zurückgekehrt war. Vielleicht litt sie unter einem Jetlag, jedenfalls sah sie nicht fit aus.

»Sind Sie Frieda Kreiling?«

Als die Frau nickte, stellte Oliver sich und Klaus vor und zeigte seinen Dienstausweis.

»Wir möchten mit Julian Roth sprechen.«

Ihre Augen wurden groß. »Jetzt?« Sie blickte demonstrativ auf ihre Armbanduhr.

»Ja, jetzt«, antwortete Oliver und schaute über sie hinweg in den Flur, ohne jedoch eine Bewegung zu registrieren.

»Aber wir liegen schon im Bett«, protestierte Frieda Kreiling und zog den Bademantel enger zusammen.

»Es tut mir leid, Frau Kreiling, aber wir müssen umgehend mit Ihrem Freund sprechen. Lassen Sie uns eintreten?«

»Muss ich?« Ihre Stimme zitterte und sie fühlte sich sichtlich unwohl. Oliver fragte sich, ob sie von Julian Roths Machenschaften wusste. Doch er verwarf den Gedanken gleich wieder, da sie nach ihren Erkenntnissen die letzten zwei Wochen nicht zu Hause gewesen war.

»Lassen Sie uns bitte herein und dann besprechen wir alles in Ruhe«, wiederholte Oliver in versöhnlichem Ton und deutete auf die Nachbarwohnung. »Sie möchten sicherlich nicht, dass die anderen Hausbewohner etwas von unserem Besuch mitbekommen.«

»O nein. Natürlich nicht.« Sie zog die Tür weiter auf und trat zur Seite, damit sie hineingehen konnten.

»Warten Sie, Julian ist im Schlafzimmer«, rief sie und drängte sich an Oliver vorbei.

Vor der Tür blieb sie stehen und zögerte.

»Ist das wirklich nötig?«

Oliver nickte und holte den Haftbefehl aus der Tasche. Frieda Kreiling schlug entsetzt die Hand vor den Mund.

»Julian?«, rief sie und öffnete die Tür zum Schlafzimmer.

»Julian?« Ihre Stimme klang plötzlich dunkel und bestimmt. »Was hast du angestellt?«

Der Anblick, der Oliver erwartete, verschlug ihm den Atem.

»Besser hätten wir ihn wohl kaum antreffen können«, flüsterte Klaus neben ihm und grinste.

Julian Roth lag offenbar nackt im Bett. Es schien, als ob er sich gerade erst die Decke übergezogen hätte.

»Sag mir sofort, was du verbrochen hast. Die Herren haben einen Haftbefehl dabei.« Sie funkelte Roth bei jedem Wort böse an.

»Ich ... ich habe gar nichts getan. Die unterstellen mir, dass ich was mit dem Mord an Christine Hoffmeyer zu tun hätte. Habe ich aber nicht.«

Frieda Kreiling stemmte die Arme in die Hüften und schritt vor dem Bett auf und ab.

»Und wie bitte schön kommt die Polizei darauf?«

»Ich weiß nicht«, jammerte Roth. »Sie war in meinem Chor.«

»Nicht nur sie, auch Leonie Fiedler ist tot. Sie sang ebenfalls in Ihrem Chor«, fügte Oliver hinzu.

»Leonie?« Roth tat überrascht, aber seine Freundin fuhr dazwischen:

»Jetzt tu bloß nicht so, als wüsstest du das nicht. Du

hast mir doch heute Morgen erst den Post auf Facebook gezeigt. Zwei Frauen aus deinem Chor sind tot, die Polizei steht in meiner Wohnung und will dich verhaften. Und du tust so, als wüsstest du nichts? Willst du mich veräppeln?« Frieda Kreilings Tonfall ließ Oliver ebenso zusammenzucken wie Roth auf dem Bett.

»Bitte, Liebling. Du kennst mich. Ich habe damit nichts zu tun«, jammerte er.

Wie eine Furie lief sie vor dem Bett auf und ab.

»Vielleicht ziehen Sie sich erst einmal an. Wir warten vor der Tür«, schlug Oliver vor.

Als sich die Tür öffnete, trug Julian Roth eine Jeans und ein kariertes Hemd, das farblich zu seiner grünen Hornbrille passte. Klaus las ihm den Haftbefehl vor.

»Wer hat die Information über den Tod von Leonie Fiedler im Internet gepostet?«, fragte Oliver an Frieda Kreiling gewandt.

»Das war ihre Nachbarin. Die hat sogar Fotos von der Spurensicherung eingestellt, die allen möglichen Kram nach draußen getragen hat«, antwortete Frieda Kreiling.

»Ganz Zons weiß Bescheid«, ergänzte Roth.

»Und warum haben Sie uns dann angelogen?«, wollte Oliver wissen.

»Mir ist bewusst, dass Sie mich verdächtigen. Und jetzt, wo es auch Leonie erwischt hat, stehe ich vermutlich dumm da. Ich habe mich schon gewundert, warum sie am Montag nicht zur Probe erschienen ist. Dann sah ich heute Morgen den Beitrag im Netz und es war klar.«

»Am besten, Sie besorgen sich einen Anwalt«, sagte

Oliver und deutete auf die Handschellen an seinem Hosenbund. »Ich gehe davon aus, dass Sie freiwillig mit uns mitkommen.«

Julian Roth nickte bedrückt. »Ich habe die beiden Frauen nicht umgebracht«, beteuerte er und schlurfte zur Garderobe, um sich die Schuhe anzuziehen.

»Sie können ihn doch nicht einfach mitnehmen«, rief Frieda Kreiling bestürzt.

»Tut uns leid, aber uns liegt ein Haftbefehl vor«, brummte Klaus.

»Julian, verdammt! Schwör mir, dass du das nicht warst!«

Julian Roth zuckte müde mit den Schultern. »Hab ich ja gesagt. Beruhige dich, es wird sich alles aufklären.«

Sie führten den Chorleiter unter den schockierten Blicken seiner Freundin ab und brachten ihn zum Dienstwagen, wo sie ihn auf die Rücksitzbank verfrachteten.

Oliver informierte die Streife über die Verhaftung.

»Ich habe nichts getan«, jammerte Roth erneut.

»Sie haben Christine Hoffmeyer erpresst«, sagte Oliver, während Klaus den Wagen steuerte. »Was haben Sie dazu vorzubringen?«

»Sie haben meine Nachricht auf ihrem Anrufbeantworter abgehört«, brachte Roth mühsam hervor. »Ich wusste, dass mich das belasten würde. Aber ich brauchte wirklich nur dringend Geld. Ich hätte es ihr zurückgezahlt, sobald es wieder gegangen wäre.«

»Und weil Ihnen klar war, dass Ihr Anruf Sie belastet, wollten Sie den Anrufbeantworter aus Christine Hoffmeyers Wohnung entwenden, richtig?«

Roth erwiderte nichts.

»Sie wissen, dass Erpressung strafbar ist und dass die Staatsanwaltschaft bereits die Anklage gegen Sie vorbereitet? Woher wussten Sie eigentlich von der Affäre zwischen Christine Hoffmeyer und Hendrik Rast?«, fuhr Oliver fort.

»Das war nicht weiter schwer. Es war ihnen anzusehen und eines Abends bin ich ihnen zufällig gefolgt. Rast ging mit zu ihr. Ich habe sie beobachtet, wie sie in ihrer Küche rumgeknutscht haben. Sie wohnte ja in Sichtweite von mir.«

»Und warum brauchen Sie so dringend Geld?«, fragte Oliver.

»Die Kirche zahlt nicht sonderlich gut, und ich habe leider einige Engagements am Theater nicht bekommen, mit denen ich fest gerechnet hatte. Alle Welt spart. Die Leute gehen nicht mehr so häufig aus. Es ist schwer, als Musiker Geld zu verdienen. Christine ging es gut. Aber freiwillig wollte sie mir nicht aushelfen. Da habe ich ihr gesagt, entweder sie gibt mir das Geld oder ich erzähle das mit ihrer Affäre herum.«

»Haben Sie Leonie Fiedler auch um Geld gebeten?«, hakte Klaus nach.

»Was? Nein. Leonie ist fünfundzwanzig. Die hat keine Kohle.«

Oliver glaubte Roth kein Wort. Leonie Fiedler hatte einen gut laufenden Blog betrieben. Es dürfte ihm nicht entgangen sein, wie erfolgreich sie war. Trotzdem hatte die Spurensicherung jedenfalls in ihrer Wohnung keine Hinweise auf eine Erpressung gefunden.

»Überlegen Sie sich gut, was Sie uns morgen im Verhör erzählen«, sagte Oliver und hoffte, dass eine Nacht im Gefängnis ausreichen würde, um Julian Roth endlich zum Reden zu bringen.

* * *

Am nächsten Tag schwieg Julian Roth. Sein Anwalt wollte zunächst die Akten studieren. Immerhin schien er den Ernst der Lage erkannt zu haben. Die Schlinge um den Hals seines Mandanten zog sich immer weiter zu. Seit dem frühen Morgen war die Spurensicherung in der Wohnung des Chorleiters zugange. Den Briefen von seiner Bank war zu entnehmen, dass Julian Roth mehr als zehntausend Euro Schulden hatte. Seine Alibis für die Tatzeiträume waren ebenfalls dünn. Nachweislich hatte er an den betreffenden Abenden mit seiner Freundin telefoniert, aber trotzdem hätte die restliche Zeit genügt, um die Morde zu begehen. Doch das Beste hatte der IT-Experte auf Julian Roths Computer entdeckt. Vor drei Wochen hatte Roth unter einem falschen Nutzernamen einen kritischen Kommentar in einem Social-Media-Beitrag von Leonie Fiedler hinterlassen.

»Gib nicht so an mit deinem vielen Geld, das ist peinlich!«, las Oliver laut vor und heftete den Ausdruck mit einem Magneten an das Whiteboard.

»Der Kerl ist offenbar immer hinter dem Geld her«,

entgegnete Klaus. »Ob er redet oder nicht. Ich wette, dass Ingrid Scholten mit ihrem Team noch etwas finden wird. Bestimmt hat er das zweite Opfer ebenfalls erpresst.«

»Das denke ich auch«, murmelte Oliver. Er mochte Julian Roth nicht, fragte sich aber gleichzeitig, ob Roth zwei Menschenleben für zehntausend Euro opfern würde.

Die Bürotür flog auf und Hans Steuermark rauschte herein.

»Es ist so weit«, sagte er und richtete seine dunklen Adleraugen auf Oliver.

»Samuel Leitner ist mit seinem Anwalt eingetroffen.«

Oliver rutschte das Herz in die Hose. Er hatte den Vorfall mit Christine Hoffmeyers Ex-Mann in den letzten Tagen völlig verdrängt. Doch nun wurde es ernst. Falls Samuel Leitner weiter behauptete, er hätte ihn gekratzt und seine Hose zerrissen, sah es schlecht für ihn aus. Steuermark würde ihn nicht großartig schützen können, und Oliver wusste aus der Presse, wie es Polizeibeamten erging, die es bei einer Festnahme übertrieben hatten. Natürlich hatte er Leitner nicht verletzt. Aber das Gegenteil konnte er auch nicht beweisen. Und auch wenn die Beweislast am Ende bei der Staatsanwaltschaft lag, würde es ein unangenehmes Ermittlungsverfahren gegen ihn geben.

»Na los, Bergmann. Jetzt sitzen Sie nicht da wie ein Kaninchen vor der Schlange. Samuel Leitner bleibt einer unserer Verdächtigen, auch wenn Julian Roth im Moment ganz oben auf der Liste steht. Jeder von ihnen könnte es gewesen sein. Manchmal entwickeln sich die Dinge anders als gedacht, aber das wissen Sie schließlich selbst am besten.«

Oliver erhob sich und hatte das Gefühl, in seinem Magen lägen Mauersteine. Das Gewicht zog ihn regelrecht nach unten und beinahe wäre er zurück in seinen Bürostuhl gefallen. Der mitleidige Blick von Klaus half ihm auch nicht sonderlich weiter. Was würde er bloß Emily erzählen, wenn er freigestellt wurde und den ganzen Tag mutlos zu Hause hing? So weit durfte es nicht kommen. Aber das hatte er nicht in der Hand.

Steuermark klopfte ihm auf die Schulter und schob ihn vor sich her. Wieder fühlte er sich wie ein Schulkind, das zum Schuldirektor zitiert wurde. Normalerweise zog sich der Gang zu den Verhörräumen im Erdgeschoss endlos hin, doch ausgerechnet heute schienen sie zu fliegen. Nicht einmal eine Minute verging, bis sie vor dem Raum standen, in dem Samuel Leitner und sein Anwalt auf sie warteten.

»Bitte schön«, sagte Hans Steuermark, öffnete die Tür und bedeutete Oliver, als Erster hineinzugehen.

Er machte ein paar ungelenke Schritte und gab Leitner die Hand.

»Guten Tag, wir kennen uns bereits.« Dann wandte er sich an den Anwalt, der ihn mit listigen Augen musterte, und schüttelte dessen kalte Finger.

Zum ersten Mal in seiner Laufbahn war Oliver dankbar, dass Steuermark ihn und Klaus begleitete und die Gesprächsführung übernahm.

»Guten Tag, die Herren«, begrüßte Steuermark die

beiden Männer und nahm in der Mitte gegenüber dem Tisch Platz.

Oliver setzte sich auf seine rechte Seite und Klaus auf die links von ihm.

»Wir konnten unsere letzte Befragung leider nicht bis zum Ende durchführen, da Herr Leitner zu Recht auf Ihre Anwesenheit bestanden hat, Herr Doktor Grünert«, begann Hans Steuermark das Gespräch und blickte den Anwalt an. »Am besten fasse ich das bisher Gesagte kurz zusammen. Frau Hoffmeyer wurde zuletzt lebend am Donnerstag in der letzten Woche in ihrer Praxis gesehen und am Montag darauf tot aufgefunden. Laut der Aussage Ihres Mandanten hat er sich in diesem Zeitraum durchgehend in Köln aufgehalten, entweder in seiner Wohnung oder bei der Arbeit. Wir haben seine Angaben überprüft und können bestätigen, dass Herr Leitner von morgens um acht bis abends um sechs im Pflegeheim beschäftigt war. Wir haben die Nachbarn befragt. Keiner von ihnen kann bestätigen, dass Herr Leitner das Wochenende zu Hause verbracht hat. Da es zudem im Rahmen der Scheidung offenbar Schwierigkeiten gab, möchten wir gerne erfahren, wer sonst noch bezeugen könnte, wo er sich in der fraglichen Zeit aufgehalten hat.«

Der Anwalt holte tief Luft.

»Nun, ich weiß sehr wohl um die Vergangenheit meines Mandanten, und deshalb bitte ich zuallererst darum, seine panische Flucht vor der Polizei zu entschuldigen. Mein Mandant hat einfach kopflos gehandelt und keinesfalls in böser Absicht. Ich möchte

Sie zudem darüber in Kenntnis setzen, dass wir heute Morgen die Beschwerde gegen Sie, Herr Bergmann, selbstverständlich zurückgezogen haben. Mein Mandant war verwirrt und fälschlicherweise davon ausgegangen, dass seine Hose bei der Flucht gerissen ist. Aber das war nicht der Fall. Herr Leitner – und dafür kann ich Ihnen mehrere Zeugen benennen – war am Abend zuvor in einem Lokal und ist auf dem Rückweg gestürzt. Daher rühren die Kratzer an seinem Hals. Wie es zu den Blutergüssen kam, wissen wir nicht. Das tut hier auch nichts zur Sache. Ich wollte dies nur vorneweg klarstellen. Uns ist es ein besonderes Anliegen, Sie bei der Aufklärung des Mordes an Frau Hoffmeyer zu unterstützen. Deshalb haben wir in der Zwischenzeit versucht, die Tagesabläufe meines Mandanten zu rekonstruieren. Herr Leitner äußert sich gleich selbst hierzu.«

Während der Anwalt Samuel Leitner aufmunternd zunickte, fiel Oliver ein Stein vom Herzen. Das Ermittlungsverfahren gegen ihn würde eingestellt werden. Er musste sich beherrschen, um nicht lautstark aufzuatmen. Vorsichtig warf er Klaus einen Blick zu, der unter dem Tisch den Daumen hochstreckte. Oliver registrierte, wie Leitner anfing, die Fernsehsendungen aufzuzählen, die er an den fraglichen Abenden zu Hause gesehen hatte. Doch er konnte ihm nicht folgen. Das Blut rauschte ihm vor Erleichterung so laut in den Ohren, dass er nichts verstand. Erst als Hans Steuermark eine Frage stellte und er den kritischen Unterton in der Stimme seines Chefs bemerkte, konzentrierte er sich wieder.

»Vielleicht war ich am Donnerstag in Zons, vielleicht auch nicht. Ich kann mich nicht mehr erinnern«, stammelte Samuel Leitner und blickte Hilfe suchend zu seinem Anwalt.

»Nun, da Sie offensichtlich Zeugen haben, die meinen Mandanten gesehen haben, wird er wohl dort gewesen sein. Er hängt immer noch sehr an seiner Ex-Frau und hat deshalb des Öfteren bei ihr nach dem Rechten geschaut. Natürlich ohne sie in irgendeiner Form zu bedrängen.« Der Anwalt setzte ein zufriedenes Gesicht auf. Samuel Leitner nickte eifrig und fügte hinzu:

»Ich habe sogar manchmal ihren Kühlschrank aufgefüllt.«

Auf der Stirn von Hans Steuermark erschien eine Vielzahl an Falten, während die Miene des Anwalts erstarrte.

»Also nun verwirren Sie uns vollends«, entgegnete Steuermark. »Wie konnten Sie denn den Kühlschrank Ihrer Ex-Frau auffüllen?«

Leitner zuckte mit den Achseln. »Wieso nicht? Ich habe jahrelang mit ihr in dieser Wohnung gelebt. Ich besitze immer noch den Schlüssel.«

Eine plötzliche Stille legte sich über den Raum, und Oliver hatte zum zweiten Mal an diesem Tag das Gefühl, sein Magen schnürte sich zusammen. Bis auf Samuel Leitner schien jeder von ihnen die Bedeutung des letzten Satzes zu verstehen. Der Anwalt hob die Hand.

»Ich denke, an dieser Stelle muss ich mich mit meinem Mandanten für eine Klärung zurückziehen.«

DAS VERBOT

* * *

»Du liebe Güte, Anna. Du hast jede Menge Material zu Bastian Mühlenberg gesammelt. Mir war gar nicht klar, wie viel das ist.« Emily glitt mit der Fingerspitze über ein paar Ledereinbände, die auf den ersten Blick sehr alt schienen, in Wirklichkeit jedoch nur Kopien waren.

»Du weißt doch, dass Maximilian ein direkter Nachfahre von ihm ist, und deshalb hebe ich alles auf, was ich in die Finger bekomme.«

Emily lächelte. »Ihr drei seid eine richtig tolle Familie und Clara ist schon so groß. Kaum zu glauben, dass sie bald zwei Jahre alt wird. Ich weiß gar nicht, ob Oliver und ich das zustande bringen würden.«

Anna grinste und zog eine Augenbraue hoch. »Es ist nicht schwer.«

»Du hast recht. Wahrscheinlich bin ich einfach noch nicht bereit dafür. Ich habe auch den Kopf voll, und da ist eine Sache, die mir keine Ruhe lässt. Oliver hat mich wegen dieser Mordfälle gebeten, etwas zu dem Vermächtnis der schweigenden Mönche zu recherchieren. Leider konnte ich ihm dieses Mal nicht richtig weiterhelfen. Er steht total unter Druck.«

»Wenn du dir den Weg ins Stadtarchiv ersparen möchtest, schau gerne alles durch«, bot Anna ihr an. »Ich habe auch Kopien von Bastians Tagebüchern. Vielleicht helfen sie dir weiter.«

»Danke. Ich suche nach Informationen über einen goldenen Schlüssel.« Emily zeigte Anna ein Foto des Schlüssels auf ihrem Smartphone. »Bei meinen bisherigen Recherchen habe ich nichts darüber gefunden und die Unterlagen aus der alten Klosterbibliothek zu den schweigenden Mönchen sind im Laufe der Jahrhunderte verloren gegangen. Bisher dachte ich, dieser Schlüssel wäre nur ein Symbol. Aber ich könnte auch falschliegen.« Emily zog eines der Tagebücher aus dem Regal und blätterte darin.

Anna setzte sich neben sie und rieb sich die Stirn. Plötzlich nahm sie ihr das Buch aus der Hand und schlug eine Seite weiter hinten auf.

»Es ist merkwürdig, dass du einen goldenen Schlüssel erwähnst«, murmelte sie. »Ich könnte schwören, dass Bastian ihn erwähnt hat, und zwar im Zusammenhang mit dem Franziskanerkloster in Zons.« Sie überflog die nächsten Seiten und tippte dann auf eine Stelle, die in Latein verfasst war.

»Hier, sieh mal. Heißt *monachorum taciturnorum* nicht so viel wie schweigende Mönche?«

Emily las die Zeile und nickte aufgeregt.

»Anna, du bist die Rettung. Ich wusste, dass du mir weiterhelfen kannst.« Emily studierte die ganze Textpassage, während ihr Herz immer schneller pochte. Endlich wurde ihr klar, was dieser Schlüssel zu bedeuten hatte. Sie nahm ihr Handy und wählte Olivers Nummer. Enttäuscht stellte sie fest, dass es besetzt war. Sie legte das Telefon zur Seite und vertiefte sich in die Aufzeichnungen, die Bastian Mühlenberg vor mehr als fünfhundert Jahren angefertigt hatte.

* * *

DAS VERBOT

Oliver fühlte sich gut und schlecht zugleich. Er war erleichtert, dass Samuel Leitner die Anschuldigungen gegen ihn zurückgezogen hatte. Doch er spürte, dass sie mit ihren Ermittlungen noch längst nicht am Ende waren. Grübelnd stand er mit Klaus vor dem Whiteboard und las sich zum hundertsten Mal die Punkte durch, die sie notiert hatten.

»Sehen wir es mal so«, brummte Klaus ebenso unzufrieden, »falls Julian Roth der Täter ist, kann er in seiner Gefängniszelle nichts Schlimmes mehr anstellen.«

»Und wenn es der Ex-Mann ist?« Oliver schaute auf die Uhr. Vier Stunden waren seit der Befragung vergangen und seitdem herrschte Funkstille. »Der Kerl hat noch einen Schlüssel zu Christine Hoffmeyers Wohnung. Er hat sie beobachtet und sich unberechtigt Zugang zu der Wohnung verschafft. Vielleicht reden wir noch einmal mit Steuermark wegen einer Observierung.«

Klaus schüttelte den Kopf. »Das ist zwecklos. Er hat doch vorhin schon Nein gesagt. Ohne neue Erkenntnisse wirst du seine Meinung im Leben nicht ändern.«

Oliver fuhr sich unruhig durchs Haar. Sie brauchten Beweise, da hatte Klaus recht. Nur so ließ sich Steuermark umstimmen.

»Hat sich der IT-Experte immer noch nicht zurückgemeldet?«, fragte er und entsperrte sein Handy. Vielleicht gab es eine Verbindung zum zweiten Opfer. Leonie Fiedler hatte einen Großteil ihres Lebens im Netz verbracht. Es war möglich, dass der Täter virtuell mit ihr Kontakt aufgenommen hatte. Womöglich versteckte er sich hinter einem der zahllosen Kommentare. Sie mussten ihn nur entlarven. Er wählte die Nummer der IT-Abteilung, doch im selben Moment klingelte sein Handy.

»Oliver Bergmann, Kripo Neuss«, meldete er sich und versuchte die Nummer im Display zuzuordnen.

»Hier ist Melanie Brandner. Ich habe Ihre Visitenkarte im Zimmer meines Sohnes entdeckt und hoffe, Sie können mir helfen.«

»Gerne, worum geht es denn?«, erwiderte Oliver und fragte sich, ob Lukas Brandner wegen der nächsten Prügelei in Schwierigkeiten steckte.

»Lukas ist verschwunden, und niemand weiß, wo er ist.«

XVII

VOR FÜNFHUNDERT JAHREN

Sie hatten die Wachen an allen Toren der Stadt verstärkt. Jeder, der auch nur annähernd wie ein Mönch aussah, wurde daran gehindert, Zons zu verlassen. Der Abt hatte alle Mönche in der Kapelle versammelt. Glücklicherweise fehlte niemand, bis auf Bruder Anselm. An der Klosterpforte hatten sie vergeblich nach Bruder Anselms Bogen gesucht. Er hatte ihn anscheinend samt der Pfeile mitgenommen. Keiner hatte Bruder Anselm aus dem Kloster gehen sehen. Er hatte sich mit Kopfschmerzen von der Klosterpforte entfernt und dann scheinbar in Luft aufgelöst.

»Bastian Mühlenberg, Ihr sollt zum Feldtor kommen«, rief einer seiner Männer aufgeregt und eilte im Laufschritt zu ihm. »Sie halten einen Mönch fest, der sich weigert, seinen Namen zu nennen.«

Bastian, der gerade auf dem Weg zum Rheinturm war, änderte sofort seine Richtung und folgte dem Stadtsoldaten zum Feldtor. Innerhalb von fünf Minuten standen sie vor einem Mann in einer dunklen Kutte, deren Kapuze sein Gesicht verhüllte und nur die Nasenspitze freigab.

»Ich bin Bastian Mühlenberg. Zieht Eure Kapuze ab und verratet uns Euren Namen«, forderte er.

»Ihr haltet mich am Stadttor fest ohne Ermächtigung des Erzbischofs. Ich werde ihm von Euch Bericht erstatten und dann wird bald ein anderer Eure Position einnehmen.«

Der Stadtsoldat neben Bastian zog seinen Dolch aus der Schneide, doch Bastian hob beruhigend die Hand. Die Stimme des Fremden gehörte nicht zu Bruder Anselm, und der feine Stoff seiner dunklen Kutte wies darauf hin, dass es sich nicht um einen einfachen Mönch handeln konnte.

»Es steht in meinem Ermessen, die Tore dieser Stadt zu kontrollieren. Wenn Ihr nichts zu verbergen habt, dann tut, worum ich Euch gebeten habe«, erklärte Bastian ruhig.

Der Fremde zögerte eine Weile und tat schließlich doch wie geheißen. Ein kahler Schädel mit einer spitzen langen Nase kam zum Vorschein.

»Mein Name ist Karl Belsen und ich erbitte Durchlass durch dieses Tor.«

Bastian kannte den Mann nicht, mit Bruder Anselm hatte er jedenfalls nichts gemein.

»Lasst ihn durch«, sagte er daher und trat zur Seite.

»Ich danke Euch. Gehabt Euch wohl!«, erwiderte

Karl Belsen und verschwand durch das Stadttor hinaus in die Nacht.

Bastian notierte sich seinen Namen, nur für alle Fälle.

»Gut gemacht«, lobte er den Stadtsoldaten, bevor er sich zum Zolltor am anderen Ende von Zons aufmachte. Er durchquerte die Schloßstraße. Nach wenigen Schritten erhob sich der dunkle Juddeturm wie ein mahnender Zeigefinger vor ihm. Die Straßen waren wie leer gefegt. Über ihm brach der Vollmond immer wieder durch die düsteren Wolken und warf tanzende Schatten in die schmalen Gassen. Ein schwarzer Schatten erregte Bastians Aufmerksamkeit. Er schlich sich an der Burgmauer entlang. Zuerst dachte Bastian an einen großen Hund oder vielleicht sogar einen Wolf. Doch plötzlich richtete sich die Gestalt auf und rannte am Juddeturm vorbei, bis sie im Dunkel eines Mauervorsprungs verschwand. Bastian zögerte keinen Augenblick und setzte zur Verfolgung an. Kurz bevor er den Mauervorsprung erreichte, sprang die Gestalt hervor und versuchte zu fliehen.

»Stehen bleiben!«, rief Bastian und brachte den Mann mit einem Hechtsprung zu Fall.

In der Dunkelheit konnte er nur eine dunkle Kutte ausmachen, die der Mann trug. Ob Karl Belsen es sich anders überlegt hatte und in die Stadt zurückgekehrt war? Der Vollmond kämpfte sich im gleichen Augenblick durch die Wolken und erhellte das Gesicht des Mannes für einen Moment.

»Bruder Elias?«, stieß Bastian verwundert aus und ließ von ihm ab. »Was habt Ihr hier zu suchen?«

»Bitte, Bastian Mühlenberg, sprecht nicht so laut. Ihr weckt ja alle Leute auf«, bat der junge Mönch mit zittriger Stimme.

Bastian wollte etwas erwidern, hielt sich jedoch zurück. Der Ausdruck in Bruder Elias' Blick brachte ihn davon ab.

»Was macht Ihr hier zu dieser Stunde?«, wiederholte er leise und holte ihn mit einem Griff unter die Schulter auf die Beine.

Bruder Elias schaute sich unsicher nach allen Seiten um.

»Ich muss mich verstecken, sonst findet er mich und ich überlebe das kein zweites Mal.«

Bastian hatte keine Ahnung, wovon Elias sprach. Vermutlich hatte er im Kloster den Verstand verloren. Nach dem Tod von zwei Mitbrüdern und den Peitschenhieben von Bruder Paulus war das gar nicht so abwegig. Trotzdem stand nicht der Wahnsinn in Elias' Augen geschrieben, sondern blanke Angst.

»Nun, ich kann Euch schützen, wenn Ihr in Sorge seid. Übernachtet in meinem Haus und morgen bei Tageslicht könnt Ihr ins Kloster zurückkehren.«

Bruder Elias blinzelte ein paarmal und schlug die Augen nieder. Er seufzte.

»Ich weiß, Ihr seid ein starker Mann, Bastian Mühlenberg, und ich ...« Er räusperte sich umständlich. »Also ich ... ich bewundere Euch. Aber gegen das Böse

DAS VERBOT

könnt auch Ihr leider nichts ausrichten. Weder mit Verstand noch mit Muskelkraft.«

»Nun, Ihr baut auf Gottes Glauben, der Euch schützt«, sagte Bastian. »Warum lauft Ihr dann zu nächtlicher Stunde aus dem Kloster? Dies wäre doch der Ort, an dem Ihr Schutz bekommt.«

»Ihr versteht das nicht, Bastian Mühlenberg«, flüsterte Bruder Elias und sah ihn unvermittelt mit ernsten Augen an. »Ihr könnt den Teufel nicht aufhalten, denn er kann sich einen Sünder holen, wann immer es ihm beliebt.«

Plötzlich fiel Bastian das Pergament ein, das er mit der Silbermünze unter Bruder Anselms Kopfkissen entdeckt hatte.

»Seht, was Habgier anrichten kann!«, stieß er aus. »Sagt Euch dieser Satz etwas, Bruder Elias?«

Die Augen des jungen Mönches wurden groß und füllten sich mit Tränen.

»Ich hätte die Münze nicht für mich behalten dürfen. Es war falsch. Habgier ist eine Todsünde.«

Bastian holte die Münze aus seiner Tasche und zeigte sie Bruder Elias.

»Ist das Eure Silbermünze?«

Elias öffnete erstaunt den Mund.

»Ja, das ist sie. Meine Großmutter hat sie mir einst gegeben. Wo habt Ihr sie her?«

»Zuerst sagt Ihr mir alles über das Holzkästchen und den goldenen Schlüssel«, verlangte Bastian. Er hatte die Miene des Mönches genau beobachtet. Er hatte die Silbermünze wiedererkannt und er war überrascht gewesen. Denselben Gesichtsausdruck hatte Bastian in Bruder Elias' Gesicht gesehen, als ihm das Holzkästchen bei ihrem Zusammenprall aus dem Wams gerutscht war. Dieser Mönch kannte das Kästchen und auch den goldenen Schlüssel.

»Das wäre mein Ende. Ich muss mich verstecken. Bitte, Bastian Mühlenberg. Zwingt mich nicht dazu, Euch von dem Raum zu berichten.«

»Raum?« In Bastians Ohren klingelte es.

»Ihr kennt den Raum, der sich mit dem goldenen Schlüssel öffnen lässt?«

Bruder Elias senkte den Blick und schüttelte energisch den Kopf.

»Nein. Ich habe ihn noch nie gesehen.«

»Ihr seid ein verdammt schlechter Lügner, Bruder Elias«, knurrte Bastian. »Zwei Eurer Mitbrüder sind ermordet worden. Bruder Anselm läuft frei herum. Wollt Ihr denn nicht, dass Bruder Gregor und Bruder Lorenz Gerechtigkeit finden?«

»Das Böse lässt sich nicht aufhalten, und wer sündigt, der wird gefunden.«

Bastian packte Bruder Elias am Kragen. Er verstand noch immer nicht, was hier eigentlich vor sich ging. Aber dieser Bursche kannte den Raum, den er verzweifelt suchte, und er würde ihn nicht eher gehen lassen, bis er wusste, wo sich dieser befand.

»Ihr bringt mich sofort zu diesem Raum!«

»Manche Türen sind aus gutem Grund verschlossen. Nicht alle Geheimnisse sollten enthüllt werden«, schnaufte Bruder Elias und wand sich unter Bastians festem Griff.

»Dieses schon«, entgegnete Bastian und hob den Mönch am Kragen hoch, sodass seine Füße in der Luft baumelten.

»Da Ihr anscheinend nicht willens seid, es für Eure Mitbrüder zu tun, so tut es um Euretwillen. Denn glaubt mir eines: Wenn Ihr mir nicht helft, werde ich mit dem Abt sprechen und Eure Lügen vor ihm ausbreiten.«

Bruder Elias zappelte an Bastians Arm und rang röchelnd nach Atem. Schließlich nickte er und Bastian ließ ihn herab.

»Ihr müsst zu der alten Klosterruine im Wald. Da gibt es eine Treppe, die tief unter die Erde führt. Irgendwo dort ist der Raum, in dessen Türschloss der goldene Schlüssel passt.«

»Und woher wisst Ihr von diesem unterirdischen Raum?«, fragte Bastian und zerrte den jungen Mönch mit sich zu den Ställen. Sie würden zu Pferd aufbrechen, um Zeit zu sparen.

Bruder Elias' Stimme brach, als er flüsterte: »Er hat mich dort festgehalten. Wie lange weiß ich nicht. Irgendwann ließ er mich gehen.«

»Verdammt, Bruder Elias, muss ich Euch alles aus der Nase ziehen? Wer zu Hölle ist *er*? Ist es Bruder Anselm?«

»Ich weiß nicht, wer er ist«, jammerte Bruder Elias, während Bastian einen schwarzen Rappen sattelte. »Er hat sich mir nicht gezeigt und seine Stimme habe ich nicht erkannt.«

»Es ist also niemand aus Eurem Kloster?« Bastian half Elias auf das Pferd und setzte sich hinter ihn.

»Er hat seine Stimme verstellt. Es könnte auch jemand von uns gewesen sein. Seit jenem Vorfall fühle ich mich beobachtet. Bruder Paulus meint es nicht sonderlich gut mit mir. Aber auch Bruder Anselm hat mich immer wieder gehänselt wegen meines Appetits.«

Bastian gab dem Pferd die Sporen. Er wusste nicht so recht, was er von den Worten des Mönches halten sollte.

»Ihr wisst also nicht, wer Euch in dem Raum festgehalten hat. Nun gut. Wie seid Ihr denn überhaupt dorthin gelangt?« Sie erreichten das Zolltor und Heinrich, einer seiner Männer, öffnete sofort, als er Bastian auf dem Pferd erkannte.

»Jemand ließ mir vor ungefähr drei Wochen eine Botschaft zukommen. Ich wurde zu einer üppigen Mahlzeit eingeladen und konnte diese Möglichkeit nicht ausschlagen. Ich habe mich nachts aus dem Kloster geschlichen. Der alte Bruder Johann hielt Wache und ich bin anschließend zum Zolltor hinaus aus der Stadt. Seht Ihr die alte Eiche dort drüben? Das war der Treffpunkt.«

Bastian kannte den dicken Baum. Jeder weit und breit kannte ihn. Er zügelte das Pferd, damit er Bruder Elias besser verstehen konnte.

»Und was ist dann passiert?«

»Ich wurde ohnmächtig und wachte in dem Raum auf. Eine große dunkle Gestalt sagte mir, ich dürfte das Essen nicht anrühren, wenn mir mein Leben lieb sei. Ich harrte eine Ewigkeit in der Dunkelheit aus, ohne etwas zu verzehren, und irgendwann ließ er mich frei. Ich musste versprechen, niemandem auch nur ein Wort zu erzählen. Er schob den goldenen Schlüssel unter der Tür hindurch zu mir. Ich schloss sie auf und rannte zurück ins Kloster. Seitdem bemühe ich mich, ein gänzlich von Sünden freies Leben zu führen. Ich dachte, die Münze würde er nicht entdecken. Aber bestimmt er hat es getan, und es wird nicht lange dauern, bis er mich erneut holt. Bitte, Bastian Mühlenberg, lasst mich gehen, damit ich mich vor diesem Teufel verstecken kann.«

Bastian antwortete nicht und gab stattdessen dem Pferd die Sporen. Die alte Ruine lag nicht weit vor den Toren der Stadt. Sie erreichten bereits den Waldrand und folgten einem breiten Weg, den die Händler nutzten, um nach Zons zu reisen. Um diese Zeit in der Nacht trieb sich niemand mehr in den Wäldern herum. In der Ferne heulte ein Wolf und ein kleines Tier kreuzte im Mondschein ihren Weg. Es schoss aus dem Dickicht, um sogleich auf der anderen Seite wieder darin zu verschwinden. Bastian nahm die nächste Abzweigung und zügelte abermals das Pferd. Der schmale Pfad war nicht zum Reiten geeignet. Sie stiegen ab und gingen den Rest des Weges zu Fuß.

»Ich möchte nicht dorthin«, jammerte Bruder Elias unentwegt, doch Bastian, der ihn fest an der Kutte gepackt hatte, zog ihn unbeirrt weiter.

»Bei mir seid Ihr am sichersten«, brummte er.

Sie erreichten die zugewucherte Ruine. Bastian band das Pferd an einen Baum und entzündete eine Fackel.

»Wo ist die Treppe?«, fragte er den Mönch, dessen Augen die Größe von Mühlsteinen angenommen hatten.

Bruder Elias taumelte voraus, umrundete die Ruine und zeigte durch ein verfallenes Tor ins Innere.

»Dahinten geht es nach unten. Bitte lasst uns verschwinden, solange es noch möglich ist.«

Bastian ließ sich nicht beirren. Er zog Elias mit sich, die schmalen Steinstufen hinunter in ein muffiges Kellergewölbe, aus dem es nach Aas und Verwesung stank. Als sie fast das Ende der Treppe erreicht hatten, riss sich Bruder Elias los und rannte wieder hinauf.

»Bleibt stehen«, rief Bastian und griff nach der Kutte des Mönches. Doch der Bursche war zu flink.

Verdammt, dachte Bastian. Ihm blieb nichts anderes übrig, als ihn wieder einzufangen.

* * *

Hätte er sich bloß nicht von seiner Habgier leiten lassen. Dann wäre er jetzt mit seinen Mitbrüdern in der wunderschönen Kapelle und könnte den Herrn lobpreisen. Stattdessen saß er nun in diesem Raum, umgeben von Wänden, die mit fürchterlichen Fratzen bemalt waren, und wusste nicht, was ihm bevorstand. Anselm hätte die Gefahr kommen sehen müssen. Wie konnte er nur so leichtgläubig sein? Er hatte tatsächlich geglaubt, alles und jeden zu durchschauen. Offenbar weit gefehlt. Denn der Gedanke an den einträglichen Tausch hatte seinen Verstand vernebelt. Der reiche Händler hatte ihm zehn Silbermünzen für seinen Bogen und die Pfeile geboten. Eine Summe, die Anselm nicht ablehnen konnte. Er träumte davon, das Kloster zu verlassen, in ein wohlhabendes Haus zu ziehen, eine Familie zu gründen und das Leben zu führen, das ihm seine Eltern vorenthalten hatten. Sie konnten es sich nicht leisten, ihn zu ernähren. Nur die drei ältesten Geschwister durften zu Hause bleiben. Anselm wurde ins Kloster nach Zons geschickt, sein älterer Bruder nach Köln. Seine beiden jüngeren Schwestern wurden verheiratet. Keiner von ihnen hatte sein Schicksal leichtgenommen. Wenngleich der Gang ins Kloster sicherlich das bessere Los war als eine erzwungene Ehe. Damals hatte Anselm nicht erkannt, welche tägliche Qual dies für seine Schwestern bedeuten musste. Heute konnte er sich ihr Leid lebhaft vorstellen, als hätte er es selbst durchlitten. Brunhilde lebte nicht mehr. Sie erlag dem Kindbettfieber nach der Geburt ihres siebten Kindes. Wie es seinem Bruder und seiner anderen Schwester ergangen war, wusste er nicht. Die Zeit hatte die Bande zwischen ihnen zerrissen. Wenn er starb, würde es niemanden kümmern, außer vielleicht den Mitbrüdern im Kloster. Sie waren seine neue Familie geworden und dafür sollte er eigentlich dankbar sein.

Doch sein Herz war vergiftet. Er hatte das Amulett von Bruder Gregor begehrt und dann war er des Nachts aufgewacht und hörte Bruder Elias im Schlafgemach flüstern. Eine silberne Münze verbarg sich in seinem Schuh. Noch in derselben Nacht schlich er in die Kammer des jungen Mönches und entwendete die Münze. Ihr Glanz verzauberte ihn – nie hatte er etwas so

Wertvolles besessen. Nun aber lockte ein ganzer Topf voll Silbermünzen. Sein Herz gierte nach diesem kostbaren Schatz. Er wollte jede einzelne Münze in die Hand nehmen und das kühle Metall spüren. Was er damit alles anfangen könnte. Seine Finger streckten sich zum Topf aus, doch im letzten Moment zog er sie wieder zurück.

»Es gibt nur ein Verbot. Rührt diese Münzen nicht an!«

Die düstere Stimme schoss durch seinen Kopf, als stünde der Fremde immer noch neben ihm. Dieser Mann war überhaupt kein Händler gewesen. Er hatte Anselm aus dem Kloster gelockt, überwältigt und hierher verschleppt.

Anselm nagte nachdenklich am Nagel seines Zeigefingers, während sein Blick an den glänzenden Münzen klebte. Ein Leben als Mönch erforderte den Verzicht auf weltlichen Besitz. Glück, so predigte der Abt, war nicht von materiellen Werten abhängig. Aber Theodor von Grünwald saß ja auch nicht wie er vor einem ganzen Krug mit Silberlingen, die verheißungsvoll blinkten und seine Gedanken um all die Möglichkeiten kreisen ließen, die sich damit eröffneten. Der Reichtum lag in greifbarer Nähe.

Was sollte der Fremde schon tun, wenn er sich einfach den Topf schnappte und mit ihm zur Tür hinausliefe? Er hatte auch die Silbermünze von Bruder Elias gestohlen, ohne dass ihn jemand dafür zur Rede gestellt hätte. Der Fremde hatte sie ihm abgenommen. War es da nicht nur ausgleichende Gerechtigkeit, sich den Topf zu nehmen? Warum brauchte er die Münze überhaupt, wenn er über solch gewaltigen Reichtum verfügte? Er hätte sie Anselm lassen können. Und wie sah es mit dem Tauschgeschäft aus, mit dem er ihn hergelockt hatte? Zehn Silbermünzen standen ihm zu, schließlich hatte der Fremde ihn auch seines Bogens und der Pfeile beraubt. Anselm kaute an seinem Nagel, bis die Fingerkuppe rot glühte und schmerzte.

»Es gibt nur ein Verbot«, hallte es in seinem Kopf wider.

Er wandte sich ab und atmete tief durch. Dann erhob er sich und trank einen Schluck Wasser. Er schritt im Raum auf und ab und versuchte, die hässlichen Fratzen, die ihn aus allen Richtungen anglotzten, auszublenden. Anselm mochte dieses Teufelszeug nicht sehen. Wirre Leiber krümmten sich über dem Höllenfeuer.

Plötzlich stand er an der Tür und blickte auf den schimmernden Türknauf. Ob er aus echtem Gold gefertigt war? Seine Fingerspitze berührte zaghaft das Metall. Er beugte sich hinunter und schnupperte an dem Knauf. Dann kratzte er mit dem Daumennagel darüber und schließlich zog er die Hand wieder weg.

»Es gibt nur ein Verbot«, tönte es abermals in seinem Kopf.

Der Fremde hatte ihm nicht verboten, den Knauf zu drehen. Blitzschnell und ohne nachzudenken, drehte er ihn und staunte.

Denn die Tür sprang auf.

Anselm blieb wie vom Donner gerührt stehen. Minuten vergingen, bevor er es wagte, sich zu rühren. Er spitzte die Ohren und lauschte. Er hörte absolut nichts, und als er den Kopf durch die Tür reckte und sich umsah, war draußen niemand zu sehen. Zumindest schien sich in der Dunkelheit nichts zu regen. Geschwind holte er die Kerze, die neben dem Topf mit den Münzen brannte. Vorsichtig begab er sich erneut zur Tür und leuchtete in den düsteren Gang aus grob behauenem Fels.

Tatsächlich. Der Fremde hatte ihn allein gelassen. Er bewegte sich ein paar Meter in die eine und danach in die andere Richtung. Ein Luftzug ließ die Kerzenflamme flackern. Irgendwo musste der Ausgang sein. *Jetzt oder nie*, dachte er.

Anselm hastete zurück und ergriff den Topf mit den Münzen. Das Gefühl war unbeschreiblich. Er nahm eine Münze und bewunderte sie im flackernden Kerzenschein. Dann biss er darauf, um zu prüfen, ob sie echt war. Lächelnd legte er sie wieder zu den anderen und schwebte mit dem Topf im Arm regelrecht zur Tür hinaus. Er eilte den Gang entlang, dem Luftzug entgegen. Der Krug schien immer schwerer zu werden. Ein Kribbeln breitete sich in seinen Armen und Beinen aus, fast so, als würden Hunderte von Ameisen auf ihm herumkrabbeln. Anselm rannte schneller, doch die Beine gehorchten ihm auf einmal nicht mehr. Er humpelte beinahe schon. Das Atmen fiel ihm schwer und eine unerklärliche Kälte erfasste ihn von Kopf bis Fuß. Plötzlich drehte sich alles um ihn, und bevor er eine Erklärung für all diese Erscheinungen finden konnte, stürzte er der Länge nach hin. Den Krug jedoch hielt er die ganze Zeit fest, auch als er schwere Schritte hörte, die rasch näher kamen.

* * *

Bastian blieb mit stechenden Schmerzen im Knie stehen und sah nur noch, wie Bruder Elias mit seinem Pferd davonritt. Obwohl er sich sofort nach dem Sturz auf der steilen Treppe aufgerappelt hatte, konnte er den Mönch nicht mehr einholen.

»Sei verflucht, du Feigling!«, brummte Bastian missmutig und begutachtete das linke Knie.

Blut quoll durch seine Hose. Er riss das Hosenbein auf und presste ein Stück Stoff auf die Wunde. Einen Stoffstreifen wickelte er um das Knie und verknotete ihn. Er konnte nur hoffen, dass es bald aufhörte zu bluten. Das heftige Pochen in der Wunde verhieß nichts Gutes. Wenn es nicht verschwand, würde er Josef Hesemann aufsuchen müssen. Er nahm die Fackel wieder auf, die er in die Erde gesteckt hatte, und humpelte zurück zu der Ruine. Dass Bruder Elias davongeritten war, ärgerte ihn. Er verstand die Angst und die Panik, die der junge Mönch verspürte. Doch ein einsamer Ritt für einen ungeübten Reiter durch einen Wald bei Nacht brachte weit mehr Gefahren mit sich als die unterirdischen Gewölbe einer verlassenen Ruine. Er hätte Elias mit seinem Schwert beschützt. Nun musste der Bursche selbst zusehen, wie er klarkam.

Bastian stieg vorsichtig ein zweites Mal die Stufen hinab. Als er unten ankam und die ersten Meter in dem düsteren Gang zurückgelegt hatte, schlug ihm ein neuer Geruch entgegen. Etwas Säuerliches. Nach wenigen Schritten entdeckte er eine am Boden liegende Gestalt. Sie hielt einen Krug in den Händen.

»Bruder Anselm!«, stieß Bastian entsetzt aus, als er den Mönch erkannte.

Bruder Anselm lag mit weit aufgerissenen Augen da. Kein Funken Leben war mehr in ihnen. Aus seinem Mund quoll Erbrochenes. Sein Gesicht wirkte aschfahl und seine Finger umklammerten einen Krug voller Silbermünzen. Bastian streckte die Hand aus, um den Puls des Mönches am Hals zu fühlen.

»Rührt ihn besser nicht an«, dröhnte eine dumpfe Stimme.

Aus der Dunkelheit des Ganges löste sich eine schwarze Gestalt und trat in den Lichtkreis seiner Fackel. Bastian konnte den Mann nicht erkennen, da er seine Kapuze tief ins Gesicht gezogen hatte. Es schien jedenfalls auch ein Mönch zu sein, denn er trug dieselbe Kutte wie Bruder Anselm.

»Seht, was Habgier anrichten kann«, sagte der Mann mit einer Traurigkeit in der Stimme, die Bastian verwunderte.

»Ihr habt diese Nachricht und die Silbermünze unter Bruder Anselms Kopfkissen gelegt?«, fragte er.

Der Fremde nickte. »Wie ich sehe, hat Euch meine Botschaft erreicht.«

»Was habt Ihr mit Bruder Anselm getan?«, stieß Bastian aus und wollte sich auf ihn stürzen, allerdings brachte er nicht mehr als einen kurzen Schritt zustande.

Dann versagte sein Knie den Dienst und er musste sich an der felsigen Wand abstützen.

»Nicht ich habe etwas getan. Es war Bruder Anselm selbst, der gegen die Gebote Gottes verstoßen hat. Der Herr hat über ihn gerichtet. Hätte er sich gottesfürchtig verhalten, würde er jetzt noch leben.«

Bastian fuhr herum und betrachtete den toten Mönch.

»Ihr habt ihn vergiftet«, rief er entsetzt.

»Er hat die Silbermünzen berührt und wollte sie stehlen. Sie waren mit einer Tinktur aus Blauem Eisenhut benetzt. Das wirkt tödlich«, antwortete der fremde Mönch. »Ihr erkennt die Wahrheit, mein lieber Bastian Mühlenberg. Aus diesem Grund ließ ich Euch auch die Botschaft zukommen. Ich war beeindruckt, als Ihr das Kästchen mit dem goldenen Schlüssel entdeckt habt. Wollt Ihr den Raum öffnen, zu dem er gehört?« Er machte eine einladende Geste und ging langsam in die Richtung, aus der er gekommen war.

Bastian humpelte ihm hinterher.

»Eure Klugheit und Eure Beharrlichkeit gefallen mir«, erklärte der Fremde, während sie weiter durch den Gang liefen. »Ich bin froh, dass es jemanden wie Euch gibt. Jemanden, dem die Wahrheit nicht verborgen bleibt.«

Der Fremde machte an einer Tür halt und deutete auf das Schloss.

»Ich gehe davon aus, dass Ihr den Schlüssel bei Euch tragt. Nur zu. Öffnet es.«

Bastian umfasste mit der Rechten den Griff seines

Kurzschwertes. Für einen Moment überlegte er, den Mönch einfach niederzustechen. Doch er war kein Mörder. Also holte er den goldenen Schlüssel aus dem Kästchen und steckte ihn in das Schloss. Er drehte den Schlüssel langsam herum, bis sich die Tür knarrend öffnete.

Der fremde Mönch trat zuerst ein. Es brannten mehrere Kerzen in dem Raum, sodass Bastian sofort die bemalten Wände ins Auge fielen. Oben, unter der Decke, stand ein Satz, der ihm nur allzu bekannt vorkam.

Hereditas monachorum taciturnorum altum in corde tuo inest.

»Dieser Raum ist das Vermächtnis der schweigenden Mönche?«

Der Fremde nickte. »Richtig. Die schweigenden Mönche leben nach strengen Regeln. Sie dulden keine Verstöße und deshalb soll jede Sünde aus der Welt entfernt werden.«

Bastian musterte die Malerei auf den Wänden. Ein nackter Mann mit geifernder Miene versuchte, eine kniende Frau zu besteigen. Daneben schüttete sich ein anderer Mann einen Beutel mit Goldmünzen in die Taschen. Der nächste schlug eine am Boden liegende Frau und ein hässlicher Kerl mit dickem Bauch schlang ein Festmahl in sich hinein. Ein Adliger in kostbarer Kleidung und mit einem hochmütigen Gesicht betrachtete sich ausgiebig im Spiegel und neben ihm schlief ein ebenso fein gekleideter Herr am helllichten Tag auf der Wiese vor seinem Haus. Auf dem letzten Bild griff ein

DAS VERBOT

Mann zu einem mit Wein gefüllten Silberbecher seines Tischnachbarn, während er seinen eigenen achtlos stehen ließ. Bastian wurde schlagartig klar, was die Wandmalerei darstellen sollte.

»Die schweigenden Mönche wollen also die sieben Todsünden bekämpfen?«

Der fremde Mönch klatschte in die Hände. »Ich wusste, dass Ihr die Bedeutung dieser Malereien erkennt. Das Kloster muss von der Sünde reingewaschen werden. Ich beobachte jeden Mönch, und wenn sich einer versündigt, bringe ich ihn hierher. Ich erinnere ihn daran, dass er sich Gott verschrieben hat. Nur einer konnte sich von der Sünde der Völlerei lossagen.«

»Bruder Elias«, warf Bastian ein.

»So ist es, guter Bastian Mühlenberg. Und nun habe ich Euch hierhergeholt. Wohlweislich seid Ihr kein Sünder, denn Ihr sucht die Wahrheit, genauso wie ich. Eure Bestimmung liegt nicht in der Stadtwache von Zons. Ihr seid auserkoren, an meiner Seite die Welt von der Sünde zu reinigen. Ihr habt es bis hierher geschafft und Euch als äußerst würdig erwiesen. Die schweigenden Mönche gehören dem strengsten Orden auf Erden an. Sie dulden keine Abweichung von Gottes Regeln, und sie brauchen Krieger wie uns, die das Böse auf dieser Welt auslöschen.« Der Mann erhob feierlich die Hände.

Bastian versuchte, sein Gesicht unter der Kapuze zu erkennen, doch es gelang ihm nicht. Seine Stimme kam ihm zwar bekannt vor, aber er konnte sie niemandem zuordnen. Er wusste nur, dass der Wahnsinn aus dem Mund dieses Mönches sprach.

»Warum musste Bruder Gregor sein Leben lassen?«

»Das wisst Ihr nicht?«, fragte der Fremde erstaunt. »Dieser Mönch war zerfressen vom Neid. Er gönnte anderen nichts und machte sie nieder, wenn sie schönere Schriften als er selbst anfertigten. Er begehrte ständig etwas, das andere hatten und was für ihn unerreichbar war. Ich habe ihm Wasser hingestellt und ihm verboten, es zu trinken. Er begehrte es trotzdem und brachte nicht die nötige Selbstbeherrschung auf, der Versuchung zu widerstehen. Es war seine Wahl. Er hätte ahnen können, dass es vergiftet war. Bruder Lorenz indes gehörte zu den Taugenichtsen. Die Trägheit hatte ihn durch und durch verdorben. Er sollte nur eine Abschrift von einem Buch anfertigen und schaffte es einfach nicht. Weder in der Bibliothek noch beim Ausbessern der Klostermauern war er zu gebrauchen. Und bei der Zubereitung der Mahlzeiten in der Klosterküche noch viel weniger.«

»Und Bruder Anselm war habgierig«, ergänzte Bastian erschüttert.

»Richtig erkannt«, freute sich der Unbekannte und hob abermals feierlich die Arme. »Wohl an, Bastian Mühlenberg, wollt Ihr fortan mit mir die Welt von Sündern reinigen? Dann kniet vor mir nieder und empfangt meinen Segen.«

Bastian starrte ihn ungläubig an, denn er konnte nicht fassen, was er hörte. Erwartete dieser Verrückte wirklich, dass er sich ihm anschloss?

»Ich habe meine eigenen Aufgaben zu lösen«, versuchte Bastian auszuweichen.

Sein Gegenüber erstarrte.

»Wagt es nicht, meinen Segen abzulehnen. Das wäre unverzeihlich.«

Bastian wandte sich zur Tür, doch der Fremde packte ihn am Kragen. Bastian schüttelte ihn ab und hielt sein Kurzschwert drohend in die Höhe.

»Ihr werdet Euch dem Schöffengericht von Zons stellen«, drohte er. »Ergebt Euch!«

Plötzlich zog der Fremde ein Schwert unter seiner Kutte hervor. Es surrte durch die Luft, und Bastian schaffte es gerade noch, den Schlag abzuwehren. Er stolperte, fing sich jedoch rechtzeitig, und stürzte sich auf den Angreifer. Er holte aus und ließ sein Schwert auf ihn niedersausen. Der Fremde wich geschickt aus und sprang zur Tür. Bastian schlug erneut zu.

Bloß einen Moment zu spät.

Seine Klinge traf nur die Tür, durch die der Mann im letzten Augenblick entkommen war und die er hinter sich zugeschlagen hatte.

»Öffnet«, rief Bastian und hämmerte gegen die Holztür.

»Ihr seid ein Narr«, antwortete der Unbekannte von draußen.

Bastian warf sich mit aller Kraft auf die Tür, die allerdings kein Stück nachgab. Plötzlich vernahm er einen gellenden Schrei. Eisen klirrte aufeinander. Stiefel schrammten über den felsigen Untergrund.

»Ergebt Euch!«, brüllte jemand.

Es war Wernharts Stimme.

Und kurz darauf herrschte unerwartet Stille.

Über Bastians Kopf begannen die Deckenbalken zu knarren, doch es kümmerte ihn nicht. Er hämmerte wieder gegen die Tür.

»Wernhart? Bist du das? Bist du unverletzt?«

Ein fürchterliches Stöhnen drang durch die Tür.

»Wernhart?«, fragte Bastian abermals, und sein Herz wurde schwer, als er keine Antwort bekam.

Das Knarren über ihm kam bedrohlich näher. Er blickte auf und erkannte entsetzt, dass die Decke sich Stück für Stück absenkte. Sie war bereits so nahe, dass er den Kopf einziehen musste. Aber das war nicht einmal das Schlimmste. Riesige Nägel ragten aus der Decke und würden ihn binnen Kurzem durchbohren. Augenblicklich begriff er, wie der arme Bruder Lorenz gestorben war.

Bastian musste hier sofort raus. Mit aller Kraft begann er, mit dem Schwert die Tür zu bearbeiten. Ein paar Holzsplitter flogen, doch die Tür war viel zu stabil.

»Bastian, seid Ihr dort drin?«, fragte unvermittelt eine Stimme, die nicht zu Wernhart gehörte.

»Ja, wer spricht da?«

»Bruder Elias. Ich habe Hilfe geholt. Wernhart versucht, den Mechanismus anzuhalten. Legt Euch flach auf den Boden und verhaltet Euch ruhig.«

»Seid Ihr wahnsinnig? Die Nägel werden mich wie Bruder Lorenz aufspießen. Ich muss auf der Stelle hier raus.« Bastian schlug mit dem Schwert auf die Holztür ein. Wieder und wieder, bis er nur noch auf den Knien arbeiten konnte. Der Schweiß rann ihm von der Stirn. Die Nägel in der Decke berührten schon fast sein Haar. Verzweifelt blickte er auf die zerfaserte Holztür und wusste, er würde es nicht schaffen. Sie war zu massiv, und selbst mit einer Axt hätte er nicht genug Zeit, um sich zu befreien.

Seine Gedanken flogen zu Anna, und er fragte sich, ob es Sünde war, sie zu lieben. Vielleicht hatte der Fremde sogar recht. Er war ein Sünder und nun traf ihn die Strafe Gottes.

Urplötzlich herrschte Stille. Ungläubig blickte Bastian auf. Die Decke stand still. Er seufzte erleichtert und bereute es sofort, denn das Knarren ging direkt wieder los. Er zog den Kopf ein und stieß ein letztes Gebet aus. Schon glaubte er, einen der tödlichen Nägel im Nacken zu spüren, doch nichts geschah.

Er öffnete die Augen und sah, dass sich die Decke von ihm entfernte.

»Bastian?« Diesmal ertönte Wernharts Stimme. »Lebst du noch?«

»Ja, ich lebe«, erwiderte Bastian. »Hast du den goldenen Schlüssel? Dieser Mönch muss ihn aus dem Schloss gezogen haben.«

»Warte«, sagte Wernhart. Seine Schritte verhallten und kurz darauf kehrte er zurück.

Als sich der Schlüssel im Schloss drehte, fiel Bastian ein Stein vom Herzen. Die Tür sprang auf und er stürzte in die Arme seines Freundes.

»Du hast mir das Leben gerettet, Wernhart. Das vergesse ich dir nie.«

»Bruder Elias hat mich zu dir geführt. Ohne ihn hätte ich dich nicht gefunden.« Wernhart klopfte ihm fest auf die Schulter.

»Ich danke Euch, Bruder Elias. Es tut mir leid, dass ich Euch einen Moment lang für einen Feigling hielt.«

Bruder Elias errötete und senkte den Blick. »Ich war ein Feigling. Aber als ich die halbe Strecke auf Eurem Pferd zurückgelegt hatte, riss ich mich zusammen und beschloss, Euch zu Hilfe zu eilen. Doch ich wusste, alleine schaffe ich das nicht. Und dann traf ich am Zolltor auf Wernhart, der bereits nach Euch suchte.«

»Ihr seid ein aufrechter Mann, Bruder Elias. Wenn Ihr jemals das Kloster verlassen wollt, findet Ihr bei mir immer einen Platz.«

»Ich weiß Euer Angebot zu schätzen, doch ich bin dem Herrn treu ergeben.«

Bastians Aufmerksamkeit wurde von einer am Boden liegenden Gestalt angezogen.

»Ist er tot?«, fragte er und ging zu dem fremden Mönch.

»Mir blieb nichts anderes übrig«, nuschelte Wernhart. »Er hatte ein Schwert, und als er es erhob, stieß ich zu. Ich wollte ihn eigentlich nicht töten, weil ich die Hoffnung hatte, er würde mich zu dir führen.«

Bastian kniete neben dem Toten nieder und zog ihm die Kapuze vom Haupt.

»Bruder Nikolaus?«, kreischte Elias hinter Bastians Schulter. »Das kann nicht sein. Bruder Nikolaus ist der Mörder? Er hat mir ständig Essen zugesteckt, sodass ich rund und fett wurde.« Elias sank ungläubig auf die Knie und begann zu weinen. »Ich dachte, er mochte mich«, schluchzte er. »Dabei war er dafür verantwortlich, dass ich mich der Völlerei schuldig gemacht habe. Wie konnte er das nur tun?«

Bastian legte den Arm um Elias. »Letztendlich hat er Euch gehen lassen. Tief in seinem Herzen meinte er es gut mit Euch. Ihr könnt stolz auf Euch sein, denn als Einziger habt Ihr der Versuchung widerstanden. Das hat Euch das Leben gerettet. Wir kehren morgen hierher zurück und zerstören diesen Raum, damit hier niemals wieder jemandem ein Leid zugefügt werden kann.«

Als sie mit dem Leichnam von Bruder Nikolaus durch die dunkle Nacht zum Kloster ritten, musste Bastian abermals an Anna denken. Sein Herz zog sich vor Sehnsucht zusammen. War es eine Sünde, diese Frau zu lieben?

Der Mond brach durch die dichte Wolkendecke und erleuchtete den Pfad vor ihnen. Seine silbernen Strahlen berührten den Nebel auf den angrenzenden Feldern und für einen Moment tauchte in einiger Entfernung die Silhouette einer Frau auf. Sie winkte Bastian zu. Und er konnte ihre Nähe deutlich spüren.

»Nein«, flüsterte er so leise, dass die anderen es nicht hörten. »Liebe kann keine Sünde sein!«

XVIII

GEGENWART

Nichts in der ganzen Wohnung deutete darauf hin, dass Lukas Brandner gewaltsam aus der Wohnung entführt worden war. Sie sahen sich aufmerksam im Zimmer des Teenagers um. Trotzdem hatte Oliver kein gutes Gefühl. Falls der Täter ihn in seiner Gewalt hatte, blieb ihnen vermutlich nicht viel Zeit, um ihn zu retten.

»Er singt nicht im Kirchenchor«, bemerkte Klaus und legte einen Comic zurück auf den Schreibtisch.

»Das stimmt. Aber er ist Mitglied der Kirchengemeinde«, erklärte Lukas' Mutter mit rot geweinten Augen. »Wir gehen regelmäßig zum Gottesdienst. Das gibt uns Halt. Gerade Lukas braucht das, weil er ohne seinen Vater aufwachsen muss.«

Oliver dachte nach. Sie hatten Julian Roth gestern verhaftet und Lukas war ebenfalls seit gestern verschwunden. War es möglich, dass Roth ihn sich vorher noch geschnappt hatte?

»Wann haben Sie Ihren Dienst angetreten?«

»Ich bin um halb zehn abends los«, schluchzte sie und wischte sich ein paar Tränen aus dem Gesicht. »Wir hatten uns gestritten, weil er die Schule geschwänzt hat. Aber er hat versprochen, es nicht wieder zu tun. Er wirkte durcheinander, doch ich musste ins Krankenhaus. Meine Schicht begann um zehn. Als ich heute Morgen nach Hause kam, war er weg. Ich dachte, er wäre in der Schule und ich habe mich schlafen gelegt. Als er aber um achtzehn Uhr immer noch nicht zu Hause war, fing ich an, mir Sorgen zu machen. Ich habe alle seine Freunde abtelefoniert, die Nachbarn gefragt und die Lehrer. Es stellte sich heraus, dass er gar nicht in der Schule gewesen war. Ich bin sofort zur Polizei und habe ihn als vermisst gemeldet. Später habe ich Ihre Visitenkarte auf seinem Schreibtisch gefunden und Sie angerufen.« Frau Brandner schlug die Hände über dem Kopf zusammen. »Er hing so sehr an Frau Hoffmeyer. Ich befürchte, er hat etwas entdeckt, und jetzt ist er in Gefahr. Ich weiß, dass er ihr hinterherspioniert hat. Er ist ein Teenager, und ich denke, er hatte sich ein wenig in seine Therapeutin verguckt.«

»Kennen Sie sein Passwort?«, fragte Oliver und klappte den Laptop von Lukas auf.

»Ja, es lautet *Eiszeit2000*.«

Oliver tippte das Passwort ein und überprüfte die letzten E-Mail-Nachrichten. Lukas hatte sich mit einem Freund über eine geplante Party ausgetauscht.

Ansonsten fand er auf den ersten Blick nichts Relevantes.

»Hat er eine Freundin?«

»Nein, dafür ist er viel zu schüchtern.«

Oliver kontrollierte den Browserverlauf und bemerkte eine Pornoseite, die er vor den Augen von Lukas' Mutter jedoch nicht öffnen wollte. Des Weiteren hatte sich der Junge für Kleidung interessiert, für ein Tattoostudio in Köln und für ein Anti-Aggressions-Training. Oliver klickte auf die letzte Anzeige.

»Hat Ihr Sohn Schwierigkeiten mit Aggressionen?«

Melanie Brandner nickte. »Deswegen war er in Behandlung bei Frau Hoffmeyer.«

»Kennen Sie oder Ihr Sohn Leonie Fiedler?«

Abermals nickte Melanie Brandner. »Sie hat im Chor gesungen. Es ist so schrecklich, dass sie auch ermordet wurde. Pfarrer Althausen hat eine kleine Andacht für sie gehalten. Niemand kann verstehen, was da passiert ist.«

»Und wie gut kannte Lukas Leonie Fiedler?«

Melanie Brandner zögerte. »Das weiß ich gar nicht genau. Ich denke, sie hatten wenig Berührungspunkte. Leonie Fiedler war im Chor, aber sonntags eher selten in der Kirche.«

Oliver seufzte leise. Nach wie vor gab es keine offensichtlichen Gemeinsamkeiten zwischen den Opfern, die sie auf die Fährte des Täters brachten. Die Kirche schien der einzige Anhaltspunkt zu sein, und damit rückte Julian Roth noch stärker in ihren Fokus. Der stritt allerdings vehement ab, etwas mit den Morden zu tun zu haben. Hans Steuermark persönlich hatte ihn in der letzten Stunde verhört und nichts Brauchbares aus ihm herausbekommen.

»Dürfen wir den Laptop mitnehmen? Vielleicht finden unsere IT-Experten einen Hinweis auf Lukas' Aufenthaltsort.«

»Ja, machen Sie nur. Lukas hätte mit Sicherheit nichts dagegen.«

»Rufen Sie unbedingt an, falls Ihnen noch etwas einfällt oder falls Sie etwas hören. Wir tun alles, um Ihren Sohn nach Hause zu bringen.«

Die Augen von Melanie Brandner füllten sich mit Tränen.

»Ja, bitte, bringen Sie meinen Lukas zurück«, schluchzte sie herzzerreißend.

Oliver und Klaus verabschiedeten sich und durchquerten die Altstadt von Zons auf dem Weg zu ihrem Dienstwagen. Als sie an der Kirche vorbeikamen, überlegte Oliver, dem Pfarrer kurz einen Besuch abzustatten, doch sein Handy klingelte und lenkte ihn ab. Emilys Name leuchtete auf dem Display. Sein Herz machte einen Satz und er hob sofort ab.

»Ich habe etwas entdeckt, was ich dir unbedingt zeigen muss«, sagte Emily mit einer Stimme, dass Oliver auf der Stelle stehen bleib.

»Was denn?«, fragte er alarmiert, woraufhin auch Klaus anhielt.

»Dieser goldene Schlüssel, von dem du gesprochen hast, der stellt offenbar nicht nur ein Symbol dar. Er führt anscheinend direkt zum Vermächtnis der stillen Mönche. Es geht dabei nicht um ein Buch, wie ich die ganze Zeit geglaubt habe, sondern um einen geheimen Raum.«

»Der Schlüssel passt in ein Türschloss?« Oliver zog die Brauen zusammen, weil er sich nicht vorstellen konnte, in was für einen Raum ein derartig alter verzierter Schlüssel passen könnte.

»Ja, und wenn ich die Schriften richtig interpretiere, dann haben wir es mit jemandem zu tun, der Sünder verfolgt. Es gab im Mittelalter einen Mönch, der im Zonser Franziskanerkloster drei seiner Ordensbrüder getötet hat. Scheinbar hat sich der heutige Täter das zum Vorbild genommen. Du kennst die sieben Todsünden, oder?«

In Olivers Kopf ratterte es, weil er Emily so schnell nicht folgen konnte. Aber er ahnte, dass sie eine wichtige Spur entdeckt hatte.

»Wo bist du gerade? Kannst du ins Revier kommen und uns zeigen, wo dieser Raum ist?«

»Na klar, das kann ich machen. Ich bin gerade bei Anna in Zons, weil sie sämtliche Unterlagen von Bastian Mühlenberg kopiert hat. In seinem Tagebuch habe ich etliches zu dem goldenen Schlüssel und dem Vermächtnis der stillen Mönche gefunden.«

»Du bist bei Anna?« Oliver gab Klaus ein Zeichen. »Wir sind auch in Zons und in drei Minuten bei dir.« Er legte auf.

Anna wohnte in der Rheinstraße. Sie eilten die Schloßstraße hinauf und bogen links ab. Nach nur wenigen Minuten erreichten sie das Wohnhaus vor dem Zollturm. Anna erwartete sie bereits an der Haustür.

»Kommt rein«, sagte Anna und begrüßte sie freundlich.

Auf dem Tisch im Wohnzimmer hatte Emily etliche Unterlagen ausgebreitet. Als sie Oliver erblickte, strahlte sie und sein Herz machte einen Satz.

»Kannst du uns zeigen, wo dieser Raum liegt? Ein achtzehnjähriger Schüler wird vermisst, und wir befürchten, er ist in den Händen des Mörders.«

»Ein Achtzehnjähriger?«, fragte Emily überrascht. »Das ist ja schrecklich. Ich hoffe, ihr könnt ihn retten. Schaut euch schnell einmal an, wie dieser Raum aussieht.«

Sie schlug ein ledernes Buch auf und reichte es Oliver, nachdem er sich neben Klaus auf die Couch gesetzt hatte.

»Was sollen diese Fratzen darstellen?«, wollte Oliver wissen.

»Das sind die sieben Todsünden. Ich habe euch erzählt, dass die schweigenden Mönche einen sehr strengen Orden gegründet haben. Sie wollten die Welt von den Todsünden reinigen und einer von ihnen hat vor achthundert Jahren diesen Raum in einem Kloster hergerichtet. Die Wände waren mit Figuren bemalt, die sich verschiedener Sünden schuldig gemacht hatten und nicht nur das. Der Raum konnte beheizt werden und er verfügte über eine bewegliche Decke. Ihr müsst euch das wie eine Art Folterkammer vorstellen. Ein Sünder ging hinein und wurde beispielsweise von der Decke zerquetscht, während er sich die Todsünden an den Wänden anschauen musste.«

»Todsünden? Moment mal.« Oliver griff sich an die Stirn. Plötzlich fiel es ihm wie Schuppen von den Augen. »Ich weiß, wie der Täter die Opfer auswählt. Der vermisste Jugendliche hat ein Aggressionsproblem.«

»Zorn«, stieß Klaus aus. »Das ist eine Todsünde und das erste Opfer hatte eine Affäre mit einem verheirateten Mann und war eifersüchtig auf die Ehefrau.«

»Eifersucht fällt unter Neid«, erwiderte Oliver. »Und Leonie Fiedler hat sich aus der Sicht des Täters wegen Ihres Beauty-Blogs des Hochmuts und der Eitelkeit schuldig gemacht. Deshalb steckten die ganzen Spiegelscherben in ihrer Haut. Himmel! Der Mistkerl foltert sie!« Oliver sprang von der Couch auf. »Wo ist dieser Raum? Wir müssen den Jungen da rausholen, bevor es zu spät ist.«

Emily wurde blass und Anna, die sich schweigend auf einen Sessel gesetzt hatte, senkte den Blick.

»Er existiert nicht mehr. Er wurde im Mittelalter von Bastian Mühlenberg zerstört.«

»Zerstört? Verdammt. Emily, das kann nicht sein. Wir haben es mit jemandem zu tun, der genau auf dieses Vermächtnis abzielt. Möglicherweise gibt es diesen Raum noch immer oder er wurde nachgebaut.«

»Also damals befand er sich im Keller einer Klosterruine. Dieses Kloster wurde im zwölften Jahrhundert aufgegeben, und der Raum wurde vergessen, bis ein Mönch aus dem Franziskanerkloster davon erfuhr und ihn wiederfand. Er tötete drei seiner Mitbrüder, die nach seiner Auffassung eine Todsünde begangen hatten. Die Zonser Stadtwache zerstörte den Raum mit einem Feuer.

Die Aufzeichnungen von Bastian Mühlenberg und der goldene Schlüssel sind alles, was übrig geblieben ist.«

»Aber wenn der Schlüssel existiert, gibt es den Raum vielleicht doch noch«, warf Klaus ein. »Wieso sollten wir den Aufzeichnungen eines Stadtsoldaten Glauben schenken? Könnte doch auch eine Taktik sein, damit niemand mehr diesen Raum benutzt.«

Oliver blickte auf. »Das könnte sein. Wir sollten uns diese alte Klosterruine anschauen. Kannst du uns sagen, wo sie liegt?«

»Ich befürchte, dort ist heute bloß noch ein Feld«, sagte Emily und holte eine Landkarte hervor. Sie deutete auf eine Fläche hinter der Rheinfähre. »Hier bei der Deichstraße müsste es sein.«

Irgendetwas blitzte in Olivers Bewusstsein auf und verschwand, bevor er es fassen konnte. Er schloss die Augen und konzentrierte sich. Dann fiel es ihm wieder ein.

»Ich habe eine Idee«, stieß Oliver aus.

Der Bursche würde es nicht lange aushalten. Das hatte er gleich geahnt. Die Jugendlichen von heute hatten einfach keinen Biss mehr. Kaum taten sich Schwierigkeiten auf, rannten sie davon oder hielten sich die Ohren zu. So wie Lukas. Dabei lief das Tonband noch nicht mal eine halbe Stunde. Er fragte sich wiederholt, was Lukas bei der Kinderpsychologin überhaupt gelernt hatte. Jedenfalls war er nicht in der Lage, seine

Emotionen unter Kontrolle zu halten. Doch warum überraschte ihn das? Christine Hoffmeyer hatte selbst extreme Schwächen gezeigt. Ihr Verlangen nach einem verheirateten Mann, die tief sitzende Eifersucht auf dessen Ehefrau – all das hatte ihr Herz verdorben. Voller Neid blickte sie jedem Pärchen hinterher, das ihr über den Weg lief. Sie konnte einfach die Finger nicht von Dingen lassen, die für sie tabu waren. So erging es ihr auch mit dem vergifteten Wasser. Wie sollte jemand mit einer derartigen Charakterschwäche einem Teenager Selbstbeherrschung beibringen? Mit zusammengepressten Lippen schüttelte er den Kopf und nahm den Jungen wieder ins Visier. Jeder Muskel in seinem Körper hatte sich angespannt. Der Junge sah aus, als würde er jeden Moment platzen. Und das, obwohl er lediglich ein paar harmlose Pieptöne abspielte. Zugegeben, die Frequenzen konnten aggressiv machen. Aber genau dagegen sollte sich der Junge schließlich wehren.

Er war kein Unmensch. Bei Teenagern funktionierte das Gehirn noch nicht richtig. Vielleicht gönnte er Lukas eine kurze Pause. Er legte den Hebel um und augenblicklich nahm der Junge die Hände herunter. Na bitte. Es ging doch!

»Du solltest etwas essen«, sprach er durch das Mikrofon.

Lukas gehorchte und stopfte ein Brötchen und Trinkschokolade in sich hinein. Dann schob er die Tasse weg und schaute sich um. Irritierenderweise blieb sein Blick haargenau an einer der Kameras hängen.

»Bitte, lassen Sie mich raus. Ich erzähle auch keinem davon«, flehte Lukas.

Er lachte amüsiert auf. Warum sollte er ihn freilassen? Er hatte ihn doch extra hergebracht. Was er alles über Lukas gehört hatte, machte ihn nicht froh. Dieser Junge musste dringend lernen, sich zu beherrschen, und wenn er das nicht schaffte, dann gab es hier kein Leben für ihn.

»Es gibt nur ein Verbot«, hatte er ihm gleich zu Anfang erklärt. »Du darfst nicht wütend werden. Sobald du etwas herunterwirfst oder auf etwas einschlägst, wird dir das nicht gut bekommen.«

Er war nicht immer so streng gewesen, bis er auf einem Antiquitätenmarkt den goldenen Schlüssel in einem wunderschönen Holzkästchen erstanden hatte. Lange rätselte er über die Bedeutung dieses Schlüssels. Und als seine Recherchen ihn zu der geheimen Kammer des Schweigeordens führten, da hatte es sich angefühlt wie eine Offenbarung. Endlich fand er seine Bestimmung und schwor, das Werk von Bruder Nikolaus fortzusetzen. Dieser Mönch war ein Heiliger gewesen, der schon vor Hunderten Jahren die Bedeutung der Todsünden tief in seinem Herzen begriffen hatte. Sie mussten ausgemerzt werden, bevor sie die ganze Menschheit zerstörten. Sünden waren wie eine Seuche. Sie verbreiteten sich immer weiter, wenn man ihnen keinen Einhalt gebot. Und er würde diesen Sündenpfuhl austrocknen, bis bloß noch Reinheit übrig blieb. Nur dann konnte man Gottes Worte vernehmen und eine Verbindung zu ihm herstellen. Er schlug die Bibel auf und sprach ein Gebet. Danach blickte er in die Kamera und schaltete den Ton wieder ein.

Es dauerte höchstens drei Minuten, bis der Junge dieselbe Körperhaltung eingenommen hatte wie zuvor. Er seufzte. Lange durchhalten würde Lukas wohl nicht mehr. Er hörte schon das Klirren des Tafelgeschirres, mit dem er den Tisch eingedeckt hatte.

* * *

»Es hat keinen Sinn, das Feld abzusuchen«, erklärte Oliver. »Das Kloster war ja schon vor siebenhundert Jahren nur noch eine Ruine. Da liegt kein Stein mehr auf dem anderen. Und auch das alte Franziskanerkloster in Zons ist längst abgerissen. An der Stelle steht jetzt das Kreisarchiv und dort sollten wir uns umschauen. Emily hat sich die Informationen über Zons früher immer im Kreisarchiv besorgt. Was, wenn der Täter das auch gemacht hat? Die Originale der Tagebücher von Bastian Mühlenberg werden dort aufbewahrt. Er hätte dort alles über das Vermächtnis der schweigenden Mönche und diesen Raum erfahren. Es ist unwahrscheinlich, dass er auf anderem Weg an diese speziellen Informationen gelangt ist.«

»Das sollten wir umgehend überprüfen«, rief Klaus und eilte Richtung Dienstwagen. Oliver folgte ihm und sprang auf den Beifahrersitz.

»Ich hoffe, die haben noch geöffnet«, sagte Oliver. Inzwischen war es kurz vor vier Uhr nachmittags.

Klaus gab Gas, als Olivers Handy klingelte.

DAS VERBOT

»Wir konnten den letzten Standort von Lukas Brandners Handy ermitteln«, erklärte ein Kollege aus der IT-Abteilung. »Zuletzt befand es sich in seiner Wohnung. Dort wurde es gegen zweiundzwanzig Uhr ausgeschaltet.«

»Und danach?«, fragte Oliver.

»Tut mir leid, das kann ich nicht sagen. Im ausgeschalteten Zustand können wir das Handy nicht mehr orten.«

Oliver seufzte. »Danke«, sagte er und legte auf.

Lukas Brandner war demnach vermutlich verschwunden, kurz nachdem seine Mutter das Haus verlassen hatte, um zur Nachtschicht ins Krankenhaus zu fahren. Es war sehr ärgerlich, dass sie nicht in der Lage waren, ihn zu orten. Hoffentlich stießen sie im Kreisarchiv auf eine Spur zum Täter.

Ein paar Minuten später standen sie vor dem Gebäude, das dem ehemaligen Franziskanerkloster nachempfunden war. Klaus drückte die Türklinke hinunter, doch es war bereits geschlossen.

»So ein Mist«, fluchte er. »Die haben schon Feierabend gemacht.«

Oliver schaute auf die Uhr. Sie waren drei Minuten zu spät. Drei Minuten, die über das Leben von Lukas Brandner entscheiden könnten. Das durfte einfach nicht wahr sein. Er rannte um das Gebäude.

»Hallo?«, rief er, als er ein offenes Fenster sah. »Ist hier noch jemand?«

Das Gesicht einer Frau erschien hinter der Scheibe.

»Wir haben geschlossen. Kommen Sie bitte morgen wieder.«

»Bitte. Ich bin Oliver Bergmann von der Kriminalpolizei Neuss. Sie müssen uns dringend weiterhelfen. Das kann wirklich nicht bis morgen warten.« Er zerrte seinen Dienstausweis aus der Tasche und wedelte damit.

Die Frau beäugte ihn kritisch.

»In Ordnung. Ich lasse Sie rein.« Sie stöhnte theatralisch und verschwand.

Oliver rannte zurück zum Vordereingang. Es dauerte quälend lange, bis die Frau endlich öffnete.

»Was brauchen Sie denn?«, fragte sie ungeduldig.

»Ich habe ehrlich gesagt nicht mehr viel Zeit. Ich muss nach Hause. Mein Schwiegervater braucht mich. Er ist pflegebedürftig.« Sie winkte Oliver und Klaus hinein und begab sich zum Anmeldetresen.

Oliver stellte erfreut fest, dass der Computer noch nicht ausgeschaltet war.

»Wir müssen herausfinden, wer sich in letzter Zeit die Unterlagen des Stadtsoldaten Bastian Mühlenberg aus dem fünfzehnten Jahrhundert ausgeliehen hat«, erklärte er und wippte nervös auf den Fußspitzen, während die Frau im Tempo einer Schnecke die Tastatur bediente.

»Wie lautete der Name dieses Soldaten noch mal?«, fragte sie nach einer Weile und zog die Stirn in Falten.

»Mühlenberg«, wiederholte Oliver. »Bastian Mühlenberg.«

»Hier steht, der Pfarrer hat sie sich ausgeliehen. Das

war vor drei Monaten. Seitdem hat sich niemand mehr dafür interessiert.«

Oliver konnte es nicht glauben. »Pfarrer Althausen?«

»Nein. Das war der neue.« Die Frau stieß ein tiefes Lachen aus. »Pfarrer Althausen müssen Sie über die Zonser Geschichte doch nichts mehr erzählen. Der kennt sie in- und auswendig. Aber Dominik Herrmann muss noch viel lernen und sich einarbeiten. Er soll ja bald den Platz von unserem Pfarrer übernehmen.« Sie blickte traurig auf. »Richtig gefallen tut mir das nicht.«

Oliver und Klaus bedankten sich. Bis zur Kirche waren es höchstens zweihundert Meter. Sie stürmten wieder los, am Juddeturm vorbei die Schloßstraße entlang. Die Kirchentür stand offen und Pfarrer Althausen unterhielt sich mit einer grauhaarigen Dame. Als er sie bemerkte, verabschiedete er sich von ihr und kam auf sie zu.

»Guten Tag, meine Herren ...« Er stutzte und blinzelte sie an. »Ist etwas passiert?«

»Ja«, sagte Klaus. »Wir müssen dringend mit Pfarrer Dominik Herrmann sprechen. Wissen Sie, wo er sich aufhält?«

In diesem Augenblick tauchte Dominik Herrmann hinter dem Altar auf. Ihre Blicke kreuzten sich. Herrmann wandte sich ab und rannte los.

»Halt!«, rief Oliver. »Wir müssen mit Ihnen reden.«

Doch Dominik Herrmann hielt nicht an. Eine Tür knallte, und Oliver wusste, dass er die Kirche durch den Seiteneingang verlassen hatte. Er nickte Klaus zu, der sich sofort zum Haupteingang begab, und jagte durch den Seiteneingang dem Flüchtigen hinterher. In seinem langen Gewand würde der Pfarrer nicht allzu schnell laufen können. Oliver sprintete durch die engen, gewundenen Gassen von Zons. Am Ende der Wendelstraße gelang es ihm, den Pfarrer einzuholen. Klaus näherte sich von der anderen Seite.

Oliver zog seine Waffe. »Dominik Herrmann, geben Sie auf! Es ist vorbei!«

Herrmann blickte zwischen ihm und Klaus hin und her. Seine linke Hand verschwand unter seinem Gewand.

»Hände hoch!«, brüllte Oliver und entsicherte die Waffe. »Ich meine es ernst. Zwingen Sie mich nicht, zu schießen.«

Auf den Lippen des Pfarrers erschien ein boshaftes Grinsen.

»Sie können mich nicht aufhalten, und wenn Sie mich erschießen, dann ist Lukas tot.«

Klaus zog ebenfalls die Dienstwaffe. Olivers Finger zitterten am Abzug. Er zielte auf den Arm des Pfarrers. Der Mann rührte sich immer noch nicht.

Oliver machte vorsichtig einen Schritt auf ihn zu.

»Nehmen Sie die Hand aus dem Gewand«, knurrte er, doch Dominik Herrmann grinste ihn nur weiter böse an. In seinen Augen leuchtete der Wahnsinn, während die Hand unter seinem Gewand zuckte.

»Halt!«, schrie Oliver.

Abermals zuckte die linke Hand des Mannes und für den Bruchteil einer Sekunde blitzte etwas Goldenes auf. Oliver wurde schlagartig klar, dass er unter dem Gewand keine Waffe verbarg. Er sprang auf ihn zu und zwang ihn zu Boden. Er packte seine linke Hand und zerrte sie hoch. Ein goldener Schlüssel fiel klirrend zu Boden, ähnlich wie der, den Oliver in Christine Hoffmeyers Wohnung entdeckt hatte.

»Ich muss diese Gemeinde reinigen«, stöhnte Dominik Herrmann und verdrehte die Augen.

Oliver legte ihm Handschellen an und zog ihn auf die Füße.

»Wo ist der Raum?«, fragte er ungeduldig.

Statt einer Antwort erhielt er nur ein weiteres bösartiges Grinsen.

»Durchsuchen wir ihn«, schlug Klaus vor und begann, das Gewand des Mannes abzutasten, während Oliver ihn festhielt.

Nach einer Weile zog Klaus ein Handy hervor.

»Was haben wir denn hier?«, brummte er und hielt es dem Pfarrer vors Gesicht.

Das Display entsperrte sich.

»Nein! Das dürfen Sie nicht!«, schrie Dominik Herrmann. »Das sind meine persönlichen Daten. Geben Sie mir das Handy zurück.«

»Wir denken gar nicht daran«, erwiderte Oliver und packte den Pfarrer fester an den Schultern, weil er versuchte, sich aus seinem Griff zu befreien.

Klaus drehte das Handy so, dass Oliver auf das Display sehen konnte. Augenblicklich stockte ihm der Atem, denn er sah Lukas Brandner. Er saß verängstigt und zusammengekrümmt auf einem Stuhl und presste sich die Hände gegen die Ohren. Oliver hatte keine

Ahnung, warum, aber irgendetwas geschah mit dem armen Jungen.

»Was machen Sie mit ihm?«, schrie er den Pfarrer an.

»Ist es der Zorn, der Ihnen zu schaffen macht?«, entgegnete Dominik Herrmann und zog eine Augenbraue nach oben. Offenbar dachte er nicht im Traum daran, zu kooperieren. Oliver starrte erneut auf das Display und bemerkte rechts unten das Lautsprechersymbol.

»Stell den Ton ein«, bat er Klaus.

Ein grässlicher Piepton drang sogleich aus dem Handy. Er ging Oliver durch Mark und Bein.

»Sie foltern den Jungen, um zu schauen, ob er ausrastet. Machen Sie den Ton sofort aus«, bat er ruhig, in der Hoffnung, Dominik Herrmann würde zur Besinnung kommen.

»Das Vermächtnis der schweigenden Mönche lehrt uns, hart zu sein. Fromm und in Demut ertragen wir die Prüfungen des Schicksals. Sehen Sie auf die Uhr. Noch drei Stunden und ich lasse den Jungen gehen. Es ist seine Entscheidung, ob er lebt oder stirbt.«

Oliver spürte, wie eine gewaltige Wut in ihm hochstieg. Er hätte diesem Ungeheuer am liebsten einen Schlag mitten ins Gesicht verpasst. Doch es half nichts. Sie mussten Lukas Brandner finden, bevor es zu spät war. Vermutlich gab es dort, wo er festgehalten wurde, eine Art Mechanismus, der ansprang und ihn tötete, sobald er das kleinste Anzeichen von Aggression zeigte. So musste es auch bei Leonie Fiedler gewesen sein. Ein Spiegel war explodiert und hatte sie getötet.

Klaus' Miene erhellte sich mit einem Mal. Er hatte die ganze Zeit das Handy durchsucht.

»Nimm den Kerl mit. Ich weiß, wo der verdammte Raum ist.« Er hielt Dominik Herrmann das Foto eines halb zerfallenen Bauernhofes vor die Nase. »Ich habe doch recht, mein Freund, oder?«

Dominik Herrmanns Gesicht verfinsterte sich.

»Sie haben keinen Durchsuchungsbefehl«, stieß er aus. »Sie müssen sich an die Regeln halten.«

Doch weder Oliver noch Klaus hörten auf ihn. Oliver schob den zeternden Mann vor sich her und verfrachtete ihn auf die Rücksitzbank des Dienstwagens. Dann rief er Verstärkung und gab die Adresse des verfallenen Hofes durch.

Mit quietschenden Reifen hielten sie vor dem heruntergekommenen Haus und sprangen aus dem Wagen. Oliver zerrte Dominik Herrmann heraus und brüllte:

»Wo ist der Raum?« Herrmann reagierte nicht, aber Oliver brauchte seine Antwort auch nicht mehr. Er blähte die Nasenflügel und folgte mit Herrmann im Schlepptau dem stechenden Geruch, der aus der offenen Haustür drang und an faule Eier erinnerte.

»Wir müssen uns vorsehen. Irgendwo tritt Propangas aus. Riechst du das, Klaus?«

Sein Partner nickte und ging voran durch einen dunklen Flur, an dessen Ende sich eine Metalltür befand, bei der Oliver augenblicklich an einen riesigen Safe denken musste. Der Geruch nach Gas wurde mit jedem Schritt stärker. Sie konnten nur hoffen, dass

Lukas Brandner noch lebte. Klaus drehte den Türknauf, doch es war abgeschlossen.

»Warte«, sagte Oliver und kramte den goldenen Schlüssel hervor, den er Dominik Herrmann abgenommen hatte.

Klaus schob den Schlüssel in das Schloss, und als die Tür sich endlich öffnete, drang ein ganzer Schwall Gas aus dem Raum.

Lukas Brandner war vom Stuhl gefallen und lag bewusstlos auf dem Boden. Sein Gesicht war kreidebleich. Er atmete kaum noch. Klaus war mit zwei Schritten bei ihm und zog ihn nach draußen. Oliver musste Dominik Herrmann mit Gewalt festhalten. Der Mann wehrte sich trotz seiner Handschellen mit aller Kraft.

»Lasst mich los! Ihr habt alles verdorben. Bringt Lukas sofort wieder rein.« Er starrte wie wild geworden durch die offene Tür.

Oliver hielt die Luft an und schob Herrmann vor sich her in den Raum.

»Was zum Teufel ist das hier?«, fragte er und stürzte sich auf die Zündschnur, die quer über den Fußboden verlief. Er holte sein Taschenmesser aus der Hose und schnitt sie ohne zu zögern durch.

»Nein!«, schrie Herrmann und ging zu Boden.

»Das war mein Zündmechanismus.«

»Jetzt reicht es!«, sagte Oliver mit fester Stimme und bemerkte aus dem Augenwinkel unzählige grässliche Fratzen, die an die Wand gemalt waren. »Sie halten auf der Stelle den Mund und hoffen, dass der Junge überlebt.«

Er zerrte das Ungeheuer mit sich nach draußen auf den Vorplatz, wo Klaus sich um Lukas Brandner kümmerte. Aus der Ferne hörte er die Sirenen des Rettungswagens rasch näher kommen.

Die Verstärkung traf nur wenige Sekunden nach dem Notarzt ein. Schwer bewaffnete Einsatzkräfte führten Dominik Herrmann ab, während der Notarzt Lukas Brandner versorgte.

»Wir bringen ihn ins Krankenhaus«, erklärte der Arzt.

»Wird er durchkommen?«, fragte Oliver.

»Er hat eine Menge Propangas eingeatmet und vermutlich war der Sauerstoff eine Zeit lang zu knapp. Aber ich denke, er wird wieder völlig gesund.« Der Arzt winkte die Rettungssanitäter heran, die den Patienten umgehend in den Rettungswagen verfrachteten. Oliver atmete erleichtert auf, als sie die Hecktüren schlossen. Die Sirene ertönte und der Wagen schoss mit Lukas Brandner davon.

EPILOG

Zwei Wochen später

»Ich kann mir wirklich nicht erklären, wie mir das entgehen konnte«, seufzte Pfarrer Althausen, während er nachdenklich die Unterlagen vor sich auf dem Tisch betrachtete.

»Er hat nicht nur Sie getäuscht, sondern alle anderen auch«, versuchte Oliver den in die Jahre gekommenen Mann zu beruhigen, der in den letzten drei Wochen noch einmal um zehn Jahre gealtert zu sein schien.

»Ich hätte es bemerken müssen und all das Leid verhindern können«, murmelte Pfarrer Althausen und tippte auf das Zeugnis von Dominik Herrmann. »Ich hätte nie gedacht, dass seine Urkunden gefälscht sind. Sie sehen wirklich täuschend echt aus.« Er bekreuzigte sich und sprach leise ein Gebet.

Der Schock saß immer noch tief, denn sie hatten

festgestellt, dass Pfarrer Dominik Herrmann gar nicht existierte. Der Täter hatte sämtliche Unterlagen gefälscht und sich lediglich als Pfarrer ausgegeben. Er hatte sich das Vertrauen von Pfarrer Althausen erschlichen, der letztendlich auch nur ein Mensch war und das sah, was er sehen wollte. Auf die Idee, dass sich ein Betrüger in seine Kirche eingeschlichen hatte, wäre er im Leben nicht gekommen.

Der fünfunddreißigjährige Andreas Lenz stammte aus einer streng gläubigen katholischen Familie und war in Süddeutschland in der Nachbarschaft eines Kartäuserklosters aufgewachsen. Schon früh fühlte er sich zu dem Orden und seinen strengen Regeln hingezogen, bestand jedoch die Aufnahmeprozedur nicht. Er hatte kein Gehör für den Gesang und wies auch sonst keine besonderen Fähigkeiten auf. In einer geheimen Abstimmung wurde seine Aufnahme in den Orden abgelehnt. Frustriert wandte Lenz sich den weltlichen Dingen zu und fing wie von seinem Vater gewünscht eine Ausbildung zum Goldschmied an. Nach dem Tod seines Vaters übernahm er dessen Goldschmiede und begann die zugänglichen Schriften des Kartäuserordens zu studieren. Er steigerte sich mehr und mehr in einen Wahn hinein und war am Ende davon überzeugt, die Menschheit von der Sünde reinigen zu müssen. Auf einem Antiquitätenmarkt erwarb er einen goldenen Schlüssel und fand die Schriften über ein uraltes Kartäuserkloster aus dem zwölften Jahrhundert in der Nähe von Zons, in dem es einen geheimen, längst vergessenen Raum gegeben haben sollte. Er kaufte ferner in der Nähe einen zerfallenen Bauernhof und rekonstruierte dort den Raum samt dem Schlüssel anhand überlieferter Zeichnungen detailgetreu nach. Da die Kartäuser seine Aufnahme abgelehnt hatten, gab er sich als Pfarrer aus und wurde in Zons von Pfarrer Althausen mit offenen Armen aufgenommen. Schon bald machte er die ersten Sünder in seiner Gemeinde aus und begann mit der Reinigung, wie er es selbst ausdrückte.

»Wie gesagt, er hat sein gesamtes Umfeld getäuscht und uns zudem auf eine falsche Fährte gelockt, indem er die Noten des Chorleiters in das Holzkästchen platzierte, das wir bei Christine Hoffmeyer gefunden haben. Somit hat er den Verdacht auf den Chorleiter gelenkt.« Oliver seufzte. Er fühlte sich mindestens genauso schlecht deswegen wie Pfarrer Althausen.

Aber sie hatten Lukas Brandner das Leben gerettet. Dem jungen Mann ging es körperlich gut. Er hatte von dem Propangas keinen Schaden davongetragen. Er konnte von Glück reden, dass Oliver und Klaus den falschen Pfarrer rechtzeitig in ihre Gewalt gebracht hatten. Niemand konnte sagen, ob er die Zündung nicht doch ausgelöst hätte. Bei der Gasexplosion wäre Lukas Brandner mit Sicherheit getötet worden.

Andreas Lenz saß in Haft und würde das Gefängnis vermutlich nie wieder verlassen. Inzwischen hatte er gestanden und der Polizei die grausamen Details seiner Taten geschildert. Zudem hatten sie Videoaufnahmen von allen Opfern auf seinem Computer und dem Handy gefunden.

»Ich werde wohl mein Lebtag nicht darüber hinwegkommen. Christine Hoffmeyer und Leonie Fiedler waren zwei herzensgute Menschen.«

Der alte Pfarrer erhob sich und Oliver sammelte die Unterlagen wieder ein. Sie verließen den kleinen Nebenraum und traten hinaus in das Hauptschiff der Kirche. Anna und Emily warteten vor dem Altar. Anna hatte ihre kleine Tochter dabei, die im Kinderwagen saß und über das ganze Gesicht strahlte, weil Emily ihr ein kleines Püppchen hinhielt.

Der Pfarrer blieb stehen und schaute erst auf die Kleine, dann zu Anna. Plötzlich fasste er sich an die Stirn.

»Liebe Güte, in meinem Alter wird man wirklich vergesslich. Ich muss noch einmal zurück, denn ich habe etwas für Frau Winterfeld, das ich ihr schenken möchte.« Er bat Oliver, ihm wieder in den Nebenraum zu folgen. Dort kramte er in einem Regal, auf dem verschiedene Bücher und Dokumente lagen.

»Wo habe ich es nur hingelegt?«, murmelte er und zog schließlich ein altes Pergament hervor.

»Als Sie mir von Bastian Mühlenberg erzählten, da habe ich in unseren Kirchendokumenten recherchiert. Bastian Mühlenberg war ein sehr bekannter Stadtsoldat im Mittelalter. Er hat viel für die Stadt und unsere Kirche getan. Jedenfalls hat er Pfarrer Johannes vor ungefähr fünfhundert Jahren ein Dokument übergeben und ihn gebeten, es einer Frau namens Anna zu überbringen, wenn die Zeit gekommen ist. Ich muss zugeben, ich konnte es selbst kaum glauben. Aber sehen Sie sich diese Zeichnung an und sagen Sie mir, was Sie davon halten.«

Er rollte das Pergament auseinander und hielt es Oliver vor die Nase.

»Das ist eindeutig Anna«, stieß Oliver aus.

»Dachte ich es mir doch«, sagte Pfarrer Althausen und eilte mit dem Pergament, das sich wieder zusammenrollte, hinaus. Oliver folgte ihm erwartungsvoll.

»Ich habe hier etwas für Sie, Frau Winterfeld«, erklärte Pfarrer Althausen und überreichte ihr die Pergamentrolle. »Es ist kaum zu glauben, aber ich habe das hier in unserem Archiv gefunden mit dem Hinweis, es der Person auf der Zeichnung zu überreichen. Das tue ich hiermit.«

Anna öffnete das Pergament überrascht. Die Zeichnung einer Frau, die ihr bis aufs Haar glich, kam zum Vorschein. Darüber war mit feinem Federstrich ihr Name gezeichnet und unter dem Porträt stand in filigranen Buchstaben:

Liebe kann keine Sünde sein!

»Ist das von Bastian Mühlenberg?«, fragte Anna sichtlich ergriffen und strich sanft über das Pergament.

Pfarrer Althausen nickte. »So ist es und seine Worte scheinen direkt aus seinem Herzen zu kommen.«

NACHWORT DER AUTORIN

Liebe Leserin, lieber Leser,

ich möchte mich ganz herzlich dafür bedanken, dass Sie meinen Roman gelesen haben. Ich hoffe, Ihnen hat die Lektüre gefallen und Sie hatten ein spannendes Leseerlebnis.

Die Figuren in meinem Buch sind übrigens frei erfunden. Ich möchte nicht ausschließen, dass der eine oder andere Charakterzug Ähnlichkeiten mit denen heute lebender Personen haben könnte, dies ist jedoch keinesfalls beabsichtigt.

Wenn Sie an Neuigkeiten über anstehende Buchprojekte, Veranstaltungen und Gewinnspielen interessiert sind, dann tragen Sie sich in meinen klassischen E-Mail-Newsletter oder auf meiner WhatsApp-Liste ein:

- Newsletter: www.catherine-shepherd.com

- **WhatsApp: 0152 0580 0860** (bitte das Wort *Start* an diese Nummer senden)

Sie können mir auch gerne bei Facebook, Instagram und Twitter folgen:

- www.facebook.com/Puzzlemoerder
- www.twitter.com/shepherd_tweets
- Instagram: autorin_catherine_shepherd

Natürlich freue ich mich ebenso über Ihr Feedback zum Buch an meine E-Mail-Adresse:

kontakt@catherine-shepherd.com

Zum Abschluss habe ich noch eine persönliche Bitte an Sie. Wenn Ihnen dieses Buch gefallen hat, würde ich mich über eine kurze Rezension freuen. Keine Sorge, Sie brauchen hier keine »Romane« zu schreiben. Einige wenige Sätze reichen völlig aus.

Sollten Sie bei *Leserkanone*, *LovelyBooks* oder *Goodreads* aktiv sein, ist natürlich auch dort ein kleines Feedback sehr willkommen. Ich bedanke mich recht herzlich und hoffe, dass Sie auch meine anderen Romane lesen werden.

Ihre Catherine Shepherd

WEITERE TITEL VON CATHERINE SHEPHERD

Laura Kern-Thriller Band 1 bis 4

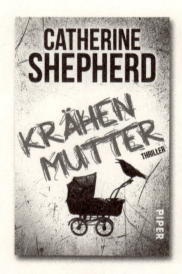
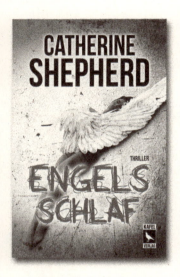

Laura Kern-Thriller Band 5 bis 8

Julia Schwarz-Thriller Band 1 bis 4

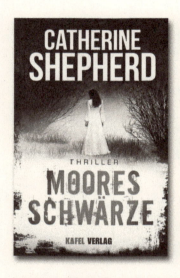

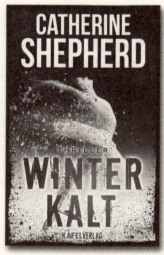
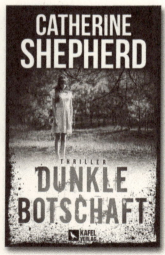

Julia Schwarz-Thriller Band 5 und 8

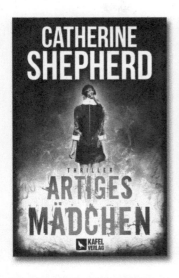

STADT ZONS AM RHEIN

Die kleine Stadt Zons – ehemals Zollfeste Zons genannt – liegt am Niederrhein direkt bei Dormagen im Rhein-Kreis Neuss, fast genau in der Mitte zwischen Düsseldorf und Köln. Auf der anderen Seite des Rheins liegt Düsseldorf-Urdenbach. Beide Orte sind durch eine Fährverbindung über den Rhein miteinander verbunden. Zons ist eine der am besten bewahrten mittelalterlichen Städte mit einer im ganzen Rheinland einzigartigen, gut erhaltenen Befestigungsanlage aus dem 14. Jahrhundert, sozusagen das Rothenburg des Rheinlands.

Die kleine Stadt Zons blickt auf eine lange und bewegte Geschichte zurück:

Ebenso wie in das heutige Gebiet der Stadt Köln und der benachbarten Stadt Neuss kamen die Römer auch in die Nähe von Zons. Dies hat man jedenfalls bei Ausgrabungen festgestellt, nach denen es bei Zons einen römischen Friedhof und ein Militärlager der Römer gegeben hat.

Gesichert ist ebenfalls die Erkenntnis, dass Zons im Jahr 1373 das Stadtrecht erhalten hat. Der Kölner Erzbischof Friedrich von Saarwerden hatte zuvor im Jahr 1372 den Rheinzoll vom Gebiet des heutigen Neuss nach Zons verlagert. Zons wurde daraufhin durch Mauern und Gräben befestigt. Im Zentrum der befestigten Ortschaft befanden sich wohl etwa einhundertzwanzig Häuser. Im 15. Jahrhundert war der seinerzeitige Ausbau von Zons abgeschlossen. Die Bevölkerung war im Wesentlichen im Ackerbau, der Viehzucht und in den Bereichen Bier-, Wein- und Getreidehandel tätig. Daneben existierten Handwerksbetriebe, Ziegeleien sowie Woll- und Leinenwebereien. Zwischen dem 15. und dem 17. Jahrhundert gab es offenbar einen moderaten Wohlstand in der Stadt.

Das 17. Jahrhundert war keine gute Zeit für Zons. 1620 gab es erneut einen schweren Brand in der Stadt, von dem der Überlieferung nach nur wenige Häuser verschont blieben. Auch der Dreißigjährige Krieg hat durch entsprechenden Beschuss in Zons schwere Spuren der Zerstörung hinterlassen. Die Pest schwächte das Städtchen in mehreren Wellen, z. B. 1623 und 1666. Im Jahr 1794 eroberten die Franzosen Zons. Es gehörte nunmehr zu Frankreich und war bis 1814 im Kanton Dormagen des Arrondissements Köln beheimatet.

1815 ging Zons an die Preußen über und wurde dem Kreis Neuss sowie 1822 dem Regierungsbezirk Düsseldorf zugeordnet. Bereits seit 1900 ist Zons ein beliebtes

Ausflugsziel. 1975 wurde Zons Teil von Dormagen. Zons nannte sich daher ab diesem Zeitpunkt Feste Zons. Seit 1992 darf Zons sich wieder Stadt nennen, allerdings handelt es sich hierbei nicht um eine eigenständige Gemeinde im Rechtssinn, sondern um einen Titel, den man Zons aufgrund der hohen historischen Bedeutung gewährt hat. Heute hat Zons über 5.000 Einwohner und gehört als Stadtteil von Dormagen zum Rhein-Kreis Neuss.

Weitere Informationen über Zons finden Sie auf: www.zons-am-rhein.info oder auf der Facebook-Seite www.facebook.com/zonsamrhein. Vielleicht schauen Sie sich das schöne Zons einmal persönlich an. Einige der Plätze, die in diesem Buch eine Rolle spielen, sind auch heute noch gut erhalten.

ÜBER DIE AUTORIN

Die Autorin Catherine Shepherd (Künstlername) lebt mit ihrer Familie in Zons und wurde 1972 geboren. Nach Abschluss des Abiturs begann sie ein wirtschaftswissenschaftliches Studium und im Anschluss hieran arbeitete sie jahrelang bei einer großen deutschen Bank. Bereits in der Grundschule fing sie an, eigene Texte zu verfassen, und hat sich nun wieder auf ihre Leidenschaft besonnen.

Ihren ersten Bestseller-Thriller veröffentlichte sie im April 2012. Als E-Book erreichte »Der Puzzlemörder von Zons« schon nach kurzer Zeit die Nr. 1 der deutschen Amazon-Bestsellerliste. Es folgten weitere Kriminalromane, die alle Top-Platzierungen erzielten. Ihr drittes Buch mit dem Titel »Kalter Zwilling« gewann sogar Platz Nr. 2 des Indie-Autoren-Preises 2014 auf der Leipziger Buchmesse. Seitdem hat Catherine Shepherd die Zons-

Thriller-Reihe fortgesetzt und zudem zwei weitere Reihen veröffentlicht.

Im November 2015 begann sie mit dem Titel »Krähenmutter« eine neue Reihe um die Berliner Spezialermittlerin Laura Kern (mittlerweile Piper Verlag) und ein Jahr später veröffentlichte sie »Mooresschwärze«, der Auftakt zur dritten Thriller-Reihe mit der Rechtsmedizinerin Julia Schwarz.

Mehr Informationen über Catherine Shepherd und ihre Romane finden sich auf ihrer Website:

www.catherine-shepherd.com

LESEN SIE GLEICH WEITER >>

LESEPROBE

Er lehrt dich Schmerz und Einsamkeit!

Ein Laura Kern Thriller

Catherine Shepherds Thriller »Der Lehrmeister« garantiert Ihnen atemlose Spannung von der ersten bis zur letzten Seite!

PROLOG

Ich komme mir irgendwie albern vor. Seit fünfzehn Minuten warte ich nun auf den großen Moment, doch nichts tut sich. Alles ist still. Nur das Rauschen der Baumkronen im Wind ist durch die dünnen Holzwände der kleinen Hütte zu hören. Ich sehe an mir hinunter. Meine Brüste quellen aus dem zu knappen Spitzen-BH. Die Strümpfe, die mir bis zum Oberschenkel reichen, beginnen langsam zu kratzen. Die viel zu engen Pumps schmerzen bereits seit geraumer Zeit. Aber die Aufregung lässt mich das alles ertragen. Ich spiele ein Spiel, lebe eine Fantasie, die ein berauschendes Glücksgefühl durch meinen Körper jagt. Ich forme einen Kussmund und überprüfe im Handspiegel den knallroten Lippenstift, der meine Lippen wie reife Erdbeeren aussehen lässt. Wie wird er mich ansehen, sobald die Tür aufgeht? Wird sein Herz auch schneller schlagen? Wird er ein unwiderstehliches Verlangen spüren und mich küssen? Oder wird mein Anblick ihm die Sprache verschlagen und ihn womöglich abschrecken? Ich überlege kurz und verwerfe den letzten Gedanken. Nein, Männer mögen Frauen, die sich so anziehen. Sie wollen sie vielleicht nicht unbedingt heiraten, aber sie begehren Frauen, die ihre Weiblichkeit nicht verstecken, sondern sie selbstbewusst zur Schau tragen.

Vor einer Woche war ich ein braves Schulmädchen. Davor die frustrierte Hausfrau oder die Herrin, die eine Peitsche schwingt. Manchmal bin ich auch ein böses Mädchen. Wir spielen dieses Spiel seit Langem, und es gefällt mir, mich immer wieder neu zu erfinden. Trotzdem frage ich mich, ob ich es heute übertrieben habe. Wahrscheinlich sieht das Outfit ein wenig zu billig aus, wie das eines Straßenmädchens. Aber es geht mir nicht nur um das Eine. Ich sehne mich danach, jemand anderes zu sein, jedenfalls für eine Weile. Mein Wunsch, diesem Leben zu entfliehen und zu vergessen, wer ich eigentlich bin, ist übergroß. Ich möchte mich treiben lassen und erneut die Aufregung spüren, als ich zum ersten Mal einen Jungen küsste. Dieses erste Prickeln, das durch die Nervenbahnen strömt und so intensiv ist, dass selbst die Erinnerung daran stärker ist als jede Wiederholung.

Mein Handy piepst und ich lasse den Handspiegel sinken.

Sorry, verspäte mich ein bisschen, lese ich die Nachricht und Enttäuschung steigt in mir auf. Die prickelnde Stimmung schwindet.

Wann kommst du?, schreibe ich zurück und starre so lange auf das Display, bis es sich abschaltet. Er antwortet nicht, weil er es hasst, sich festzulegen.

Vielleicht hätten wir einen weniger abgelegenen Ort aussuchen sollen. Es war vorhersehbar, dass er es nicht pünktlich schafft. Auch Entbehrungen sind Teil unseres

Spiels. Es ist gut möglich, dass er mir gleich schreibt und unser Treffen absagt. Ich frage mich, ob es nicht sogar besser wäre. Ich fühle mich nicht wohl in dieser Rolle. Normalerweise erfülle ich ihm gern seine Wünsche, doch irgendetwas stört mich an meinem heutigen Outfit. Ich bin kein Mädchen, das für Geld zu haben ist.

Ein erneuter Piepton reißt mich aus den Gedanken. Ich sehe nicht sofort auf das Handy, weil ich seine Absage nicht lesen möchte. Noch für einen Moment träume ich von ihm. Von uns. Von einem anderen Leben. Dann entsperre ich das Display und öffne die Nachricht. Der Inhalt überrascht mich.

Ich stehe vor der Tür. Lässt du mich rein? Dahinter steht ein Smiley.

Hastig springe ich auf und umfasse den Türknauf, doch im letzten Augenblick überlege ich es mir anders. Mit flinken Fingern tippe ich eine Antwort:

Es ist offen.

Anschließend setze ich mich auf die Decke und starre die Tür an. In mir breitet sich erneut ein wohliges Prickeln aus. Ich kann es kaum erwarten. Zehn, zwanzig Sekunden verharre ich regungslos. Dann zwickt es mich am Oberschenkel und ich verändere die Stellung. Nach weiteren zwanzig Sekunden stehe ich auf.

»Bist du noch da?«, frage ich durch die Tür und lausche. Draußen ist nur das Rauschen der Baumkronen zu hören. Ein merkwürdiges Gefühl überkommt mich und rasch stoße ich die Tür auf.

Ich schaue ins Grüne. Bäume, Sträucher, der schmale Pfad, der zur Hütte führt.

Er ist nicht hier.

Hat er sich hinter der Hütte versteckt? Langsam begreife ich, dass er mit mir spielt.

Wenn du nicht reinkommst, dann komme ich raus, schreibe ich und trete nach draußen, nur bekleidet mit Dessous, Spitzenstrümpfen und den unbequemen Pumps. Eilig umrunde ich die kleine Schutzhütte. Sie misst vielleicht drei mal vier Meter. Als ich wieder an der Tür ankomme, lausche ich abermals. Etwas knackt in meinem Rücken und ich fahre herum. Ein Tier huscht ins Dickicht. Ein Hase oder ein Kaninchen. Unschlüssig verharre ich auf der Stelle, das Handy noch in der Hand. Ein Signalton kündigt eine neue Nachricht an.

Wo bist du?, fragt er, und ich sehe mich erneut um.

An der Hütte, hinter dem Kiefernwäldchen, antworte ich. Meine Finger fliegen über die Buchstaben. *Hütte Nummer drei*, füge ich hastig hinzu.

Ich dachte, wir treffen uns in der zwei.

Ich beginne zu lächeln.

Die zwei liegt vor dem Kiefernwäldchen. Bleib dort. Ich bin unterwegs, tippe ich schnell.

Trotz der engen Pumps renne ich los, durch eine Reihe grüner Kiefern. Endlich sehe ich ihn wieder. Ich habe ihn sehr vermisst. Ein Zweig schlägt mir ins Gesicht, doch das kann meine Freude nicht trüben. In einiger Entfernung taucht die andere Holzhütte auf. Wir haben nicht viel Zeit. Die Mittagspause dauert nicht ewig und ich will die wenigen Minuten auskosten. Jetzt, wo ich mich ihm nähere, erscheint alles so farbenfroh.

Plötzlich höre ich sogar die Vögel zwitschern. Das Leben ist schön und berauschend. Die Sonne scheint warm herab. Ich habe es gleich geschafft, da knackt es neben mir. Ich sehe eine Bewegung zwischen den jungen Kiefern.

Mein Handy piept erneut. Ich bleibe stehen.

Überraschung, schreibt er und setzt abermals einen Smiley hinter den Text.

Ich schaue zu den Kiefern.

»Bist du das?«, frage ich und umklammere das Handy, als wäre es eine Waffe. Das Spiel gefällt mir nicht mehr.

Wieder ertönt ein Piepen.

Wer sollte es sonst sein?

Ich atme auf und marschiere auf die Stelle zwischen den Bäumen zu, wo es geknackt hat. Doch dort ist niemand.

Plötzlich knirscht es hinter mir. Jemand atmet. Das herbe Parfüm löst eine unwiderstehliche Sehnsucht in mir aus. Ich schließe die Augen und drehe mich nicht um. Seine Hände berühren meine Schultern. Ganz sanft streicht er mir über den Rücken und den Hals.

»Endlich sehen wir uns wieder«, flüstere ich heiser und wende mich zu ihm um.

Seine Finger fahren über meine Brüste. Ich stelle mich auf die Zehenspitzen, um ihn zu küssen. Aber irgendetwas ist anders. Er wirkt kleiner als sonst. Irritiert öffne ich die Augen und blicke in ein fremdes Gesicht.

KAPITEL 1

Schweißperlen rannen Laura über die Stirn, während sie durch die Nacht joggte, die kaum kühler war als der Tag. Sie hatte nicht einschlafen können, weil das Monster sie verfolgte, sobald sie die Augen schloss. Der Rhythmus ihrer Schritte beruhigte sie und ließ die Ereignisse der Vergangenheit aus ihren Gedanken verschwinden. Sie war kein elfjähriges, hilfloses Mädchen mehr und das Monster war tot. Das hatte sie mit eigenen Augen gesehen. Sie hatte seine erschlaffte Haut berührt und sich davon überzeugt, dass sein Herz nicht mehr schlug. Dennoch lebte der Mann, der sie entführt und in einem alten Pumpwerk gefangen gehalten hatte, in ihren Träumen weiter. Es gab dann nur eine Möglichkeit, ihn loszuwerden: Sie musste raus auf ihre Joggingstrecke.

Die Schweißperlen tropften ihr vom Kinn auf die Brust. Laura beschleunigte ihre Schritte und wischte die Feuchtigkeit fort. Mit den Fingerkuppen glitt sie über die wulstigen Narben, die sich von der Brust aufwärts zum Schlüsselbein zogen. Auf ihrer Flucht vor dem Monster war sie durch ein schmales Rohr gekrochen, dessen Ende mit einem rostigen Eisengitter gesichert war. Sie hatte sich bei dem Versuch hinauszugelangen die Haut aufgerissen. Die Narben begleiteten sie bis heute und waren der Grund, warum sie stets hochgeschlossene Blusen und lange Hosen trug. Sie hatte sich damit abgefunden, niemals ein Kleid mit tiefem Ausschnitt zu tragen, egal wie heiß es war. Sie wollte nicht, dass jemand in ihr ein Opfer sah. Sie hatte sich auf die andere Seite geschlagen. Heute jagte sie die Verbrecher und sie war gut darin.

Laura schlug einen Haken und bog in den Park ein, der auf ihrer Laufstrecke lag. Sie sog den Duft der Bäume in sich auf und spürte den aufkommenden Wind, der ihren erhitzten Körper ein wenig abkühlte. Andreas Hobrecht, das Monster, war tot. Sie wollte nicht weiter an ihn denken oder von ihm träumen. Doch sie hatte keine Ahnung, wie sie Hobrecht aus ihrem Unterbewusstsein verbannen sollte. Sie lief langsamer und konzentrierte sich auf ihren Atem und anschließend auf die positiven Dinge im Leben. Da war zum Beispiel Taylor, der in ihrem Bett lag und friedlich schlief. Und Max, ihr Partner beim Landeskriminalamt Berlin. Sie wurden immer dann eingeschaltet, wenn es sich um besonders schwerwiegende Verbrechen handelte, bei denen die Polizei nicht weiterkam. Max war ihr Fels in der Brandung. Laura konnte sich blind auf ihn verlassen.

Sie spürte ein leichtes Brennen unter der rechten Fußsohle. In der Eile hatte sie die Socken vergessen. Vermutlich bildete sich gerade eine Blase. Laura biss sich auf die Unterlippe und zog das Tempo wieder an. Sie hatte bereits mehr als die Hälfte der Strecke zurückgelegt. Den letzten Kilometer würde sie jetzt auch noch schaffen. Sie fokussierte sich auf den Schein der Stirnlampe, die einen wippenden Lichtkegel vor ihren Füßen erzeugte. Außerhalb des Kegels verschlang die Finsternis den Park und die Bäume. Ein bisschen kam es ihr so vor, als würde sie in einer Art Luftblase laufen, die von der Außenwelt abgeschirmt war. Das Blut rauschte durch ihre Adern und vertrieb die bösen Gedanken. Als Laura den Park verließ und auf den Altbau zusteuerte, in dem ihre Wohnung lag, klingelte ihr Handy. Ohne stehen zu bleiben, wischte sie über das Display und stellte den Lautsprecher an.

»Laura Kern«, meldete sie sich und unterdrückte ein Keuchen.

»Ich hatte schon ein schlechtes Gewissen, Sie zu dieser Uhrzeit aus dem Bett zu holen. Aber offenbar sind Sie wach«, ertönte die Stimme ihres Vorgesetzten Joachim Beckstein durch das Telefon.

»Ich jogge«, erwiderte Laura und legte noch einen Zahn zu. Wenn Beckstein mitten in der Nacht anrief, bedeutete es nichts Gutes. »Was ist passiert?«

Ihr Chef seufzte am anderen Ende der Leitung. »Es wurde eine weibliche Leiche in einem Naturschutzgebiet im Norden Berlins entdeckt. Die Polizei geht von einem Mord aus, den sie aufgrund der besonderen Umstände bei uns sehen.«

Laura hastete die letzten Meter bis zum Hauseingang und schloss auf.

»Haben Sie gesagt, welche Umstände sie meinen?«

»Die Tote trägt etwas um den Hals«, erwiderte Beckstein. »Keine Ahnung, was das sein soll. Die Kollegen haben so etwas wohl noch nie gesehen und behaupten, es handelt sich keinesfalls um einen gewöhnlichen Mord. Sie brauchen unsere Unterstützung.« Beckstein gab Laura die Adresse des Leichenfundorts durch.

»Holen Sie Max hinzu und berichten Sie mir umgehend.« Er legte auf.

Laura sah auf die Uhr. Viertel vor eins. Sie eilte die Treppen zur obersten Etage hinauf. Es gab keinen Fahrstuhl. Trotzdem liebte Laura ihre Wohnung, denn von der Dachterrasse hatte sie einen herrlichen Blick über Berlin.

Leise öffnete sie die Wohnungstür und schob den breiten eisernen Sicherheitsriegel von innen davor. Es war eine Angewohnheit, vielleicht auch eine Marotte, denn sie würde die Wohnung in spätestens zehn Minuten wieder verlassen. Doch mit dem Riegel vor der Tür fühlte Laura sich sicher. Monster konnten überall lauern und in ihre Wohnung sollte sich keines einschleichen.

Auf Zehenspitzen tapste sie ins Schlafzimmer und verzichtete darauf, das Licht einzuschalten. Sie holte eine lange Hose und eine Bluse aus dem Schrank und lauschte kurz Taylors tiefen Atemzügen. Sie würde einiges dafür geben, jetzt zu ihm ins warme Bett zu kriechen. Seinen Duft einzuatmen und die Hitze seiner Haut zu spüren. Laura verkniff sich ein Seufzen und schlich zum Bad, wo sie sich anzog und versuchte, Ordnung in ihre langen blonden Locken zu bringen. Eine Minute später gab sie auf und wählte Max'

Nummer. Es klingelte gut zehnmal, bis er endlich ranging.

»Hartung«, brummte er verschlafen.

»Wir müssen zu einem Leichenfundort«, verkündete Laura und erzählte ihm, was sie bereits erfahren hatte.

»Ich bin gleich bei dir.«

»Okay«, erwiderte Max knapp und legte auf.

Laura schnappte sich die Dienstwaffe, die Handtasche und den Wagenschlüssel. Das Auto parkte vor dem Haus. Genau acht Minuten später erreichte sie das Gebäude, in dem Max mit seiner Frau und den beiden Kindern lebte. Max erwartete sie schon. Er stand da wie in Hypnose versetzt. Als die Scheinwerfer ihres Wagens sein Gesicht streiften, kniff er die Augen zusammen und blinzelte.

»Verdammt«, brummte er und stieg auf der Beifahrerseite ein. »Warum werden eigentlich so viele Tote mitten in der Nacht entdeckt?« Er gähnte und sah sie an. »Verrätst du mir dein Geheimnis?«

»Welches?«, fragte Laura und trat aufs Gas.

»Wieso bist du nicht müde? Du wirkst total wach, als hättest du gar nicht geschlafen.«

»Das sieht nur so aus«, log sie.

Laura wollte nicht, dass Max von ihren Ängsten erfuhr. Sie hatte keine Lust, eine Erklärung abliefern zu müssen und damit das Monster erneut zum Leben zu erwecken. Aus dem Augenwinkel nahm sie wahr, dass Max sie weiterhin musterte. Doch er schwieg. Laura starrte stur geradeaus auf die Straße und folgte den Anweisungen des Navigationssystems. Sie kamen zügig voran. Je weiter sie in nördlicher Richtung fuhren, desto mehr veränderte sich das Antlitz der Stadt. Die großen Wohnblöcke verwandelten sich in niedrige Häuser. Bäume säumten den Straßenrand. Dann verblassten die Lichter der Stadt und Laura war ausschließlich auf die Scheinwerfer ihres Wagens angewiesen. Irgendwann erblickte sie ein Schild, das sie in das Naturschutzgebiet führte. Sie setzte den Blinker, obwohl weit und breit kein anderes Fahrzeug in Sicht war, und bog in einen schmalen Waldweg ab. Nichts erinnerte mehr an eine Großstadt. Das grelle Licht der Scheinwerfer glitt über den Boden und verlieh der Umgebung eine unheimliche Atmosphäre. Die Bäume rechts und links des Weges schienen wie Wächter, die sie zum Umkehren bewegen wollten.

»Gruselig sieht es hier aus«, murmelte Max, als schwirrten ihm dieselben Gedanken durch den Kopf.

In einiger Entfernung erkannte Laura die blauen Blinklichter eines Streifenwagens. Sie steuerte darauf zu. Das Auto rumpelte durch ein tiefes Schlagloch und sie hielt schließlich hinter dem Streifenwagen an. Ein hochgewachsener Polizist wedelte mit seinen dürren Armen und näherte sich eilig.

»Sind Sie vom LKA?«, fragte er aufgeregt.

»Ja. Mein Name ist Laura Kern und das ist mein Partner Max Hartung.« Laura musterte den Polizisten. Auf seinem blassen Gesicht hatten sich einige rote Flecken gebildet. Seine Lippen verzogen sich zu einem schwachen Lächeln. Er deutete hinter sich.

»Dort liegt sie«, erklärte er und atmete auf.

»Brauchen Sie uns noch?«, stieß er hervor und gab sich keine Mühe, seine Erleichterung über Lauras und Max' Eintreffen zu verbergen.

»Das ist kein schöner Anblick. Uns war sofort klar, dass hier das LKA anrücken muss.« Er winkte seine Partnerin herbei, eine ebenso blasse junge Frau, die ihre schwarzen Haare zu einem Pferdeschwanz zusammengebunden hatte.

»Wir patrouillieren hier nur selten.« Seine Stimme senkte sich zu einem Flüstern. »Anna musste mal für kleine Mädchen. Dabei hat sie die Tote entdeckt.«

Die junge Frau nickte zur Bestätigung und zeigte auf eine Baumgruppe aus Kiefern.

»Ich habe schon mal einen Toten gesehen, aber das hier ist sehr ungewöhnlich«, krächzte sie leise. »Kommen Sie bitte.«

* * *